Benito Pérez Galdós

Episodios nacionales I
Napoleón en Chamartín

Barcelona **2024**
Linkgua-ediciones.com

Créditos

Título original: Episodios nacionales I. Napoleón en Chamartín.

© 2024, Red ediciones S.L.

e-mail: info@linkgua-ediciones.com

Diseño de cubierta: Michel Mallard.

ISBN tapa dura: 978-84-1126-455-6.
ISBN rústica: 978-84-9007-283-7.
ISBN ebook: 978-84-9007-245-5.

Sumario

Brevísima presentación

La obra

Napoleón en Chamartín es la quinta novela de la primera serie de los *Episodios Nacionales* de Benito Pérez Galdós. Narrada por el cronista y personaje principal de estos *Episodios Nacionales*, Gabriel de Araceli, en esta novela se describe la entrada de Napoleón Bonaparte en Madrid acompañado de su ejército. Una vez ganada la batalla de Bailén el 19 de Julio de 1808, tanto los ciudadanos como los generales del ejército español entraron en una especie de letargo que duró cuatro meses, y la proximidad de los franceses a las puertas de Madrid les obligó a coger las armas y defender otra vez la patria. Benito Pérez Galdós nos describe los acontecimientos acaecidos durante los cuatro meses siguientes al éxito de Bailén, resaltando el desacuerdo que reina entre los generales más destacados de España, entre ellos Castaños, Palafox, Cuesta, Blake y Álava. La ciudad se prepara para resistir pero, como cuenta Gabriel, el 4 de diciembre de 1808 tendrá que rendirse. José I Bonaparte vuelve al trono.

Tras la capitulación, Santorcaz es nombrado jefe de alguaciles. Gabriel se entera de que quiere prenderle, y pide ayuda a la Condesa Amaranta para huir de Madrid. Pero al final permanece en la capital para evitar el rapto de su amada Inés, desoyendo los consejos de la condesa.

I

El señor don Diego Hipólito Félix de Cantalicio Afán de Ribera, Alfoz, etc., etc., conde de Rumblar y de Peña-Horadada, hacía en Madrid la siguiente vida:

Levantábase tarde, y después de dar cuerda a sus relojes, se ponía a disposición del peluquero, quien en poco más de hora y media le arreglaba la cabeza por fuera, que por dentro solo Dios pudiera hacerlo. Luego daba al reloj de su cuerpo *la cuerda del necesario alimento*, como decía Comella, la cual cuerda pasaba aún más allá de la media docena de bollos de Jesús reblandecidos en dos onzas de chocolate. Incontinenti tenía lugar a operación de vestirse y calzarse, no consumada a dos tirones, sino con toda aquella pausa, aplomo, espaciosidad y mesura que la índole de los tiempos exigía. Una vez en la calle, dirigía sus pasos a cierta casa de la Cuesta de la Vega, donde es fama que habitaba la discreta mayorazga, con cuyo linaje la casa de Rumblar concertara genealógico y utilitario ayuntamiento. Esta visita no era de mucho tiempo, y al poco rato salía don Diego para encaminarse ligero como un corzo a la calle de la Magdalena, donde vivía un señor de Mañara, de quien era devotísimo y fiel amigo. Era creencia general que comían juntos, y luego leían la *Gaceta*, el *Semanario patriótico*, el *Memorial literario* y cuantos papeles impresos venían de Valencia, Sevilla o Bayona, tarea que les entretenía hasta el anochecer; y por fin a la hora y punto en que las calles de Madrid se tapujaban con aquel manto de simpática oscuridad que el positivismo alumbrador de estos tiempos ha rasgado en mil pedazos, nuestros dos galanes salían juntos en luengas capas embozados, y a veces con traje muy distinto del que usaban durante el día. Aquí tenía principio, según opinión de los sesudos autores que se han ocupado de don Diego de Rumblar, la verdadera existencia de aquel insigne rapazuelo, así como también es cierto que todos los cronistas, si bien desacordes en algunos pormenores de sus escandalosas aventuras, están conformes en afirmar que siempre le acompañaba el supradicho Mañara, y que casi nunca dejaban de visitar a una altísima dama, la cual lo era sin duda por vivir en un tercer piso de la calle de la Pasión, y tenía por nombre la *Zaina* o la *Zunga*, pues en este punto existe una lamentable discordancia entre autores, cronistas, historiógrafos y demás graves personas que de las hazañas de tan famosa hembra han tratado.

Ante el inconveniente de aplicar a Ignacia Rejoncillos los dos apodos con que la apellidaban sus amigos, yo me decido a llamarla siempre la *Zaina*, y en verdad que ignoro por qué la aplicaron tal nombre, pues aunque a los caballos castaños se les llama *zainos*, no sé si esto cuadra a los cabellos del mismo color: ello es, sin embargo, que la palabreja significa también *traidor*, *falso* y *poco seguro en el trato*, y falta saber si la hija del tío Rejoncillos, alias *Mano de mortero*, merecía aquellos dictados, y por lo tanto, el ser tenida por la flor y espejo de la *zainería*.

Pero no quiero desviarme de mi principal objeto, que ahora es decir a cuáles sitios iba don Diego y a cuáles no: y firme en tal propósito, afirmo y juro en realidad de verdad, y sin que ninguna persona honrada me pueda desmentir, que don Diego y el señor de Mañara iban de noche a una reunión de masonería incipiente del género tonto, que se celebraba en la calle de las Tres Cruces, y a otra del género cómico fúnebre, que tenía su sala, si no me falta la memoria, en la calle de Atocha, número 11 antiguo, frente a San Sebastián; en cuyas reuniones, amén de las muchas pantomimas comunes a esta orden famosa, leíanse versos y se pronunciaban discursos, de cuyas piezas literarias espero dar alguna muestra a mis pacienzudos leyentes.

Sobre todo en la calle de Atocha, donde estaba la logia *Rosa-Cruz*, el rito era tal, que algunas veces púseme a punto de reventar conteniendo las bascas y convulsiones de mi risa, pues aquello, señores, si no era una jaula de graciosos locos, se le parecía como una berenjena a otra. En una oscurísima habitación, que alumbraban macilentas luces, y toda colgada de negro, se reunían los tales masones; y porque allí fuera todo misterioso, tenían a la cabecera un Santo Cristo acompañado del compás, escuadra y llana, y a la derecha mano, un esqueleto muy bien puesto en un sillón, con la cabeza apoyada en la mano, en ademán meditabundo, y por debajo un letrerito que decía: *Aprende a morir bien*.

Debo indicar que en aquel año la masonería española era pura y simplemente una inocencia de nuestros abuelos, imitación sosa y sin gracia de lo que aquellos benditos habían oído tocante al *Grande Oriente Inglés* y al *Rito Escocés*. Yo tengo para mí que antes de 1809, época en que los franceses establecieron formalmente la masonería, en España ser masón y no ser nada eran una misma cosa. Y no me digan que Carlos III, el conde de Aranda, el de Campomanes y otros célebres personajes eran masones, pues como nunca les he tenido por tontos, presumo que esta afirmación es hija del celo excesivo de aquellos buscadores de prosélitos que no hallándolos en torno a sí, llevan su banderín de recluta por los campos de la historia, para echar mano del mismo padre Adán, si le cogen descuidado.

Después de 1809 ya es otra cosa. De aquellas dos logias infantiles, que yo conocí en la calle de las Tres Cruces y en la de Atocha, y donde se regocijaban con candorosas ceremonias unos cuantos desocupados, salieron la famosa logia de la *Estrella*, la de *Santa Justa patrona de Córcega*, la sociedad de caballeros y damas *Philocoreitas*, la de los *Filadelfios* de Salamanca, la Gran logia nacional que estuvo en el edificio ocupado antes por la Inquisición, la logia de Santiago el Mayor en Sevilla, y las de Jaén, Orense, Cádiz y otras ciudades. Entrometiéndome en la Gran logia nacional, oí hablar de cosas más serias y graves que los discursitos *filosóficos en verso* que le echaban al esqueleto de la *Rosa-Cruz*; oí hablar mucho de política, de igualdad, y entonces fue cuando anduvo de boca en boca, y llegó a ser muy de moda la palabra *democratismo*, que luego desapareció para presentarse de nuevo al cabo de medio siglo, aunque reformada en su forma y tal vez en su significación. De la larva de aquellas logias, no es aventurado afirmar que salió al poco tiempo la crisálida de los clubs, los cuales a su vez, andando el voluble siglo, dieron de sí la mariposa de los comités.

Pero otra vez sin quererlo, me aparto de mi objeto, y no ha de ser así, sino que vuelvo atrás para deciros que el señor conde de Rumblar, luego que esparcía su ánimo en aquello del esqueleto, y hablaba por los codos durante una hora, iba en busca de entretenimientos más agradables, y aquí es donde viene como anillo en el dedo la ocasión de nombrar a la Zaina, porque a eso de las once era cuando penetraba en sus *salones* el joven de que me ocupo, no acompañado solo por el citado Mañara, sino también por don Luis de Santorcaz, que siempre se le unía en la Rosa-Cruz para seguir juntos hasta la madrugada.

Es preciso tener presente que no era la Zaina la única gran dama de aquellos aristocráticos barrios que abría de par en par las puertas de la casa y de su alma a nuestros tres amigos, y a fe mía que si hubiera yo de enumerar todas las ilustres casas de los cuarteles de San Lorenzo y San Millán que por aquellos días obsequiaban a un pequeño número de *habitués* (¿por qué no decirlo en francés?) llenaría de seguro todo este libro y medio más. Pero, sin renunciar a ser cronista de los saraos de aquella matritense *high life* (¿por qué no decirlo en inglés?) seré muy breve por ahora, señores míos. Estenme atentos, y no me interrumpan con exclamaciones de admiración, que me harían perder mal de mi grado el hilo del relato.

Los salones de la *Zancuda*, en la calle de Ministriles, se abrían muy temprano, y allí había cierta grave etiqueta, con poco de fandango y menos de seguidillas, razón por la cual escaseaba la concurrencia. Era la *Zancuda* mujer de grandes atractivos, a pesar de su feísimo nombre, pero no gustaba de alborotos, porque su marido o lo que fuera, el señor Regodeo, era al modo de diplomático, hombre estirado, serio, ceñudo, y que en esto de burlar con sutilísima perspicacia las socaliñas de las aduanas, almojarifazgos o arbitrios de puertas, no se cambiaría por los más famosos de Sevilla y Ronda en el tal oficio. Don Diego y sus dos amigos frecuentaban poco esta casa, donde comúnmente se estaba como en misa.

En los salones de la *Pelumbres* (calle de la Torrecilla del Leal, tienda de hierro viejo) era todo animación, todo alegría, no solo por ser la dueña de la casa una de las mujeres más malignamente graciosas, más divertidas y de mejor mano para tocar las castañuelas que han existido a principios del siglo, sino porque allí concurrían personajes célebres en varias artes y oficios, tales como el distinguido curtidor *Tres pesetas*; el señor *Medio diente*, uno de nuestros más esclarecidos trajineros, natural de las Tenerías de Toledo, y *Majoma*, curtidor de carne, el cual, cuando contaba sus viajes por las distintas cortes del mundo, tales como Melilla, Ceuta y el Peñón, les dejaba a todos con la boca abierta. Y como no faltaban tampoco ni la Narcisa, ni Menegilda, ni Alifonsa, todas tres estrellas esplendorosas del firmamento manolesco, la una vendedora de castañas, la otra de callos y caracoles y la postrera de sal; como no se escatimaba el vino, ni las boleras, ni se ponía fin a los dichos, ni a la sabrosísima libertad en lengua y manos, don Diego tenía sumo gusto en frecuentar aquella casa. Verdad es (y la historia no debe permanecer silenciosa en este punto) que las tertulias solían concluir con un

12

refresco de palos, que, a oscuras y cual lluvia del cielo, caían de improviso sobre la escogica reunión; pero aquellos más bien regocijaban que afligían a don Diego, el cual, ocupándose antes en darlos que en recibirlos, no se apuraba por unos cuantos cardenales más o menos, ni renunciaría a las fiestas de la *Penumbres*, aunque llevara en sus espaldas todo el cónclave romano.

Pues ¿y qué diré de aquellas elegantísimas y suntuosas fiestas de *Rosa la Naranjera*, tan célebres en toda la redondez de Madrid, que hay historiadores muy concienzudos que aseguran haber visto a más de un príncipe traspasar los umbrales de su bodegón, calle de las Maldonadas? Y si esta última atrevida afirmación no fuera cierta, eslo en lo tocante a duques, marqueses, condes y vizcondes, de lo cual certifico, por haberlos visto. No digo lo mismo de príncipes y reyes, pues de estos no recuerdo más que los de copas, bastos, oros y espadas, los cuales no faltaban ni una noche y con toda familiaridad y franqueza se dejaban llevar de mano en mano. Eso sí; diga lo que quiera la ruin envidia y la mala fe de los que allí se quedaron limpios como patenas, e banquero Juan Candil era una persona honrada, y de recomendables antecedentes en aquel oficio, y hartas veces decía la Naranjera que en su casa no se consentían trampas, razón por la cual creemos que aquel era juego de ley, y que cuanto se decía acerca de las diestras manos de Candil y de las marcas de sus mugrientos naipes era, o cavilaciones de los parroquianos o efecto de esa viciada atmósfera que rodea a las grandes instituciones cuando se las plantea entre gente díscola y pendenciera. ¡Y cómo gozaba don Diego en aquella casa! ¡Y cuánto le querían y mimaban, y cómo se hacían lenguas todos en alabanza de su liberalidad, de su desprendimiento, de su nobleza, de aquel donaire con que entregaba sin muestras de aflicción la cantidad perdida! A tanto efecto correspondía Rumbrar con una asistencia tan puntual, que si fuera al aula le habría hecho en poco tiempo un segundo Aristóteles.

Mas en aquella casa y en las que antes he mencionado no se consagraba todo el tiempo a los reyes, sotas y demás real familia, pues siguiendo la general corriente de los tiempos, se hablaba mucho de política. Iba a ellas con frecuencia, y durante sus días de vagar, el tío Mano de Mortero, que siempre llevaba noticias frescas. También concurría Pujitos, joven instruidísimo y de gran erudición, pues no dejaba de saber leer (aunque con pausa y cierto dejo o sonsonete), razón por la cual aquel esclarecido concurso estaba al tanto de las Gacetas y papeles nacionales y extranjeros, porque es de advertir que si el tío Mano de Mortero conocía a fondo la geografía ibérica (merced a sus frecuentes viajes *científicos* para desesperación del Estado y quebrantamiento del fisco); si por esta circunstancia conocía la posición de los ejércitos beligerantes, Pujitos iba mucho más allá; Pujitos se elevaba en alas del genio, y su pensamiento cerníase en las vertiginosas altitudes del arte militar y diplomático, como el águila sobre las eminentes cumbres.

Estas conversaciones no duraban toda la noche, y entre juego y juego solía haber bolero y manchegas así como también algo de aquello que los eruditos llaman palos y el vulgo también; pero sabido es que los palos son para ciertas gentes gustosísimo postre, después de los manjares fuertes del amor y del vino. ¡Ay! puedo asegurar que don Diego era muy feliz con aquella vida.

Pero el dorado alcázar, el Medina-al-Fajara, el Bagdad, la Sibaris y la Capua de sus impresionables sentidos estaban en casa de la Zaina, aquella beldad incomparable, aquella que al aparecer por las mañanas en la esquina de la calle de San Dámaso, dentro de su cajón de verduras, daría envidia a la misma diosa Pomona, en su pedestal de frutas y hortalizas. ¿Y qué diremos de aquella gracia peculiar con que lavaba una lechuga, arrancándole las hojas de fuera con sus divinas manos, empedradas de anillos? ¿Qué del donaire con que hacía los manojitos de rábanos, que entre sus dedos racimos de orientales corales parecían? ¿Qué de aquella por nadie imitada habilidad para poner en orden los pimientos y tomates, cuya encendida grana se eclipsaba ante el rosicler de su cara? ¿Qué de aquel lindísimo gesto con que metía los cuartos en la faltriquera, olvidándose casi siempre de dar la vuelta? ¿Qué de aquella postura (digna de llamar la atención de Fidias), cuando descolgaba una sarta de ajos, que al enroscarse en sus brazos no se tomarían por otra cosa que por rosarios de descomunales perlas? ¿Qué de la destreza y soltura con que arrojaba las hojas de col sobre los usías que iban a requebrarla? ¿Qué de su ciencia en el vender, y su labia en el regateo, y su diplomacia en el engañar, que a esto y a nada más propen-

14

dían todas y cada una de las sales y monerías de su lengua y ademanes? Válgame Dios que tuvo buen gustó don Diego al prendarse de aquella princesa o semidiosa, pues tal era su mérito y de tal modo y con tanta presteza la rodeaba de poéticos atributos la imaginación, que el puesto era un trono y las lechugas ramos de olorosas yerbas, y los rábanos jacintos de Holanda, y los repollos abiertas magnolias, y los ajos cerradas azucenas, y las cebollas conjunto perfumado de todas las flores; así como también podía suponerse que el agujereado mandil de la Zaina era un rico sayal de finísima puntilla de Flandes, y el cuchillo de partir varita de oro para dar gusto y ocupación a las móviles manos, y los ochavos desparramadas joyas que los príncipes y reyes, de remotas tierras venidos, echaban a sus pies para rendir el fuerte castillo de su honestidad.

II

¿Y qué me diréis si os aseguro que don Diego, a pesar de sus atractivos y de su dinero, no había podido rendir a la Zaina? ¡Oh inflexible ley de los hados que en aquella ocasión dispusieron que la Zaina fuese esclava en cuerpo y alma de otro galán, al cual de antiguo mis lectores conocen, y no es otro que el propio don Juan de Mañara, por segunda vez presentado en el escenario de estas historias! Pues sí; el señor de Mañara, como la muerte, lo mismo ponía el pie en *pauperum tabernas* que en *regumque turres*; y aunque era persona de alta posición por aquellos días, y estaba a punto de ser nombrado regidor de Madrid, sus preferencias en materia de costumbres y de amor, íbanse del lado de lo que Horacio llamó *tabernas*, y en castellano podemos nombrar ahora con la misma palabra. Por las noches, este caballero, lo mismo que don Diego, se vestían de majos, y... aquí viene ahora la coyuntura de describir la casa de la Zaina y su gente, con las fiestas y bailes y el refresco aparatoso que les ponía fin; pero como aún me resta por manifestar un poquito de lo referente a don Diego y a su vida, principal objeto que en este comienzo del libro me propuse, dejo aquello para después y sigo diciendo que el hijo de doña María, bien solo, bien acompañado de Santorcaz, iba de tertulia alguna vez a las librerías principales, que era donde más se hablaba de política.

No sé si recordaré todas las tiendas de libros que había entonces en Madrid; pero sí puedo asegurar que casi igualaba su número al de las que ahora existen, y las más concurridas eran las de Hurtado, Villarreal, Gómez Escribano, Bengoechea, Quiroga y Burguillos (antes Fuentenebro) en la calle de las Carretas; la de la viuda de Ramos, en la carrera de San Jerónimo; la de Collado, en la calle de la Montera; la de Justo Sánchez, en la de las Veneras; la de Castillo, frente a San Felipe el Real, y el puesto de Casanova, en la plazuela de Santo Domingo. En estas tiendas se reunían muchos jóvenes escritores o que pretendían serlo, poetas hueros o con seso, aunque estos eran los menos; personas más aficionadas a la conversación que a los libros, gente desocupada, noticieros, y muchísimos patriotas. Don Diego era patriota.

Como yo me metía bonitamente en todas partes, también me daba una vuelta por las librerías, bien acompañando a don Diego, bien solo, echándomelas de gran patriota, y en la de las Veneras, me acuerdo que dije una noche muy estupendas cosas que me valieron calurosos aplausos. ¡Ay! allí conocí al sombrerero Avrial y a Quintana, el mochuelo y el mirlo, el cisne y el ganso de aquellos tiempos literarios, tan turbados, tan confusos, tan varios y antitéticos en grandeza y pequeñez como los políticos. Parece, en verdad, mentira que Moratín y Rabadán, que Comella y Meléndez hayan vivido en un mismo siglo. Pero España es así.

Tampoco dejaba don Diego de concurrir al teatro alguna que otra vez, porque era muy de patriotas el ir a la representación de las famosas comedias de circunstancias *La alianza de España e Inglaterra, con tonadilla,* y *Los patriotas de Aragón y bombeo de Zaragoza,* que en aquellos días se representaban con frenético éxito. Y para que nada faltase en el círculo de relaciones de aquel joven ilustre, también asomaba las narices por el cuarto de Pepilla González, actriz famosa, si bien un día puso punto final a sus visitas porque le hicieron no sé qué ingeniosa burla.

En casa de la Zaina, en casa de la Pelumbres, en la de la Naranjera, en la logia de Rosa-Cruz, en la librería de la calle de las Veneras, y en el teatro solíamos encontrarnos don Diego y yo, pues como he dicho yo tenía especial empeño en seguirle a todas partes, venciendo para entrar en algunas la repugnancia de mi conciencia. El joven se franqueaba espontáneamente conmigo y yo mientras más me decía más procuraba sacarle, para que ningún escondrijo ni pliegue de su vida me fuese secreto. Solo cuando iba en compañía de Santorcaz, me guardaba muy bien de preguntarle ciertas cosas.

¡Pobre don Diego y a cuántas pruebas se vieron sujetas su impetuosa juventud e inexperiencia! ¡Y qué de simplezas hizo, y qué terribles caídas tuvieron los atrevidos saltos de su entusiasmo, y qué porrazos se dio con las peñas del fondo al arrojarse desaforadamente en el mar de la vida, creyéndole sin arrecifes, ni sumideros, ni bajíos! ¡Y cuánto se encanalló; y de qué extraña manera el mayorazgo poderoso, viose en ocasiones pobre y miserable, con la circunstancia de que no podía menos de sostener el pie de su lujo y representación! Como era tan manirroto, gastaba en una semana la renta de un año, y aquí de los acreedores, usureros, prestamistas, judíos y demás chupadores de sangre que se bebían la de mi condesito. Este llegó a verse muy afligido, pues nadie le fiaba ya el valor de una peseta, y recuerdo que cierta noche cuando salíamos del Teatro del príncipe, don Diego me hizo una pintura horrenda de la plenitud de sus apuros y vaciedad de sus bolsillos; dijo después que se iba a suicidar, y luego me llamó insigne varón, ilustre amigo y el más caballeroso y caritativo de los hombres, siendo de notar que todos estos rodeos, elipsis, metonimias e hipérboles terminaron con pedirme dos reales. Dile cuatro que tenía y se despidió, suplicándome que dijese algo en su favor a cierto prestamista llamado Cuervatón, vecino mío, pues tenía pensado darle un tiento al siguiente día, aunque las cantidades adeudadas subían al sétimo cielo. Yo le prometí interceder en su favor, y deseándole las buenas noches entré en mi casa.

III

La cual era aquella misma honrada mansión donde fui recogido, curado y asistido en mi penosa enfermedad del mes de Mayo, y vea el lector cómo de manos a boca nos encontramos de nuevo en la dulce compañía del Gran Capitán y de su esposa, y en alegre familiaridad con el señor de Cuervatón, con don Roque, con el lañador y respetable familia, con la bordadora en fino y otras personas que si no gozan en la historia de celebridad apropiada a sus méritos y eminentes calidades, tendranla en esta relación, mal que le pese a la ruin envidia, siempre empeñada en rebajar los altos caracteres.

Desde mi vuelta de Andalucía, yo moraba en casa de don Santiago Fernández. Santorcaz no vivía ya allí, ni tampoco Juan de Dios, ni sus antiguos patronos sabían dónde estaba, pues habiendo salido cierto día de Agosto muy de mañana, hasta la fecha de lo que voy contando, que era por Noviembre, no había vuelto, lo cual hacía decir a doña Gregoria:

—No puede por menos sino que a ese bienaventurado señor de Arróz le ha sucedido alguna desgracia, como no se haya ido al cielo en cuerpo y alma; que para eso estaba.

La casa (y aunque me parece que esto lo saben ustedes no estará de más repetirlo) era de esas que pueden llamarse mapa universal del género humano por ser un edificio compuesto de corredores, donde tenían su puerta numerada multitud de habitaciones pequeñas, para familias pobres. A esto llamaban casas de Tócame Roque, no sé por qué. No lo indagaremos por ahora, y sepan que en aquellos días el que hubiera entrado en casa del Gran Capitán, habría visto a este en el centro de un animado corrillo, donde estábamos hasta ocho personas, todos buenos españoles, e inflamados de patriótico afán por saber cómo iban las cosas de la guerra; habría visto con cuánta diligencia y precipitación acudían unos y otros en cuanto Fernández volvía de la oficina; habría visto cómo amorosamente preparaba doña Gregoria el sahumado brasero, para que no se enfriara la concurrencia; cómo Fernández, golpeando la caja de rapé, tomaba un polvo, sonábase mirando a todos por encima del pañuelo, y luego se apresuraba a satisfacer la sed de su curiosidad en estos términos:

—La cosa va mejor de lo que se creía, y lo de Lerín no fue tan desgraciado como se nos quiso pintar. Señores, hay que poner en cuarentena lo que dicen los papeles impresos, porque los diaristas no se cuidan más que de sorprender al público con noticiones, y como ninguno de ellos sabe palotada de lo que llamamos el arte de la guerra...

—Pues a mí me han dicho que lo de Lerín fue un desastre muy grande —afirmó don Roque—. ¡Bah! Si tenemos unos generales... De lo que está pasando tienen ellos la culpa, y bien sabía yo que vendríamos a parar a esto. Pues qué, si esos señores, en vez de estarse en Madrid todo el mes de Setiembre mordiéndose unos a otros; si en vez de estar aquí diciéndose «yo soy mejor que tú» y disputándose el mando de los cuerpos como perros que riñen por un hueso; si en vez de esto, digo, se hubieran marchado al Norte a perseguir al enemigo, ¿estarían los franceses tan envalentonados?

—Tiene razón que le sobra por los tejados el señor don Roque —dijo la mujer del lañador—. Y yo, que no sé de guerra, le decía a mi marido todas las noches cuando nos acostábamos: «Mira, Norberto, los generales, en lugar de estar aquí y en Aranjuez hablando mal unos de otros y revolviéndolo todo con sus envidias y reconcomios, debieran andar por toda esa tierra de Burgos y Rioja persiguiendo al francés. Que si Llamas manda tal tropa; que si ya no la manda Llamas sino Pignatelli; que si Castaños se opone a que venga Cruz; que si Blake quiere ser más que Cuesta y Cuesta más que todos; que si Palafox manda este cuerpo; que si La Peña no quiere mandar el otro... en fin, cuando después de la batalla de Bailén creímos vernos libres de franceses, y emperadores, y reyes de copas, ahora salimos con que por estarse los generales mano sobre mano en Madrid al olorcillo de la corte y de los obsequios y de las fiestas, han dejado que los otros se arreglen bien y tengan dispuesto todo para darnos un susto.»

—Ha hablado usted como un padre de la Iglesia, señora doña María Antonia —dijo con oficiosa exaltación doña Melchora, la bordadora en fino—. A mis niñas les dije yo eso mismo el mes pasado. ¿No es verdad, Tulita, no es verdad, Rosarito? Sí, señores, esa es la pura verdad; yo voy viendo que desde que empezó la guerra, desde que hubo aquello de venir los franceses y caer Godoy, nadie ha sabido acertar más que nosotras, y cuando anunciábamos lo que iba a pasar, los hombres graves se reían diciendo: «¿Qué entienden las mujeres de guerras, ni de historias?» Pues vean ahora si entendemos.

—Tiene razón doña Melchora —dijo el señor de Cuervatón—. También se reían de mí cuando anuncié lo que iba a pasar. Pero, señores; cuando los de arriba pierden la chaveta como ha pasado aquí, a los tontos y a las mujeres corresponde el imperio del buen sentido.

—No obstante —dijo el Gran Capitán, impaciente por poner el peso de su autorizado dictamen en aquella contienda—, aún no se puede hablar mal de esos valientes generales. Yo no les he explicado a ustedes todavía el plan de campaña. Es preciso que ustedes se penetren bien de esto. Las tropas que mandan Blake, Llamas, Castaños y Palafox, colocadas y extendidas desde el Ebro hasta Burgos, forman un gran semicírculo. Vienen los franceses: el semicírculo se cierra convirtiéndose en círculo, y aquí me tienen ustedes a mi Emperador cogido en una ratonera.

—Pero en resumidas cuentas, ¿viene o no viene? —preguntó doña Melchora.

—Yo creo que no —dijo el Gran Capitán, echándosela de malicioso—. Y tengo para mí que todo eso que dicen los papeles acerca de lo que Napoleón leyó en el Senado, es pura invención. Como que hay quien dice que Napoleón está muy enfermo de un tumor que le ha salido en el sobaco izquierdo, y que ya le han sacramentado.

—¿Y usted es de los que dan crédito a los mil desatinos que cuentan los patriotas? —exclamó don Roque levantándose de su asiento—. Aquí creen que se sale del paso contando mentiras y matando de calenturas o alfombrilla a todos nuestros enemigos.

—Y qué, ¿soy hombre para tragar todas las bolas que cuentan diariamente los papeles? —dijo el Gran Capitán sin disimular el desprecio que le merecía la prensa—. Vamos a ver, ¿qué saca usted en limpio, señor don Roque, de todas esas hojas que lee día y noche, y que le van a volver loco como al bueno de don Quijote los libros de caballerías?

—Quédese cada uno en su sitio, y no se meta en los trigos ajenos —repuso don Roque procurando contener su irascibilidad—, que así como yo no me meto jamás en las honduras del arte de la guerra que no entiendo, así debe usted respetar las ciencias que no están a su alcance. ¡Qué sería de la sociedad sin papeles públicos! Aquí tengo yo el *Semanario Patriótico* —añadió sacando un voluminoso legajo de uno de los luengos bolsillos de su levitón—, que es el mejor papel que hasta ahora se ha escrito, y contiene cosas muy lindas, y en todo lo que dice no parece sino que habla por boca de Aristóteles y Platón. Desde que en el primer número vi aquello de *La opinión pública es mucho más fuerte que la autoridad malquista y los ejércitos armados*, les digo a ustedes francamente que el tal papelito me enamoró. Yo me quito el garbanzo de la boca para ahorrar los 20 reales que me cuesta cada trimestre; y ¿cómo no hacerlo, si este manjar del espíritu es tan necesario a la vida como el alimento del cuerpo? Así es que los miércoles por la noche no duermo y todo es dar vueltas en la cama, pensando en lo que traerá el *Semanario* al siguiente día. Los jueves son para mí días de delicia, y leyendo mi *Semanario* olvídaseme el comer y el beber, a más de todas mis penas y tristezas que son muchas. ¡Y cómo trata todas las cuestiones! ¡Y con qué gracia le da a cada uno lo que es suyo! ¡Y qué sal tiene para decirle a la Francia todas sus picardías! ¿Pues y el paralelo que hace entre Bonaparte y Maximiliano Robespierre? No pierde ripio para decir a todos las verdades, y a los españoles les suele sacar los trapitos a la colada, como quien dice. En fin, señores, me entusiasma tanto, que el otro día, no pudiendo satisfacer mi deseo de conocer al autor de tan divino escrito, y averiguado que lo es un tal Manolito Quintana, me fui derecho allá, y abrazándole le dije: «Venga acá el extremo de toda discreción, el resumen de la elocuencia y del buen decir, el dechado de la lengua castellana, el azote de los tiranos, el heraldo del patriotismo y el cisne de los derechos del hombre.» A lo cual me contestó que él cumplía con su deber y que agradecía tales alabanzas.

—¿Toda esa arenga le echó usted al buen autor del *Semanario Patriótico*? —dijo el Gran Capitán—. Pues en verdad digo que si la Junta oyera mis consejos, al punto mandaría suprimir ese y todos los demás papeles. ¿Para qué se quieren papeles?

—Hombre irracional, ¿y cómo se difunden las luces y se propaga la buena doctrina, y se instruye a toda la gente del reino, chicos y grandes? Pues malitas verdades trae el *Semanario Patriótico*... Como todos dieran en leerlo con tanto fervor como yo, pronto se remediarían los males de la Nación. Y no hay que darle vueltas, señores, lo que este dice es el Evangelio. ¿Quién podrá desmentir aquello de *el tirano es un hombre que abusa de las fuerzas de la sociedad para someterla a sus pasiones propias, y así la tiranía no es otra cosa que la injusticia apoyada en la violencia?* ¿Qué tal? ¿Pues y dónde me dejan ustedes aquello de los derechos *esenciales, sagrados e imprescriptibles* que corresponden al hombre, y que le usurpa el pícaro del poder absoluto?... Nada, nada, señor don Santiago, amigo Cuervatón, señoras y señoritas: tengan ustedes presentes estas palabras: «La violencia, la opresión, la credulidad, llegan frecuentemente a adormecer a los pueblos, a fascinar su entendimiento, a quebrantar en ellos los resortes de la naturaleza; pero cuando por favorables circunstancias abren los ojos y oyen la voz de la razón; cuando la necesidad les fuerza a salir de su letargo, entonces ven que los pretendidos derechos de sus tiranos, no son sino efectos de la injusticia, de la fuerza o de la seducción; entonces es cuando las Naciones, acordándose de su dignidad, ven que ellas no se han sometido a la autoridad sino para su bien, y que jamás han podido dar a nadie el derecho irrevocable de hacerlas felices.»

IV

Dotado de maravillosa memoria, don Roque recitaba trozos enteros de lo que había leído en sus papelitos, sin mudar una sílaba. No he conocido varón más sencillo e inofensivo que aquel fogoso lector del *Semanario*, comerciante que había venido muy a menos y a la sazón, sin negocios, sin familia y con poquísimo dinero, vivía en aquella casa, manteniéndose con su casi invisible renta. Así como el Gran Capitán oyó lo de *la opresión y la injusticia*, con los razonamientos puestos a continuación, que no entendiera menos, si estuvieran escritos en caldeo, se encaró con su amigo, y burlonamente le dijo:

—¿Se ha acabado la jerga? Qué lástima que no viniera por aquí el padre Salmón, para que le contestase, y entre los dos se armara una marimorena de *distingo acá... distingo allá... necuacua... útiquis... reñega mayora...* y otras palabrillas que se usan en las disputas de los *tiólogos*.

—¡Teólogos a mí! ¡A mí teólogos y con cascabeles!... ¡Y de la madera del padre Salmón! —exclamó don Roque guardando el *Semanario* en el almacén de sus profundas faltriqueras.

—Y ha de venir esta tarde Su Paternidad —dijo agridulcemente la menor de las hijas de doña Melchora—, pues prometió darme una receta para este mal de la barriga que ha diez días tengo.

—Sí que vendrá —añadió la mayor—, pues quedé en pegarle dos botones en el cuello, y él dijo que traería la cinta azul.

—Pronto tendremos aquí a ese reverendo Salmón —añadió doña Gregoria—, y ya tengo echada la llave a la despensa, porque para saqueos bastante tenemos con los de los franceses.

No había concluido estas palabras la discreta esposa de Fernández, cuando se oyó en el patio de la casa gran ruido de voces, entre las cuales descollaba una cencerril, abajetada y bronca, que no era otra sino la de aquel lucero de la Merced, el padre Anastasio José de la Madre de Dios, vulgarmente conocido por padre Salmón; que este era su apellido, y no Salomón como algunos le llamaban sin intención de burla.

—Ahí está, ahí está ese bendito —dijeron en coro las hembras de la reunión—. Gabriel: corre y tráele acá, porque si le cogen por su cuenta las del polvorista... ¡ay, qué pesadas son! Ya están llamándole las escofieteras. Pues no, no ha de venir sino acá.

Salí para impedir que la persona del reverendo fuera secuestrada por cualquiera de las familias que salían a su reclamo por las diversas puertas que se abrían en aquellos largos corredores, y lo primero que vi fue al fraile rodeado de enjambre de chiquillos, los cuales haciendo mil cabriolas y juegos en su derredor, le mostraban según su arte propio, la satisfacción de la casa toda por verle en ella.

—Tomad, piojosos, tomad esas almendras fallidas que para vosotros serán bocado de ángel —les decía el padre—. ¿Ya salió tu padre de la cárcel, Jacintillo? ¿Y por fin dllevasteis a vuestra abuela a los Desamparados? Dime, hijo de la Canela, ¿está el oficialillo en el cuarto de tu madre? ¿Con que se os murió la gallina?

Y al mismo tiempo el antepecho del vasto corredor parecía la barandilla de un teatro, pues no había un palmo vacío, sino que allí estaba la vecindad toda, aguardando a que Su Paternidad subiese.

—Venga acá, padre, que este trapalón de mi marido me quiere pegar por celos. Pero di, cabeza jilvanada, ¿no soy la mujer más honrada del mundo?

—Venga acá, padre, y verá qué chocolate le tengo. ¿Pues no me está diciendo la capitana que Su Paternidad le comió ayer todas las magras?

—Venga acá, padre, y suba pronto que ya le apunta el diente a la niña. Míralo allí, cordera, resol, reina del mundo. Mírale, llámale con tu manecita. . así, así.

—Venga acá, padre, que ya parió la Zoraida cinco criaturas como cinco estrellas.

—Suba pronto, padrito, que mi abuela pregunta si se le deben dar más friegas.

Y así continuaban llamándole de distintas partes, cada uno según para aquello que le necesitaba y todos con tan cariñosas palabras, que Salmón no sabía a qué sitio volverse, ni a cuáles solicitaciones contestar más pronto; y saludando a un lado y otro como un matador de toros que en medio de la plaza hace cortesías a la redonda, mostró a sus amigos que su corazón no era insensible a tantas bondades. En esto llegué yo y besándole la correa, le dije:

—Doña Melchora y sus niñas, que están en casa del Gran Capitán, me mandan para suplicar a Su Reverencia que tenga la magnanimidad de subir, que allí le aguardan también don Roque, el señor de Cuervatón y doña María Antonia.

Pero antes que concluyera, el padre Salmón, con gran sorpresa mía, clavó en mí sus ojos llenos de admiración, y echándome los brazos al cuello, exclamó a gritos:

—Ven acá, portento de la sabiduría, milagro de precocidad, fruta temprana de las humanas letras. ¿Con que ha más de un año que te conozco y hasta hoy mismo he ignorado que eres un gran latino, autor del más famoso poema que han escrito modernas plumas? ¿Con que así te callabas tus méritos, picarón?... A ver, muéstrame pronto ese poema... ¡Quién me había de decir, cuando te conocí paje de la González, que bajo la montera de tal gaterilla estaba el cacumen de un *Erasmus Rotterodamensis*, de un *Picus Mirandolanus*!

Turbado y confuso le contesté que sin duda Su Paternidad se equivocaba confundiendo mi ignorancia con la sabiduría de algún desconocido de mi mismo nombre, oyendo lo cual, dijo mientras subíamos la escalera:

—No; que lo acabo de saber por el licenciado don Severo Lobo, el cual te conoció desde el proceso de El Escorial y luego estuvo a punto de empapelarte, cuando el príncipe de la Paz te quiso dar una placita en la interpretación de lenguas. ¿Y tú qué culpa tenías de que el otro te quisiera colocar? Por lo que me han dicho, tu modestia iguala a tus méritos; ¡oh joven! yo he visto la minuta en que Godoy te recomendaba; pero qué guardado te lo tenías, raposilla... ¿Y tú en qué te ocupas? ¿Por qué no pides un hábito; por qué no eres fraile? Yo me encargo de catequizarte. ¿Sabes que he hablado de ti a los padres de la Merced y todos quieren conocerte? A ver si te pasas por allí, rapaz; y ve después de la hora del refectorio. ¿Te gustan las pasas? Además tengo que conferenciar contigo, Horacio Flacco en ciernes y Virgilio en pañales; y como al salir de esta casa se me olvide hablarte (pues ya sabes que soy muy débil de memoria), ¿me lo recuerdas, eh?

A tal punto llegaba, cuando entramos en la sala del Gran Capitán. Levantáronse todos, y después de besarle uno tras otro la correa, diéronle el asiento del centro junto al brasero.

—Aquí está la seda azul —dijo el mercenario dando lo indicado a Tulita.

—Mañana mismo tendrá Su Paternidad arreglado el cuello —contestó la muchacha—. Veamos ahora lo que me manda para este malestar de la barriga, que es tal que yo no lo puedo resistir, y todas las mañanas me dan unas arcadas, unos mareos y bascas tan fuertes, que no me para dentro nada.

—Bendito sea el nombre de Dios —exclamó el padre tomando un polvo de la caja del Gran Capitán—. A fe, doña Melchora, que si esta matutina estrella de su hija de usted fuera casada, ya sabríamos el pie de que cojea su estómago; pero no siéndolo, y tratándose ahora de una familia con quien la misma honradez no podría ponerse en parangón, ordeno y mando que con siete palitos del árbol de Santo Domingo, cocidos en baño-maría, por espacio de tres credos rezados con pausa, y por supuesto con devoción, esta niña se quedará como nueva. ¡Qué nueces frescas las de ayer, señora doña Melchora! ¡Qué nueces frescas! Pero dígame, ¿qué santo del cielo la hizo tan rico presente? Yo no sabía que en montes alcarreños, asturianos ni encartados existiesen unas tan hermosas obras de Dios.

—Obsequio fue de un primo mío que es guarda de las dehesas del señor duque de Altamira, en tierra de Cameros, y como, sino de buen salario, el pobrecito disfruta de ojos listos y manos libres, siempre nos manda lo mejor de aquellos castañares y nocedales.

—Así le hicieran canónigo —añadió Salmón—. ¿Y qué noticias, señor don Santiago Fernández?

—No me digan nada, ni me calienten más la cabeza —exclamó el Gran Capitán encubriendo bajo la ficción de un estudiado cansancio el placer que le causaba el ver sacado a plaza un tema tan de su gusto—. Mire Su Paternidad que estoy ya que no doy por mi cuerpo un real. ¡Qué ir y venir! ¡Qué jaleo! ¡Todo el día poniendo nombres en la lista, y haciendo recuento de cartuchos, y examinando armas, y disponiendo, y mandando! Aquellos señores son muy remolones, y todo lo tengo que hacer yo.

—¿Y resistiremos, si como dicen, se nos viene encima ese monstruo, ese troglodita, ese antropófago, señores, que no se sacia nunca de devorar carne humana?

—¡Pues no hemos de resistir! —exclamó el Gran Capitán—. ¿Hemos de ser menos que los zaragozanos? Además de que yo creo que no viene.

—Y sabe Dios —dijo doña María Antonia—, si será cierto lo que dicen de que allá en Rusia o Prusia le echaron unos polvitos en el cocido para que reventara.

—Como que hay quien asegura que está sacramentado y que hizo testamento, devolviendo todas las naciones que ha robado y abjurando de sus herejías.

—¡Oh gente ignorante y crédula! —exclamó de improviso don Roque, desenvainando su cartapacio de papeles públicos—. ¡Y cómo se conoce la rusticidad de los que atienden más a los dichos y simplezas del vulgo que a la palabra impresa de los hombres doctos! Vean, vean lo que dice ese papel, y no hagan caso de tonterías: «Napoleón se presentó al Senado el 25 del pasado, y dijo que *bien pronto pondría sus banderas en las torres de Madrid y en las fortalezas de Lisboa.*» También cuenta la *Gaceta* que ciento sesenta mil hombres del ejército grande están sobre la frontera de España, y que el Emperador dijo que *antes de fin de año no quedará aquí una sola aldea en insurrección.*

—Con que ni una sola aldea... —dijo el fraile—. Pero sabe Dios la intención que llevará el que ha escrito esos papeles. Lo que es por mí, mandaría suprimir todos los que se imprimen en España, pues para envolver especias, mejor es el papel no impreso y limpio como sale de las fábricas.

—¿Pues eso qué duda tiene? —dijeron a una las dos niñas de doña Melchora.

—Y yo —exclamó como un basilisco don Roque—, mandaría suprimir todos los frailes o les quitaría el hábito, dando a cada uno un fusil para que fueran a limpiar a España de franceses.

—Sin fusil lo hacemos, hermano —dijo Salmón riendo—. Lejos de suprimir frailes, yo los aumentaría en grado máximo, y así la mayor parte de los españoles vivirían gordos y contentos, y no veríamos tanto vagabundo mendigo por esas calles.

—Chúpate esa y vuelve por otra —dijo a don Roque la menor de las hijas de la bordadora en fino, suponiendo al viejo completamente apabullado bajo el peso de aquellas incontestables razones.

—¿Con que más todavía? Pues sepa mi señor Salmonete —dijo don Roque, llevando al último extremo su familiaridad con el fraile—, que ahora se va a reunir la nación en Cortes. ¿No lo quieren creer? ¡Ah! Pues no doy dos maravedises por lo que de Gobierno absoluto hubiere después de la guerra. ¡Abajo los tiranos! —añadió poniéndose en pie y alzando los brazos con endemoniada exaltación—. Y si hay un frailazo chocolatero que me desmienta, alce la voz, y venga delante de mí, que yo le reto a singular polémica, aunque traiga más textos que escribió Pedro Lombardo, y más latines y aforismos y comprobatorias y distingos que han eructado en diez siglos las cátedras salmantinas y complutenses.

—¿Y cómo había yo de ponerme a disputar con semejante pedazo de acebuche con nudos, más duro que roca? ¿Y de qué valdrían mis argumentos contra a asnal cerrazón de su mollera? —exclamó el padre Salmón levantándose también de su asiento; mas no enfadado ni nervioso, sino riendo a todo reír, pues su humor de mantequillas era tal que no se le vio colérico mas que una sola vez.

—Pues empecemos —dijo don Roque poniéndose verde.

—Empecemos —añadió Salmón restregándose las manos y haciendo después grotescos gestos, como de quien imita los movimientos de un grave predicador.

—No quisiéramos más para reírnos de don Roque —dijo la mayor o la menor (que esto no lo tengo bien presente) de las hijas de doña Melchora.

—Pero para restaurar nuestras fuerzas, señores y señoras mías —dijo Salmón—, venga ese chocolate, que aquí mi amigo don Roque dice que no se puede pasar sin él.

—Quien no se puede pasar sin él —contestó el aludido—, es su magnificencia reverendísima, que en llegando a estas horas, como no ponga un puntal al estómago, se cae rendido.

—Pues usted lo dice, amigo papelista eminentísimo —contestó Salmón dando otra vez rienda suelta a la risa—, así sea, y venga ese chocolate; y pues es más agradable el goce de una amena tertulia que el disputar, dejémonos de discusiones, y pelillos a la mar, y cada uno piense lo que quiera, y ruede la bola, y viva Fernando VII.

—Es lo más conveniente, toda vez que este don Roque está chiflado —dijo Fernández—, y un día hemos de verle por esas calles con una *Gaceta* en cada dedo.

—¡Pero qué graves y circunspectas están mis niñas! —añadió Salmón dando unas palmaditas en el hombro, no recuerdo bien si de la mayor o de la menor de las hijas de doña Melchora—. Y esos piquitos de oro, ¿por que no echan una canción por todo lo alto, para que se nos alegren los espíritus?

—Bueno, bueno.

Y una de ellas rompió al instante a cantar de esta manera:

> Con un albañilito
> madre, me caso,
> porque son de mi gusto
> los hombres blancos.

—Eso tiene poca gracia —dijo Salmón—. A ver otra.

—Pues allá va la que está de moda:

> Bonaparte en los infiernos
> tiene su silla poltrona,
> y a su lado está Godoy
> poniéndole la corona.
> Sus compañeros
> van de dos en dos;
> Murat, Solano,
> Junot y Dupont.

—¡Bravo, magnífico! Doña Melchora, tiene usted dos niñas que envidiaría cualquier princesa. Y qué tal, ¿se gana mucho?

—En estos tiempos, padrito —dijo la madre—, suele caer algún bordado de uniforme; pero ¿dónde se ven aquellos ternos de plata y oro, aquellas estolas, aquella ropa de altar que tanta ganancia nos daban antes de estas malditas guerras? Ya sabe su grandeza que las mejores capas pluviales, las mejores casullas que se han lucido en procesiones, así como las mejores chaquetas toreras que han brillado en plazas y redondeles, pasaron por estas manos. ¡Ay, quién me lo había de decir! ¡La que bordó los calzones que llevaba Pepe-Hillo cuando le cogió aquel enrabiscado toro; la que bordó la capa que llevaba en sus santos hombros el Eminentísimo cardenal de Lorenzana el día que tomó posesión, está hoy consagrada a miserables letras de cuello de uniforme, y a las dos o tres insignias de consejero, o ropón de Niño Jesús, que caen de peras a higos! ¡Buenos están los tiempos!

—Cuando esto se acabe... —dijo el fraile.

—¿Cómo, cuando esto se acabe? —gritó de improviso don Roque interrumpiendo con muy feo gesto a su amigo—. Antes, muy antes de que esto se concluya se reunirá el país en Cortes. ¡Y estos alcornoques no lo quieren creer!

—Que te despeñas, Roque amigo.

—¿También eso lo dicen los papeles? —preguntó con mucha sorna el Gran Capitán.

—También lo dicen, sí señor. Pues no lo han de decir. Y cómo se me ha de olvidar, si lo sé de memoria y anoche, luego que me acosté, estuve recitando en voz alta aquello de... «Después de tantos años de abatimiento y opresión en que los leales y generosos españoles han sufrido mayores ultrajes y vilipendios que los salvajes africanos, amanecerá el glorioso día en que se reúnan los pueblos por medio de sus representantes para tratar del bien común. Este es el objeto con que se instituyeron las sociedades civiles; no el engrandecimiento de un solo hombre con perjuicio de todos los demás. Reunidas aquellas, es como puede conocerse a fondo el estado de una nación, sus recursos, sus necesidades y los medios que deben adoptarse para su bienestar y prosperidad; y donde faltan estas solemnes Asambleas, los monarcas, mal aconsejados, caminarán ciegamente al despotismo, tal vez contra sus buenos deseos.»

—¡Lindísimo sermón! —exclamó el Gran Capitán—. Ayer le contaba a mi compañero en la portería de Cuenta y Razón las extravagancias de mi vecino don Roque, y me dijo que esto se llamaba *el democratismo*. ¿Es así, padre?

—Llámese como se quiera —repuso el venerable Salmón—, lo que digo es que este chocolate, que ahora nos trae la señora doña Gregoria, y cuyo olor se adelanta hasta nosotros anunciándonos la nobleza de lo que viene en el cangilón, me parece tal, que solo podría servírsele semejante al Sumo Pontífice.

—Y a la abadesa de Las Huelgas de Burgos —dijo doña Gregoria—; que ella y el Papa son las dos más altas personas de la cristiandad, y por eso se dice que si el Papa se casara, la única mujer digna de ser su esposa es la tal abadesa de Las Huelgas.

—Así es —añadió Salmón, olvidándose de todo lo que no fuera el cangilón—; y por lo que hace a eso del *democratismo*, yo le aconsejo a don Roque que se deje de tonterías y no piense en novedades, pues por ahora que ahora y en muchísimos años para adelante, estamos y estaremos libres de ellas.

—Los españoles guerrean porque no quieren que los manden los franceses —dijo la mayor de las hijas de doña Melchora—, y también para defender los usos y *pláticas* del reino contra las novelerías que quiere poner aquí Napoleón. Así me lo dice todos los días Paco el plumista, que es sargento de voluntarios.

—Pues a mí me dijo Simplicio Panduro, ese saladísimo paje de don Gaspar Melchor de Jovellanos —añadió la otra—, que los españoles guerrean por echar a los franceses y por mejorar la mala condición de los reinos, quitando las muchas cosas malas que hay, al modo de lo que dice don Roque por las noches cuando predica a solas y a oscuras en su cuarto.

Estas dos opiniones dieron pie a una acalorada disputa que no copio porque nada sacarían de ella en limpio mis lectores, toda vez que es público y notorio que en lo que va de siglo, la historia, la grave y cachazuda historia no ha podido dilucidar la cuestión planteada por aquellas dos niñas, y aun hoy andan a la greña eminentes escritores por averiguar si decía verdad la mayor o la menor de las hijas de doña Melchora.

Salmón, consumido su chocolate, dijo:

—Con que, amiguitos, ¿me dan ustedes su venia para retirarme?

—¿Tan pronto, padre? ¡Que siempre nos ha de tener Vuestra Reverencia con hambre de su compañía!

—Bastante os acompaño, hijitas mías.

—Pues siempre nos sabe a poco.

—Ya sabéis que tenemos en casa desde esta tarde *octava misión y solemnes cultos para desagraviar a Jesús Nazareno y a María Santísima, de los sacrílegos insultos que han sufrido en nuestros templos, de los impíos ejércitos franceses, e implorar de la divina misericordia que robustezca y ampare a nuestros soldados y conserve y dirija en todos los negocios a los que nos gobiernan.* ¿Pero no lo sabíais, pajaritas volanderas? Por supuesto que no faltaréis el día que me toque predicar.

—Antes faltará la tierra y prados en ella, como dijo el otro.

Ya estaba en pie para retirarse el padre mercenario, cuando el señor de Cuervatón, que poco antes había sido llamado de su casa, donde le esperaba una visita, volvió dando voces; y lleno de cólera, que en los ojos con fulminantes rayos le centelleaba, habló así:

—¡No sé cómo no le ahogo!... ¡Vaya con el lindo currutaco, harto de ajos!... ¡Cuando creí que vendría a pagarme, viene a pedirme más dinero!... ¡Y ahora sale con que su señora mamá es muy rica! Miserable, pringoso, vestido con harapos de príncipe, ¿por qué esa señora no reventó antes que os pariera?

—¿Qué hay, señor de Cuervatón? ¿qué le pasa?

—Que después que me estoy arruinando por favorecer con mi pequeña hacienda a los necesitados, he aquí que un señor condesito de Rumblar o de Barrabás con pintas, me debe más de nueve mil reales, y después de no pagarme ni un céntimo de interés (que no son más de peseta por duro al mes), viene a pedirme más dinero. Canalla, catacaldos: ¿qué me importa que sea noble y que le vayan a caer dos mayorazgos?

—¿Don Diego de Rumblar? —dijo Salmón: y luego volviéndose a mí añadió—: no olvides, Gabriel, que tenemos que hablar.

—Pues o me paga —prosiguió Cuervatón—, o el mejor día le desnudo en medio del Prado delante de las damas.

En esto salimos al corredor, y ¡oh espectáculo lamentable! se ofreció a nuestra vista el de don Diego azuzado en medio del patio por todos los chicos de la vecindad como novillo en plaza. Muchas mujeres habladoras habían salido por los cien agujeros de aquella colmena, y unas con cáscaras de castañas, otras con palabras picantes le mortificaban en lo moral y en lo físico. Especialmente la mujer de Cuervatón, que era una hidra con más rabos y espinas y escamas en su alma, que las mitológicas en su cuerpo, poniéndose de pechos en el barandal, después de escupirle, le decía:

—Tío pingajo de oro, ¿tenemos nuestro dinero para mantener haraganes?... ¿Ahorramos nosotros para daros esa agua de bergamota de que apestáis? Coma usted clavos, y si es noble y espera mayorazgos, póngase a roer sus *jicutorias*, o coja una espuerta y vaya a vender arena, como hacen mis dos hijos, que aunque no les falta para comer y vestir como niños de príncipe, andan al trabajo de la arena desde que saben llevar la mano a la boca. Cuidado con el señorito don Pelagatos; y dice que es conde... Conde es él como mi abuelo. Ea, muchachos, rociadle un poco con la esencia de ese fango de azahar argentino que hay en el patio... Coged también esas cáscaras de nuez, y la ceniza de aquel braserillo.

Los muchachos que esto oyeron, y que se habían adelantado a poner en ejecución *auctoritate propria* lo del rociar, descargaron sobre el infeliz don Diego, a punto que este salía, tal lluvia de inmundas sustancias, le persiguieron tan encarnizadamente por el portal y luego por toda la calle del Barquillo, que daba compasión ver al infeliz magnate corrido, avergonzado y lloroso.

El padre Salmón, que era hombre caritativo, reprendió a los muchachos su grosería, y a la señora de Cuervatón su crueldad. Cuando se dispuso abajar, todos se lo disputaban, no queriendo dejarle de la mano: este le enseñaba los cinco perritos recién paridos por Zoraidilla, aquel le hacía tocar con el dedo el diente de la niña, uno le pedía receta para el dolor de muelas, otro le cantaba una seguidilla nueva, y todos le daban tales muestras de cariño y admiración, que bien se le podía considerar como el hombre más popular de su tiempo.

Cuando bajaba, allí eran de oír las exclamaciones, las palmadas, los vítores, y de ver los besos de correa, y el pedir y dar bendiciones.

—¿Cuándo me receta para estos desmayillos?

—Ya sé de cabo a rabo la oración a San Antonio. ¿Cuándo se la echo a Su Paternidad?

—Razón tenía el padrito en decir que el aguardiente de Chinchón da mejor gusto a los puches que el de Ocaña, y que no hay plato de lentejas sin dos ajitos machacados. Así lo hemos hecho.

—Padre, ¿las ranas son carne, o son pescado? porque mi abuela las comió el viernes y está llena de escrúpulos.

—¿Qué nombre le pondremos a lo que ha de venir si sale macho? Pondrémosle Anastasio como Su Reverendísima, en señal de agradecimiento por habernos ayudado a criar al mayorcito.

—Ya están compradas las dos velas para la Virgen de la Buena Dicha, y aquí Ramona las está adornando con flores y lentejuelas.

—Viva cientos de miles de años su magnitud sapientísima y empingorotadísima para alivio de estos pobres a quienes socorre.

Y así continuaban hasta que el padre salía a la calle. No; no ha existido hombre más popular que el padre Salmón. Casi, casi estoy por asegurar que su popularidad excedió dos dedos y aun tres a la de Fernando VII. ¡Desventurado Salmón! Oh tú, varón felicísimo, harto de lisonjas, de regalos y de bienestar; oh tú, teólogo de tumba y hachero, predicador burdo y de cuatro suelas, fraile mercenario que si no redimiste ningún cautivo, tampoco hiciste daño a nadie; oh tú, hombre dichoso sobre todos los dichosos de la tierra, pues no cavilaste jamás ni te apasionaste, ni aborreciste, ni padeciste mal alguno en muchos años, ni viste turbada tu apacible existencia: ¡quién te había de decir entonces que aquel mismo pueblo tan solícito en victorearte, en regalarte en aplaudirte, en venerarte y adorarte como a persona divina, te había de coser a puñaladas veintiséis años después en la enfermería de tu santa casa, y cuando ya viejo, enfermo, inválido y sin alientos no pensabas más que en Dios! ¡Quién te había de decir que aquel mismo pueblo de quien fuiste ídolo, te había de echar al cuello un cordel de cáñamo para arrastrarte por los profanados claustros, sirviendo tu antes regalado cuerpo de horrible trofeo a indecentes mujerzuelas! ¡Ay! ¡lo que es el mundo y que cosas tan atroces ofrece la historia! Y así es bien que digas: si buen chocolate sorbí, buenos palos me dieron; si buenos abrazos, y agasajos, y besos de correa recibí, con buen pie de puñaladas se lo cobraron.

V

Pero como nada de esto viene ahora al caso, voy a dar cuenta del asombro que me causó la conversación que inmediatamente después de su salida tuve con aquel popularísimo fraile; y lo ocurrido fue que apoyándose en mi brazo para descargar sobre él parte del peso de su bien aprovechada humanidad, me dijo:

—Gabriel, o mejor, señor don Gabriel, pues a todo un Pico de la Mirandola se le debe tratar con miramiento: has de saber que necesito que me informes detenidamente de la vida de ese don Diego de Rumblar, en cuya compañía te he visto varias veces. Tú dirás que qué me importa a mí si el tal niño canta o llora; pero a esto te respondo que no soy yo quien tiene interés en saber sus malas mañas, sino una elevadísima familia, cuya casa frecuenta mi inutilidad las más de las tardes. Como don Diego está para casar con la niña, las señoras, que ya barruntan la mala vida que lleva el rapaz en Madrid, están muy disgustadas. Ayer cuando afirmé que le había visto en esta casa, me dijo la señora condesa: «Por Dios, padre Salmón, haga usted el favor de averiguar con qué hombres se junta, a qué sitios va, en qué gasta su dinero, porque si es cierto lo que sospechamos, antes se hundirá el cielo que entre él en nuestra familia.»

—Pues el señor conde —le respondí—, es un poco calavera. Cosas de la juventud... yo creo que se enmendará.

—Se enmendará. Luego es malo. Bien, Gabriel. Has dicho lo que necesitaba saber. ¿A dónde va por las noches? ¿Con quién se junta?

—Todo lo sé perfectamente —respondí—, y no da un paso sin que yo me entere de ello.

—¿De modo que podré satisfacer a la señora condesa? ¡Oh! Bendito seas, que me proporcionas la ocasión de corresponder a las grandes finezas de la dama más hermosa de España, al menos según mi indocto parecer en asunto de mujeres. Mañana tengo que ir a su casa, porque has de saber que la señora condesa es la que ha formado la *Congregación de lavado y cosido*.

—¿Y qué es eso?

—Una junta de señoras de la nobleza para lavar y coser la ropa de los soldados en estas críticas circunstancias. Y no creas que es cosa de engañifa, sino que ellas mismas con sus divinas manos lavan y cosen. También pertenece la señora condesa a la junta de las *Buenas patricias*, en que hay damas de todas categorías, desde la duquesa a la escofietera. Pero esto no hace al caso, sino que mañana tengo que ir a esa casa, y les diré todo lo que tú me confíes. Aunque ahora me ocurre que más fácil y expedito será cogerte por la mano y plantarte en presencia de tan alta señora para que por ti mismo y con tus buenas explicaderas, le des cuenta y razón de lo que desea saber.

—Padre, no sé si estará bien que yo vaya a esa casa —dije tratando de disimular la alegría que el anuncio de la visita me causara.

—Yendo conmigo, no tengas cuidado. Además, has de saber que la señora condesa es una persona ilustradísima, y que entiende de poesía y letras humanas, de modo que al saber tus conocimientos en la lengua latina, es seguro que te recibirá bien, y aun espero que te proporcione una buena colocación.

—Eso será lo de menos, con tal que yo consiga prestar a tan buena señora el servicio que desea. Y dígame, padre, ¿conoce Su Reverencia, por ventura, a la que va a ser mujer de don Diego?

—¡Que si la conozco! Como que soy su amigo, y su confidente, y desde que entro en la casa viene a mí saltando y brincando, y todo el día está: «padre Salmón por aquí, padre Salmón por acullá.»

—¿Y es Vuestra Paternidad su confesor?

—Eso no, que lo es mi compañero y amigo el padre Castillo, el cual va también todas las tardes a la casa.

—Y ella estará tan enamorada de don Diego, que beberá los vientos por él.

—Me figuro que no le puede ver ni en pintura. Es opinión general en la casa que la niña tiene puesto el pensamiento y el corazón en otra persona; pero aunque se vuelven locos, no ha sido posible dar con ella. El señor marqués y su hermana no piensan más que en averiguar quién podrá ser ese desconocido zascandil que ha trastornado el seso a la más discreta y bella muchacha que ha peinado azabaches y llorado perlas en el mundo; y todo se vuelve averiguaciones y acechos, y observa por aquí y husmea por allí. La condesa no se afana tanto y suele decir: «Eso se le pasará»; pero yo conozco que no las tiene todas consigo. He aquí la causa de que hayan querido apresurar el casamiento; pero aquí viene lo de que Rumblarito es un perdido y un mala cabeza, y todo proyecto se desbarata, y allá va el estira y afloja de las consultas: «Padre, ¿qué haremos? ¿Padre, ¿qué no haremos? Padre, ¿qué no haremos?» A cuyo apremiante cuestionar les contesto: «Calma, señoras mías, calma, que a mucha prisa gran vagar. Que mi estrella querida doña Inés es el *super omnia* de la virtud, de la buena crianza, del recato, de la modestia, no queda duda alguna, y capaz soy de decirlo en el púlpito si me pinchan tanto así. Al mismo tiempo tampoco puede dudarse que algo le hace cosquillas en su pensamiento, que algo como triste recuerdo o vago deseo la trae a mal traer, porque ¿cómo se explica aquel no hablar en dos días, aquel suspirar tan tierno, con la añadidura de mirar al suelo en ademán cogitabundo, sin que razones ni halagos, ni aun mis chistes escogidos, ni mis cuentos entresacados del *Tesoro de los dichos agudos* la hagan pestañear?» Y oyendo estas prudentes razones, la marquesa se entristece, y me vuelve a consultar, y aquí viene lo de: «Averígüelo el padre Salmón, que como tiene arte para el confesionario y es el mayor sacador de pecados que hemos conocido, sabrá explorarla.» Entonces el marqués añade: «Si por artes del demonio esa muchacha durante el tiempo en que vivió lejos de nosotros tuvo el mal gusto de enamorarse de algún cabrahígo de esas calles, ¿cómo es posible que en su nueva posición no le haya olvidado?» Y yo lleno de celo por el reposo de tan ilustre familia, llamo a la niña, me la llevo a un rinconcito de la casa o a uno de los cenadores del jardín, y le tomo una mano, y se la acaricio y le cuento dos cuentos, y le digo tres gracias, y le doy una flor, y echando a correr con estas mis pesadas piernazas, le digo: «a que no me cogéis», y ella vuela y me coge del hábito a los tres pasos, y con estos juegos preparo su ánimo para la confesión de amigo, no de sacerdote, que de ella espero. Sentados otra vez, le digo: «Niñita mía, flor de esta casa, retoñito temprano, fresa de abril, ¿queréis decirme cuál es la causa de esa melancolía? Vamos a ver, acá para entre los dos, pues esto no ha de salir de mí. Antes de que vuestro papa os recogiera, ¿amasteis a alguien?» Y al oír esto, los ojos se le llenan de lágrimas, echa a correr, la sigo y al poco trecho la veo parada, mirando al suelo y mordiendo la punta del pañuelo. Vuelvo a mis preguntas y nada saco en limpio, lo cual me desespera. Entonces la marquesa y su hermano me preguntan si creo conveniente que se rompa el trato hecho con la familia de don Diego, a lo cual les contesto: «Calma, señores: indagaremos primero si es cierto lo que del mozalbete se cuenta. Yo me encargo de hacer diligencias, pues varias veces le he visto entrar en cierta casa que frecuento, y conozco un joven que le acompaña a menudo. «Nada, hijo mío, lo dicho dicho. Mañana vas allá y les cuentas todo lo que sabes *et quibusdam alliis*, con lo cual mi encargo queda hecho y el Rumblar desenmascarado.

Gran sorpresa me causó la relación del venerable mercenario, y cuando me separé de él prometiéndole ir en su compañía al siguiente día, quedeme pensando en las extrañas cosas que había oído, y muy dudoso acerca de si había obrado cuerdamente al comprometerme en tan arriesgada visita. Pero debo explicar las causas de mis dudas, así como el estado de mi ánimo por aquellos días, pues algo hay que mis lectores no deben ignorar, aunque les sean indiferentes las cescichas de este su humilde servidor.

El palacio de mi señora la condesa (y debo advertir que a la sazón vivían todos reunidos en el de la Cuesta de la Vega), era un asilo infranqueable para mí. Desde mi vuelta de Andalucía ni por el pensamiento me pasó el poner allí los pies, teniendo como tenía la seguridad de una expulsión ignominiosa cual la de Córdoba. Entrar valiéndome de la astucia habría sido, si posible, infructuoso, pues la superchería o ficción de que me valiera, no podrían durar sino hasta que la señora Amaranta me viese el rostro. Frecuentemente iba a pasear de noche por los callejones que rodean el palacio, y allá en lo alto del muro la claridad de una ventana atraía mis miradas. Falto de la imagen de su persona, aquel cuadro de débil luz se me representaba como ella misma. Una noche tanto miré y con tanto arrobo contemplaba aquella ventana, que me entraron tentaciones de dar a conocer mi presencia al habitante del palacio que con semejante luz se alumbraba, habitante que según mi capricho era Inés y no otro alguno. Resolvime a ello, y tomando una chinita la arrojé contra los cristales: al poco rato se dibujó en ellos una sombra: pero esta y la luz desaparecieron pronto. Repetí el disparo a la noche siguiente, y catad la sombra otra vez. Pero cuando esperaba ver abierta la ventana, y oír una voz querida ceceando dulces y temblorosas sílabas en el silencio de la noche, apareciose en el fondo del callejón y como saliendo de las cocheras del palacio, un grupo de hombres en actitud hostil contra mi persona. Me puse en cobro a toda prisa, y no volví más.

Pasó Agosto, pasaron también Setiembre y Octubre, y aquellos noventa días depositándose unos tras otros como noventa capas de tierra en el hoyo de mi existencia, iban sepultando ilusiones, alegrías, sueños, porvenir. De improviso la diferencia de jerarquía social había puesto entre Inés y yo murallas inexpugnables, y para romper su jaula no bastaban mis fuerzas, pues no era la nueva como aquella de los Requejos hecha de frágiles cañas y alambres, sino de fuertísimos barrotes, más que el diamante duros.

Entonces comprendí más claramente que antes que yo no era nada, ni valía en el mundo más que un grano de anís, y esta consideración, irritándome en sumo grado, me infundía el mayor desprecio hacia mí mismo. ¿Por qué he nacido como he nacido? me preguntaba; y según es fácil comprender, no podía acertar con la contestación.

Y después decía: El espesor y fortaleza de estas paredes es tal, que si toda mi vida la empleara en hacerme más sabio que Séneca, más valiente que el Cid y más rico que los Fúcares, aun así no podría romperlas. Sin embargo, tal rumbo pueden llevar las cosas, que venga un día en que a los Fúcares no se les pida su ejecutoria para emparentar con la nobleza. Pero vamos a ver, ¿cómo me las compondré para llegar a ser rico? ¡Oh, miserable de mí! ¡Rico quien nada tiene! Es evidente que no se pueden ganar dos sin tener uno... Pues estudiaré hasta que pierda el seso, por ver si me hago sabio... o entraré formalmente en el ejército, por ver si de soldado raso llego a general en estos revueltos tiempos...

Y considerando esto, me golpeaba el cráneo, castigándole por su estupidez y su tardanza en dar a luz felices pensamientos. Entretanto la idea de la imposibilidad de mi dicha, de lo inútil de mis esfuerzos, y de la inconmensurable pequeñez a que estaba reducido iba labrando en mi alma con tanta tenacidad, que bien pronto aquel laborioso gusanito me minó de parte a parte, me socavó, llenó de agujeros los fundamentos de mi entusiasmo y fe poderosa, y... ¡misericordia! todo yo caí al suelo.

Las dificultades insuperables, la imposibilidad evidente de destruir con el solo auxilio de mis dedos aquella montaña que Dios había puesto en mi camino, me rendían de tal suerte, que me crucé de brazos, hallándome incapaz para todo. Y desde abajo, desde la inmensa profundidad donde me encontraba, decía, mirando el pedacito de cielo que difícilmente percibía encima de mí: —¡Oh, cielo! ¡Cuán lejos te veo, y qué bajo estoy después que creí tocarte con mi mano! Pero pues Dios ha dispuesto mi caída, renuncio por ahora a estar cerca de ti, y me arrastraré por estos oscuros fondajes, buscando un pedazo de pan que comer, sin más objeto ni aspiración que dar a la bestia de mi despreciable persona el forraje que diariamente necesita.

Así dije, si bien no recuerdo si empleé las mismas palabras.

¿Qué es el hombre sin ideal? Nada, absolutamente nada: cosa viva entregada a las eventualidades de los seres extraños, y de que todo depende menos de sí misma; existencia que, como el vegetal, no puede escoger en la extensión de lo creado el lugar que más le gusta, y ha de vivir donde la casualidad quiso que brotara, sin iniciativa, sin movimiento, sin deseo ni temor de ir a alguna parte; ser ignorante de todos los caminos que llevan a mejor paraje, y para quien son iguales todos los días, y lo mismo el ayer que el mañana. El hombre sin ideal es como el mendigo cojo que puesto en medio del camino implora un día y otro la limosna del pasajero. Todos pasan, unos alegres, otros tristes, estos despacio, aquellos velozmente, y él sin aspirar a seguirlos, ocúpase tan solo del cuarto que le niegan o del desprecio que le dan. Todos van y vienen, cuál para arriba, cuál para abajo, y él se queda siempre, pues ni tiene piernas para andar, ni tampoco deseos de ir más lejos. Es, pues, a vida un camino por donde mucha y diversa gente transita, y sobre cuyos arrecifes y descansos se encuentran también muchos que no andan: estos, según mi entender, son los que no tienen ideal alguno en la tierra, así como aquéllos son los que lo tienen, y van tras él aprisa o con calma, aunque los más antes de llegar suelen hacer alto en la posada de la muerte, donde por lo pronto se acaban los viajes de este camino.

Pues bien; en aquellos tres meses yo lo había perdido todo y me encontraba tullido y con muletas en mitad del camino. La meditación, la razón, la evidencia que tenía delante, mil poderosos estímulos me llevaron al siguiente resultado: renunciar completamente a Inés, si no en mi corazón, en lo real de la vida. Era lo justo, lo lógico, lo natural.

Y con esto queda dicho todo lo necesario para que se comprenda la impresión vivísima que experimenté cuando el padre Salmón quiso tan impensadamente y por tan raros caminos llevarme en presencia de la condesa.

—Iré y sea lo que Dios quiera —dije para mí, ocupándome en arreglar el vestido que en tan solemne ocasión debía llevar sobre mi cuerpo—. ¡Oh, infeliz de mí! Era el mes de Noviembre y no tenía más traje decente que uno de verano, sutilísimo, a quien cuidaba más que si fuera las telas de mi corazón, y me lo puse, con peligro de perecer helado. Aquello a más de incómodo era ridículo; así es que al acostarme pedí fervorosamente a Dios y a los santos que aclararan el día siguiente haciéndolo como los de Mayo, templado y hermoso; pero los de arriba no me oyeron o sin duda juzgaron más atendibles las razones de los labradores que pedían agua y más agua.

Tomando algunas cosas que creía indispensables para la visita, salí a la calle tiritando, encogido, hecho un ovillo y resguardando de los canalones la limpieza de mi ropa, pero aun así no pude salvar sino una pequeña parte de mi persona. Al fin aprovechando los claros y alguno que otro descanso de las llovedoras nubes, después de hacer varias paradas y estaciones en los portales, llegué al convento y juntándome con Salmón, él muy festivo y yo más serio y pálido que si me llevaran a ajusticiar, no dirigimos al palacio de Amaranta.

VI

Cuando entramos, saliónos al encuentro en el piso bajo el diplomático, quien no aparentó reconocerme, y después de hablar aparte con el fraile cosas que no entendí, nos mandó subir, diciendo que arriba estaba Amaranta con el padre Castillo, revolviendo unos libros que le habían traído. Subimos, y sin tardanza nos introdujo un paje. Al punto en que Amaranta se fijó en mí, púsose pálida y ceñuda, demostrando la cólera que por verme allí experimentaba. Pero como hábil cortesana, la disimuló al instante y recibió a Salmón con bondad, ordenándome a mí que me sentase junto a la gran copa de azófar que en mitad de la sala había, de lo cual colijo que ella debió de comprender el gran frío que a causa del rigor de la estación y de la diafanidad de mis veraniegas ropas me mortificaba.

—Este muchacho —dijo Salmón—, enterará a usía de aquello que deseaba averiguar, pues todo lo sabe de la cruz a la fecha; y al mismo tiempo tengo el honor de decir a usía que aquí tenemos un portento de precocidad, un gran latino, señora, autor de cierto inédito poema, por quien S. A. el príncipe de la Paz le destinaba a la secretaría de la interpretación de lenguas.

El padre Castillo volviose a mí y dijo con afabilidad:

—En efecto, ayer nos habló de usted el licenciado Lobo. ¿Y en qué aulas ha estudiado usted? ¿Querrá leernos algo de ese famoso poema?

Yo le contesté que lo de mi ciencia latina era una equivocación, y que el licenciado Lobo me daba aquella fama usurpándola a otro.

—¡Oh, no!... que también, si mal no recuerdo, nos dijo que en usted la modestia es tanta como el talento, y que siempre que se le habla de estas cosas lo niega. Bien está la modestia en los jóvenes; mas no en tanto grado que oscurezca el mérito verdadero.

Amaranta no dijo nada. El padre Castillo pasaba revista a varios libros, en montón reunidos sobre la mesa, y los iba examinando uno por uno para dar su parecer, que era, como a continuación verá el lector, muy discreto. Hombre erudito, culto, ilustrado, de modales finos, de figura agradable y pequeña, de ideas templadas y tolerantes que le hacían un poco raro y hasta exótico en su patria y tiempo, Fr. Francisco Juan Nepomuceno de la Concepción, en los estrados conocido por el padre Castillo, se diferenciaba de su cofrade, el padre Salmón, en muchísimas cosas que al punto se comprenden.

—Estos son los libros y papeles que han salido en los tres últimos meses —dijo Amaranta—. Buena remesa me han mandado hoy Doblado y Pérez, mis dos libreros; pero no me pesa; pues entre tantas obras malas y de circunstancias como aparecen en estos revueltos días alguna habrá buena; y hasta las impertinentes y ridículas tienen su mérito para ilustrar la historia de los actuales en los venideros tiempos.

—Así es —indicó el padre Castillo—. No hay obra por mala que sea, que no contenga algo bueno, y hace bien vuestra grandeza, en comprarlas todas.

—He leído un poco de este voluminoso papel —dijo Amaranta tomando un folleto que parecía recién salido de la imprenta—, y me ha causado mucha risa. El título es de los de legua y media. Dice así: *Manifiesto de los íntimos afectos de dolor, amor y ternura del augusto combatido corazón de nuestro invicto monarca Fernando VII, exhalados por triste desahogo en el seno de su estimado maestro y confesor don Juan Escóiquiz, quien por estrecho encargo de S. M. lo comunica a la nación en un discurso.*

—Pues aquí veo otro —dijo Castillo hojeándolo—, que si no es del mismo autor, lo parece. Se titula *La inocencia perseguida o las desgracias de Fernando VII: poesía.* Verdad que está en verso, y ahora es moda tratar en metro las más serias cuestiones, aun aquellas más extrañas al arte de la poesía, como por ejemplo este papel que ahora me viene a las manos y se llama *Explicación del capítulo IX del Apocalipsi, aplicado según su sentido literal al extraordinario acontecimiento de la pérfida irrupción de España: oda por un capellán.*

—Y ha de saber Vuestra Reverencia que también nuestro prisionero monarca da en la flor de hablar en verso —dijo Amaranta con sorna—, pues aquí tengo la *Epístola férvida que nuestro amado soberano el señor don Fernando VII dirige a sus queridos vasallos desde su prisión: pieza patética, tierna y de locución majestuosa.*

—Pues ¿y qué me dice la señora condesa de este otro librito que ahora me cae en las manos, y lleva por nombre *La corte de las tres nobles artes, ideada para el inocente Fernando VII: anacreónticas?* Y la primera de estas anacreónticas se encabeza así: *Reglas que contribuyen a que un pueblo sea sano y hermoso.* Por mi hábito de la Merced que no entiendo esto del pueblo *sano y hermoso,* que se ha de conseguir por la corte de las tres nobles artes, y ha de exponerse en anacreónticas. Con permiso de vuecencia me o llevaré al convento para leerlo esta noche.

—Lleve también Su Paternidad este papel suelto que dice: *Lágrimas de un sacerdote en dos octavas acrósticas.*

—Esto de los acrósticos y pentacrósticos, es juego del ingenio, indigno de verdaderos poetas —dijo Castillo—, y más aún de un sacerdote, cuyo entendimiento parecería mejor consagrado a graves empleos. Pero démelo acá usía, que me lo llevaré, juntamente con este sermón que se titula *Bonaparciana, u oración que a semejanza de las de Cicerón, escribió contra Bonaparte un capellán celoso de su patria.* Y en verdad que no anduvo modesto el tal capellancito comparándose con Cicerón; pero en fin, eso me anuncia qué tal será la dichosa Bonaparciana.

—Por Dios, señora condesa —dijo a esta sazón el padre José Anastasio de la Madre de Dios—. Ruego a vuecencia que me deje llevar al convento para leerlo esta noche, este otro graciosísimo libro que se titula: *Las Pampiroladas, letrillas en que un compadre manifiesta a su comadre que en las circunstancias actuales no debe temer a la fantasma que aterraba a todo el mundo.* ¡Qué obra más salada! Si no queda cosa que no se les ocurre...

—También puede llevarse, pues viene muy bien al ingenio y buen humor de Su Paternidad —agregó Castillo—, este otro que aquí veo, y es *Deprecación de Lucifer a su Criador contra el tirano Napoleón y sus secuaces, asusta el ver entrar tantos malvados franceses en el infierno.* ¡Hola, hola! también está en octavas. Serán mejores que las de Juan Rufo, Ercilla y Ojeda.

—¡Oh! Este sí que es bueno. ¡Válgame nuestra santa Patrona! —exclamó Salmón—. Óiganme: *Seguidillas para cantar las muy leales y arrogantes mozas del Barquillo, Maravillas y Avapiés, el día de la proclamación de nuestro muy amado Rey.* ¿Me las llevo, señora condesa?

—Sí, padre; ya que esté por seguidillas, aquí veo otras que le parecerán muy buenas. *Seguidillas que cantó el famoso Diego López de la Membrilla, jefe de la Mancha, después que consiguió las gloriosas victorias contra los franceses.*

—El pueblo español —declaró Castillo—, es de todos los que llenan la tierra el más inclinado a hacer chacota y burla de los asuntos serios. Ni el peligro le arredra, ni los padecimientos le quitan su buen humor; así vemos que rodeados de guerras, muertes, miseria y exterminio, se entretiene en componer cantares, creyendo no ofender menos a sus enemigos con las punzantes sátiras que con las cortadoras espadas. ¿Y qué me dicen usías de este *Asalto terrible que dieron los ratones a la galleta de los franceses, poema en dos cantos*? ¿Qué de este *Elogio del señor don Napoleón, por un artífice de telescopios*? ¿Qué de esta *Gaceta del infierno, o sea Noticia de los nuevos amores de la Pepa Tudó con Napoleón, y celos de Josefina*?

—Esas son groserías de vulgares e indecentes escritores —afirmó con enfado Amaranta—, pues todo el mundo sabe que ni la Tudó ha tenido amores con Bonaparte, ni este ha hecho nada que menoscabe su fama de hombre de buenas costumbres.

—Cierto es —dijo Castillo—, pero si usía me lo permite, le haré una observación, y es que el pueblo no entiende de esas metafísicas, y al verse engañado y oprimido por un tirano y bárbaro intruso, no debemos extrañar que le ridiculice y aun le injurie. El pueblo es ignorante, y en vano se le exige una decencia y compostura que no puede tener, razón por la cual yo me inclino a perdonarle estas chocarrerías si conserva la dignidad de su alma, donde el grande sentimiento de la patria como que disimula y oscurece los rencorcillos pequeños y vituperables.

—No me defienda usted tales chocarrerías, padre —repuso Amaranta—. ¿Tiene perdón de Dios este otro impreso que ahora leo? Oiga usted el título: *Lo que pueden cuatro borrachos, o sea despique al vil dictado con que se han querido oscurecer los honrados procedimientos de un pueblo fiel a su religión, rey y patria*.

—La obra —dijo riendo el fraile—, tiene traza de no ser un segundo don Quijote ni mucho menos; pero en su mismo título hallará vuecencia la explicación del llamar *borrachos* a los Bonapartes, dictado que tanto repugna a mi señora condesa. Cierto que los Bonapartes no son borrachos, y harto sabemos que el pobre rey José ni por pienso lo bebía; pero el pueblo no lo entiende así, del mismo modo que jamás dejó de llamarle *tuerto*, aunque harto bien pudo reparar la hermosura de sus dos ojos. El pueblo le llamó borracho y tuerto sin motivo, es cierto; pero ¿tienen razón los franceses en llamar *insurgentes, bandidos y ladrones de caminos* a los héroes que en los campos de batalla defienden generosamente la independencia patria?

—Convengo en ello —contestó Amaranta—; pero la cosa más justa si se hace con malas formas, parece como que se deslustra y encanalla. Vea usted Para hacer una pintura de las calamidades ocasionadas por la guerra, no era preciso que el autor de este papel lo titulara *Inventario de los robos hechos por los franceses en los países donde han invadido sus ejércitos.*

—Señora, convengo que al autor se le ha ido un tanto la mano en la forma —dijo Castillo—; pero por lo poco que de este libro he leído, me parece que dice verdades como el puño.

—¡Y tan como el puño! —exclamó Salmón alzando los ojos de un libelo cuyas páginas recorría a la ligera—. Pues lo que es este que al azar ha caído en mis manos, tiene unas explicaderas...

—¿Cuál?

—Es de lo más gracioso y bien parlado que imaginarse puede. Su anónimo autor lo titula *Carta primera de un vecino de Madrid a un su amigo, en que le cuenta lo ocurrido después de la prisión del execrable Godoy, hasta la vergonzosa fuga del tío Copas.* La agudeza de los dichos, la oportunidad de los chistes, apodos y chanzonetas es tal, que harían reír a la misma seriedad.

—¡Bonito modo de escribir la historia! Y ese palurdo vecino de Madrid, que sin duda será algún sacristán rapavelas o bodegonero del Rastro, ¿qué entiende de execrables Godoyes ni otras zarandajas?

—¿Pues no ha de entender, señora? —dijo el padre Castillo—. A veces en personas rudas y zafias se ve mejor sentido y criterio de las cosas que en las ilustradas y quizás por su misma ilustración desvanecidas. Lo que les falta es el decoro en la forma. Oiga mi señora condesa una observación que quiero hacerle. Entre esta multitud de papeles, que los libreros de Madrid le envían para que coleccione todo lo publicado, hay tal balumba de despropósitos y estolideces, que sería más necio y simple que sus autores el que dejara de reconocerlo así. Pero en medio de tanta faramalla, encuentro algunos productos del ingenio que suspenden, cautivan y enamoran, por ser fruto espontáneo de la mente popular, como lo son las heroicas acciones que desde el principio de la guerra estamos presenciando. Vea vuecencia: aquí hay una *Convocatoria que a todos los pastores de España dirige un mayoral de la sierra de Soria para la formación de compañías de honderos.* Este es un hombre ignorante, cuya actividad e interés por la patria no puede menos de elogiarse. También merece encomios lo que ha escrito esta doña María Piquer y Pravia, con el título de *¿Qué es héroe? Exhortación a los jóvenes españoles*, pues todo lo que tienda a encender los alientos de la juventud en las actuales circunstancias, es digno de aplauso. No le negaré tampoco los míos a estos *Cargos que hace el tribunal de la razón de España al Emperador de los franceses*, porque los tales cargos están hechos con mesura; ni tampoco a este *Engaño de Napoleón descubierto y castigado, obra en que se manifiesta con claridad la infidelidad del Emperador en sus convenios con España*, porque todo cuanto se diga acerca de la manera desleal y traidora con que nos declararon la guerra, me sabe siempre a poco. No seré tan benévolo con esta *Carta del licenciado Siempre y Quando al Doctor Mayo de 1808*, porque me repugnan las formas chocarreras en formales asuntos, ni daré dos higos por esta *Alegoría poética que descubre las iniquidades del más perjudicial y maligno hipócrita del mundo, Bonaparte*, porque ya dije que este afán de tratar en malos versos lo que está pidiendo a gritos clara y valiente prosa, me indigna y pone fuera de mí.

—Gracias a Dios —dijo entonces Amaranta—, que encuentro entre esta garrulería una obra de reconocida utilidad durante los tiempos de guerra. Vea Su Reverencia: *Arte universal de la guerra del príncipe Raimundo de Montecuculi*.

—En efecto, señora: yo daría un par de abrazos y otros tantos apretones de manos a Quiroga y Burguillos, que son impresores y editores de esta gran obra. Y aquí veo otra a cuyo autor le pondría yo en los cuernos de la Luna, pues no conozco hoy por hoy tarea más meritoria que escribir un *Prontuario en que se hallan reunidas las obligaciones del soldado, cabo y sargento para la pronta metódica instrucción de las compañías*. Vea mi señora condesa, cómo también sacamos pepitas de oro puro del escorial de este montón que tenemos delante. Aquí veo la *Higiene militar o arte de conservar la salud del soldado en guarniciones, marchas, campamentos, hospitales, etc*. Queden a un lado, para que no se confundan con lo demás; y en su compañía vaya *El buen soldado de Dios y del Rey, libro donde se asocian las máximas militares con las cristianas*. Esto me parece muy del caso, pues será mejor soldado aquel que lleve en su corazón la fe, única fuente de toda heroica acción y de la humildad y obediencia, que mantienen la disciplina, remedo mundano del divino orden puesto por Dios a la autoridad religiosa.

—Pues hagamos aquí un apartado de los buenos libros —dijo la condesa graciosamente, reuniendo los que el fraile le indicaba.

—Pero tate, señora mía —dijo este—, que me parece que en ese departamento de las cosas buenas se ha colado *El laurel de Andalucía y sepulcro de Dupont*, que, aunque muy patriótica, es de las más necias y enfadosas comedias que se han impreso en estos tiempos. Vaya fuera, y lléveselo Salmón si quiere leerlo, y en su lugar póngase esta *Colección de proclamas, bandos, diversos estados del ejército y relaciones de batallas*, que por ser un conjunto de documentos fehacientes, será en día no lejano de grande interés para la historia, que en tales tesoros se alimenta y bebe la verdad, sin la cual no puede vivir. ¿Pero qué libro es ése que con tanta atención vuecencia lee?

—Leo —repuso la condesa— las *Poesías patrióticas de don Manuel José Quintana*, que ahora salen por segunda vez a luz. Este tomo contiene la *Expedición de la Vacuna, las odas a Juan de Padilla, a España libre, al panteón del Escorial y a la Invención de la imprenta*.

—¡Oh! —exclamó el padre Castillo—. Bien lo decía yo: no pepitas de oro, sino perlas orientales habían de aparecer entre esta balumba. Póngame vuecencia a ese poeta sobre las niñas de mis ojos, pues no me canso nunca de leerlo, y es tan grande el encanto que en mí producen su fogosa entonación, su grave estilo, su arrebatado estro, su numerosa cadencia, la gallardía de las imágenes, la verdad de los pensamientos, la elegancia de los símiles, la escogida casta de todas las voces y frases, que me olvido del apasionamiento y saña con que ataca institutos y personas que yo a causa de mi estado no puedo menos de reverenciar. Pero tal es el privilegio del arte cuando da en buenas manos; y es que enamora con la forma aun a aquellos ánimos a quienes no puede conquistar con las ideas.

—Quítenmelo de delante —dijo Salmón—, y no pongan a ese autor ni a cien leguas del de esta composición que ahora tengo en la mano: *Godoy, sátira por don José Mor de Fuentes*.

—Pues si Su Paternidad es tan entusiasta de Mor de Fuentes, nosotros se lo regalamos, para que lo disfrute por los siglos de los siglos. ¿No es verdad, señora condesa? ¿A ver qué otro volumen es este, que parece recién publicado? *Poesías líricas o rimas juveniles por don Juan Bautista Arriaza.* Este no debe ser despreciado, pero tampoco agasajado. El aprecio que conquista con su gracia y primorosa frivolidad, lo pierde por maldiciente, sin que tenga como Juvenal el mérito de reprender los vicios y malas costumbres. Sus mejores obras son las que podríamos llamar *Vejámenes,* dirigidas contra cómicos y poetas; y estas *Rimas juveniles* son finas, pulcras, bonitas, pasajeras; pero carecen de aquella sal de la inspiración, sin cuyo ingrediente no hay manjar poético que se pueda traspalear. ¿Qué hacemos, señora condesa? ¿Se lo damos a Salmón o se queda en el departamento escogido?

—Quédese aquí —dijo Amaranta—, aunque no sea sino porque me ha dedicado casi todos sus versos llamándome Clori, Belisa, Dorila, Mirta, Dafne, Febea y Floridiana. Y para que el reverendo Salmón no se enfade, le daremos el *Napoleón rabiando, casi-comedia;* el *Bonaparte sin máscara,* y la *Descomunal batalla de los invencibles gabachos contra los ratones del Retiro,* que aquí están pidiendo que Vuestra Reverencia les de su dictamen.

—Pues vengan —dijo Salmón—, y no creo que vuestra grandeza me niegue este saladísimo papel, cuyo solo título hace desternillar de risa, y es: *El juego de Fernando VII con Napoleón y Murat al tresillo, libro en el que baxo las voces propias del tresillo se da una idea de lo acaecido con nuestro augusto soberano, del orgullo de Napoleón, y concluye con las exclamaciones más tiernas de nuestro oprimido Monarca.*

—Esto de decir en términos de tresillo lo que se puede expresar en castellano seco, me enamora —indicó Castillo.

—Precisamente en lo intrincado está el mérito de la invención —observó el otro fraile—. La prosa llana se cae de las manos, y así no comprendo cómo Vuestra Paternidad está ahora tan embebecido en la lectura de ese folleto, *Gobierno pronto y reformas necesarias.*

—Más que por lo que dice, me interesa por lo que todos los papeles de esta clase indican de alteraciones y disputas para lo por venir.

—Los españoles —dijo la condesa— no se cuidan ahora de lo porvenir.

—Permítame usía que la diga que está muy equivocada —repuso Castillo—. Observando atentamente todos los impresos que salen a luz (y los papeles impresos son quien más que otra cosa alguna da a conocer lo que piensa y anhela un pueblo cualquiera); observando, digo, esto que aquí tenemos, se ve que los españoles, bajo la aparente conformidad que nos da la guerra, estamos muy divididos, y eso se conocerá cuando con las paces venga el deseo de establecer las nuevas leyes que nos han de regir. Aquí tengo unas *Reflexiones de un español, y modo de organizar un gobierno que concluya la grande obra de la eterna libertad y prosperidad de la nación.* No parece mal escrito, y apunta con timidez la idea que creo desarrolla atrevidamente este cuaderno que se intitula *Política popular acomodada a las circunstancias del día: propone la Constitución que la España necesita para cortar de raíz el despotismo.* Por el mismo estilo y con igual tendencia está hecho este otro que dice *Reflexiones de un viejo activo a un amigo suyo sobre el modo de establecer una Constitución.*

—Y por lo que veo —dijo Amaranta leyendo la portada de otro libro—, este trata del mismo asunto: *Manifiesto del español, ciudadano y soldado, donde se da conocimiento de nuestros anteriores padeceres y esperanzas en nosotros mismos, respecto al mundo individual.*

—Por San Buenaventura y los cuatro doctores, que no sé lo que ha querido decir ese buen hombre con lo del *mundo individual*: pero lo apartaremos para leerlo después.

—¿Y cree Vuestra Paternidad que hay divergencia de pareceres entre los diversos autores que tratan de política y de Constitución? —preguntó Amaranta.

—¡Oh! —exclamó Castillo—, por aquí aparece la punta de un impreso, en quien desde luego conozco la opinión contraria. Sí, señora condesa: no hay más que leer este título, *Higiene del cuerpo político de España, o medicina preservativa de los males con que la quiere contagiar la Francia,* para comprender que éste es amigo del despotismo. Pues, ¿y dónde me deja usía estas *Conclusiones político-morales que ofrece a público certamen contra los herejes de estos tiempos un fraile gilito*? No me gusta que los regulares se ocupen de estos asuntos, y desearía que concretándose a su ministerio de paz, aguardaran tranquilos lo que los tiempos futuros traigan de calamitoso para nuestro instituto. Pero no es posible contener esta gritería que por todos lados sale en defensa de opuestos intereses, y venga lo que viniere, que si Dios no lo remedia, será gordo y sonado. Entretanto, póngame usía a un ladito estos libros que tratan de la Constitución y el despotismo, pues pienso examinarlos espaciosamente. ¿Pero qué veo? ¿Ha puesto vuecencia en el montón escogido esos cuatro librillos de novelas simples? Parece mentira que en esta época empleen nuestros libreros su tiempo y dinero en traducir del francés tales majaderías... ¿A ver? *La marquesa de Brainville*, la *Etelvina*, los *Sibaritas*, el *Hipólito*. Vaya toda esta romancil caterva a deleitar al padre Salmón, y si tarda en devolverla, mejor, que así podrá vuestra grandeza entretenerse en mejores lecturas.

—En esto de novelas andamos tan descaminados —dijo Amaranta—, que después de haber producido España la matriz de todas las novelas del mundo y el más entretenido libro que ha escrito humana pluma, ahora no acierta a componer una que sea mayor del tamaño de un cañamón, y traduce esas lloronas historias francesas, donde todo se vuelve amores entre dos que se quieren mucho durante todo el libro, para luego salir con la patochada de que son hermanos.

—Pues para mí —dijo Salmón— no hay más regocijada lectura que esa; y vengan todos para acá.

—Abulta bastante, señora condesa —indicó Castillo—, el apartado de los que defienden la Constitución. Hágame vuestra merced otro con los apóstoles del despotismo que hasta ahora parecen los menos. Pero no; por aquí sale un libelo titulado *Gritos de un español en su rincón*, que al instante puedo colocar entre los del despotismo.

—Y aquí hay otro —dijo Amaranta—, que si no me equivoco, también es del mismo estambre. Titúlase *Carta de un filósofo lugareño que sabe en qué vendrán a parar estas misas*.

—¡Magnífico! Desde que oí eso del *filósofo lugareño* lo diputé por enemigo de los constitucionales. Vaya al segundo montón; y los leeremos a unos y a otros para saber, como dice el encabezamiento, en qué *vendrán a parar estas misas*. Esta lucha, señora mía, o yo me engaño mucho, o ahora es un juego de chicos comparada con lo que ha de venir. Cuando se acabe la guerra, aparecerá tan formidable y espantosa, que no me parece podrá apaciguarla ni aun el suave transcurso de todos los años de este siglo en cuyo principio vivimos. Yo, que observo lo que pasa, veo que esa controversia está en las entrañas de la sociedad española, y que no se aplacará fácilmente, porque los males hondos quieren hondísimos remedios, y no sé yo si tendremos quien sepa aplicar estos con aquel tacto y prudencia que exige un enfermo por diferentes partes atacado de complicadas dolencias. Los españoles son hasta ahora valientes y honrados; pero muy fogosos en sus pasiones, y si se desatan en rencorosos sentimientos unos contra otros, no sé cómo se van a entender. Mas quédese esto al cuidado de otra generación, que la mía se va por la posta al otro mundo, con más prisa de lo que yo deseo. Y entretanto, guárdeme usía esos dos montones de libros, que todos quiero leerlos. Aquí el departamento de la Constitución, a este otro lado el del despotismo... pero ¡pecador de mí! A vuecencia se le ha ido la mano, dejando que se colara en estas regiones un papelillo, que desde su principio fue destinado al paladar de mi reverendo amigo. Afuera ese desvergonzado intruso.

—¡Ah! —exclamó Amaranta riendo—. Es un *Retrato poético del que vende santi barati y el sartenero victoreando al primer pepino que plantó un corso en tierra de España, y no ha prendido.*

—¡Venga acá! —exclamó con gran alegría Salmón—. ¡Y cómo se escapaba esa joya! Al convento me lo llevo junto con este otro, que aunque no trata de la guerra ni de política, parece libro de recreación científica y de honestísimo divertimiento. Es la *Pirotécnica entretenida, curiosa y agradable, que contiene el método para que cada uno pueda formarse en su casa los cohetes, carretillas y bombas, etc., con tres láminas demostrativas de todas las operaciones del sublime arte de polvorista.*

—Y ahora, señora condesa de mi alma —dijo el padre Castillo levantándose—, ya que he molestado bastante a usía, y hecho el escrutinio que vuestra grandeza deseaba, me retiro, pues esta tarde celebra solemne rosario la hermandad del Socorro de Nuestra Señora del Traspaso, y me toca predicar.

—Yo pertenezco a la del Rescate —indicó Amaranta—, y creo que es la semana que entra cuando hacemos nuestra función de desagravios. Y Vuestra Paternidad, padre Salmón, ¿no predica en estas fiestas?

—Señora, la real congregación y esclavitud de Nuestra Señora de la Soledad, me ha encargado dos pláticas para la semana que entra. Veremos qué tal salgo de ellas.

El padre Castillo, que sin duda tenía prisa, se fue, y allí quedamos Salmón y yo. Desde que hubo salido su compañero, tomó aquel la palabra, y dijo:

—Pues, como tuve el honor de indicar a usía, este muchacho sabe todo lo concerniente a don Diego, a sus artimañas, trapicheos y correrías, y él satisfará a vuecencia mejor que cuanto yo, *relata referendo*, pudiera decirle. Pero ¿será cierto, señora mía, lo que al entrar me ha dicho el señor marqués don Felipe?

—¿Qué?

—Que usía ha tenido anoche la felicísima suerte de hacer confesar a esa linda niña todo lo que de ella queríamos saber.

—Así es —dijo Amaranta— Todo me lo ha confesado.

—La paz de Dios sea en esta ilustre casa. ¿Dónde está ese blanco lirio, que la quiero felicitar por el buen acuerdo que ha tenido?

—Esta tarde no se la puede ver, padre. Ya que su merced ha tenido la buena ocurrencia de traerme este joven, a quien supone al tanto de lo que quiero saber, tenga la bondad de dejarme a solas con él, para que la presencia de persona tan grave y respetabilísima como Vuestra Reverencia, no le impida decirme todo lo que sabe, aunque sea lo más secreto.

—Con mil amores obedeceré a usía —dijo el padre Salmón—; y con esto se retiró dejándome solo con aquella estrella de la hermosura, con aquella deslumbradora cortesana, a quien nunca me había acercado sin sacar de su trato el fruto de una gran pesadumbre.

VII

—No ha sido una simpleza de este buen religioso lo que te ha traído aquí —me dijo severamente—; esto ha sido obra de tu astucia y malignidad.

—Señora —le respondí—, por mi madre juro a usía que no pensaba volver a esta casa, cuando el padre Salmón se empeñó en traerme, con el objeto que él mismo ha manifestado.

—¿Y qué sabes tú de don Diego?

—Yo no sé más sino aquello que no ignora nadie que le trata.

—Don Diego es jugador, franc-masón, libertino; ¿no es cierto?

—Usía lo ha dicho; y si lo confirmo, no es porque me guste ni esté en mi condición el delatar a nadie, sino porque eso de don Diego todo el mundo lo sabe.

—Bien; ¿y tú querrías llevarme a mí o a otra persona de esta casa a cualquiera de los abominables sitios que el conde frecuenta por las noches, para sorprenderle allí, de modo que no pueda negarnos su falta?

—Eso, señora, no lo haré, aunque usía, a quien tanto respeto, me lo mande.

—¿Por qué?

—Porque es una fea y villana acción. Don Diego es mi amigo, y la traición y doblez con los amigos me repugna.

—Bueno —dijo Amaranta con menos severidad—. Pero me parece que tú eres tan necio como él, y que le llevas a la perdición, incitándole y adulando sus vicios.

—Al contrario, señora, a menudo le afeo su conducta, diciéndole que tal proceder es indigno de caballeros, y que al paso que deshonra su casa, deshonra también a aquella con quien va a emparentarse.

—Eso está muy bien dicho —exclamó con pesadumbre—. Lo que hace Rumblar no tiene perdón de Dios. ¿Y quién le acompaña en su libertinaje?

—El señor de Mañara y don Luis de Santorcaz.

—¡También ese! —dijo con sobresalto y súbita transformación en su bello rostro—. ¿Qué hombre es ése? ¿Le conoces tú? ¿Dónde vive? ¿En qué se ocupa?

—Si he de decir verdad, aún ignoro qué clase de hombre es. Tampoco sé dónde vive; pero he oído que es espía de los franceses, y que estos le dan un sueldo para que les escriba todo lo que pasa. Esto me han dicho; pero no lo aseguro.

Entonces Amaranta acercó su silla a la mía, mirome como quien se dispone a entablar relaciones de confianza, y me habló así con voz dulce:

—Gabriel, está de Dios que me prestes de vez en cuando servicios de esos que no se encomiendan sino a la despierta observancia y a la discreta malicia. ¿Querrás averiguar si don Diego anda también en conspiraciones y malos pasos con ese que has llamado espía de los franceses?

—No sé si podré hacerlo, señora. Tendría que hacerme dueño de su confianza para abusar de ella. Por otro conducto podrá averiguarlo su señoría.

—Estás orgulloso; pero ven acá, chicuelo: ¿quién eres tú? ¿A quién sirves ahora?

—No sirvo a nadie, ni quiero servir. Por ahora soy soldado, si soldado es ser alguna cosa. Vivo de la paga que da el Ayuntamiento de Madrid a las tropas que ha levantado. Pero no tengo afición a las armas, y si las tomo hoy es por puro patriotismo y solo mientras dure la guerra. Después Dios dispondrá de mí, aunque, como no tengo riquezas, ni padres, ni parientes, ni papeles de nobleza, ni protección alguna, espero que no saldré de esta humilde esfera en que he nacido y vivo.

—¿Quieres que te proteja yo? ¿Necesitas algo? —me preguntó con bondad—. Te buscaré un buen acomodo, te socorreré, si por acaso no estás muy desahogado.

—Aunque el recibir limosnas no deshonra a nadie, antes me asparían que tomarlas de vuecencia.

—¿Por qué? ¿Pero qué pretendes tú? Yo sé que tú picas muy alto, y no te andas por las ramas. Vamos, Gabriel, si me abres tu corazón, si me confías francamente todo lo que sientes, te prometo ser benévola contigo. ¿Crees que no estoy al tanto de tus atrevimientos? Y sí no, dime: ¿a qué paseas de noche por ese callejón cercano? ¿A qué arrojas piedrecitas a las ventanas?

—¿Usía me vio? —pregunté muy confuso.

—Sí, y aunque me causó ira, reconozco que nadie es dueño de borrar de un golpe lo pasado, mucho más cuando uno no es autor de la situación en que ahora o después se encuentra, sino que es Dios quien a ella le conduce. Tú tienes aspiraciones ridículas y absurdas, y ahora yo, renunciando a medios violentos, hablándote con templanza y sensatez, voy a quitártelas de la cabeza.

—Hable vuecencia; pero debo advertirle que no tengo ya pretensiones ridículas, pues todo aquello que vuecencia recordará de mi afán de ser generalísimo pasó, y...

—No me refiero a eso, y bien sabes a qué aludo, tunantuelo. No puedo ocultarte el disgusto que tuve cuando en Córdoba me dijiste con mucha ingenuidad: «Señora, Inés y yo éramos novios.» Tal despropósito, tratándose de mi prima, me indignó al principio; pero después me hizo reír. ¡Ay! cuánto he reído con esto. Por supuesto, no creas que ella se acuerda de ti. ¡Eres tan inferior a ella! Bien sabe Inés que si en otro tiempo y lugar la aparente igualdad de vuestra condición permitía que os estimarais, hoy el solo pensar en tal cosa es un crimen. ¡Pues si vieras cómo se ríe de ti, y cuenta tus simplezas!... Eso sí, dice que te está agradecida porque dice que la salvaste de no sé qué peligro; pero nada más. Mi primita ha sacado tal dignidad y estimación de su linaje, que no digo yo con condes, con emperadores se casaría, y aún se juzgara rebajada.

—¡Bendito sea Dios, y cómo se mudan las personas! —dije yo, comprendiendo no ser cierto lo que oía.

—Pero si esto te digo —continuó Amaranta—, también añado que me intereso por ti y quiero recompensar los servicios que prestaste a Inés cuando estaba en la miseria; de modo que te daré lo necesario para que hagas fortuna con tu trabajo; mas con la condición de que has de marcharte de Madrid y de España mañana mismo, para no volver nunca.

Oí con mucha calma estas razones que la condesa dijo, queriendo aparentar una tranquilidad de espíritu que no tenía, y le contesté:

—¡Ay, señora, y qué mal me ha comprendido usía! Hábleme ahora vuecencia sin ninguna clase de artificio, pues yo con el corazón en la mano le digo que conozco muy bien quién soy y todo lo que puedo esperar. En mi corta vida he aprendido a conocer un poco las cosas del mundo, y sé que aspirar a lo que por mi humildad, mi ignorancia y mi pobreza está tan lejos de mí como el cielo de la tierra, sería una estupidez. No ocultaré a usía nada de lo que me ha pasado. Cuando Inés, quiero decir, la señorita Inés, estaba en casa del cura de Aranjuez, nosotros nos tuteábamos, hablando de nuestro porvenir como si nunca hubiéramos de separarnos. Después en casa de don Mauro Requejo, parecía como que nuestras desgracias nos hacían querernos más. Teníamos mil bromas, y yo le decía: «Inesilla, cuando seas condesa, ¿me querrás como ahora?» Y ella me contestaba que sí, y yo me lo creía... Después todo ha cambiado. Cuando fui a la guerra, yo no pensaba sino en ser un hombre de provecho para hacerla mi mujer; mas al mirar de cerca la esfera a donde ella había subido, al verme a mí mismo sin poder subir un solo peldaño en la escala de la sociedad, me entró una tristeza tal, que pensé morirme. Pero al fin se ha ido abriendo paso mi razón por entre este laberinto de atrevidas locuras, y he dicho para mí: «Gabriel, eres un loco en pensar que el mundo se va a volver del revés para darte gusto. Dios lo ha hecho así, y cuando su obra ha salido con tantas desigualdades, él se sabrá por qué. Renuncia a tus vanos sueños; que esto, y ser generalísimo de un tirón, como antes pensabas, es todo uno.» Al fin, señora condesa, he llegado a costa de grandes tristezas a adquirir una resignación profunda, con cuyo auxilio ya estoy curado de mis atrevimientos. He renunciado a lo imposible. Si así no lo hubiera hecho, sería real y efectivo lo que cuentan las malas novelas de que se reía hace poco el padre Castillo, y en las cuales se ve a una archiduquesa que se casa con un paje, y a un porquerizo enamorado de una emperatriz. No, señora: vengamos a la realidad triste; pero que es lo único que no engaña. Ya no tengo las aspiraciones que usía me supone, y no es necesario que vuecencia compre con dinero mi resignación ni mi alejamiento de esta casa, de Madrid y de España.

Amaranta mirábame de hito en hito durante aquel mi largo discurso, y después habló así:

—Gabriel, o eres un hipócrita, o en verdad que me vas pareciendo un joven no solo discreto, sino de honradas ideas. Ya veo que comprendes el sentido natural y templado de las cosas, y que sabes enfrenar la impetuosidad y petulancia propias de la edad.

—Señora, lo que he dicho a usía es la pura verdad; así me conceda Dios una buena muerte en mi última hora.

—Pues ya que me hablas con tanta franqueza, no quiero ser menos contigo. ¿Serás tú hombre a quien se pueda confiar un pensamiento delicado, un pensamiento de esos que la vulgaridad no comprende, ni estima en su justo valor?

—Creo que podrá vuecencia confiarme lo que quiera.

—¿Lo comprenderás tú? Vamos a ver. Dices que has renunciado a que te ame mi prima, reconociendo la inmensa inferioridad de tu posición.

—Sí, señora, así es.

—Muy bien; pero es el caso... no sé cómo decírtelo. Al indicarte que te daría riquezas, quise expresar que esperaba de ti un grande, un extraordinario favor.

—Si está en mí el prestarlo, no necesito que se me de nada. ¿Quiere usía que me marche? Pediré mi licencia. Pues qué, ¿acaso la señorita Inés se acuerda alguna vez de este miserable?

—Respóndeme lo que te inspire tu buena razón, Gabriel —me dijo la condesa con grave acento—. Figúrate tú que a la señorita Inés se le pusiese en la cabeza el no querer a nadie más que a ti... no es así... pero va como ejemplo: figúratelo.

—Ya está figurado.

—Pues bien: ¿no te parece natural que yo y mis tíos nos opongamos a ello por todos los medios posibles?

—Sí señora, me parece muy natural —repliqué con asombro—; pero si ella se empeña...

—Ella no se empeña... no es eso... Es que... vamos, te lo diré francamente. Aunque no aseguro yo que Inés te ame, ni mucho menos, porque esto sería un gran despropósito, ocurre que... es natural que sienta algún afecto hacia los que fueron compañeros de sus desgracias... Todo es un capricho, una obcecación pueril, que se le pasará seguramente. ¿No crees que se le pasará?

—Sí señora, le pasará.

—Pero para que esto acabe de una vez, necesito tu ayuda. Puesto que te veo tan razonable, puesto que reconoces que sería en ti una estupidez aspirar a casarte con ella... ¡Casarte con ella! ¡qué risa! ¡un pelagatos como tú!... parece esto cosa de comedia. ¿Pero no te ríes tú también?

—Sí señora, ya me estoy riendo —respondí haciéndolo de muy mala gana.

—Pues decía —continuó, cesando en su afectada hilaridad—, que, en vista de tu buen sentido, espero de ti lo que vas a oír. Repito que te daré lo necesario para que en otro país lejos de España puedas hacer una fortuna; te daré la fortuna hecha si quieres...

—¿Y qué he de hacer para eso?

—Nada... vienes aquí estos días so color de entrar a servirme, tratas a Inés, y luego durante algún tiempo fingirás hacer las cosas más feas, cometer las acciones más abominables y los delitos que más rebajan al hombre, de modo que ella con el espectáculo de tu envilecimiento vuelva en sí del trastorno que por ti tiene y todo acabe. Es sumamente fácil para ti: entras aquí en mi servicio, y a los pocos días me robas una sortija u otra prenda cualquiera; luego fingimos nosotros haber descubierto tu crimen y afeamos en público tu conducta; después si hablas con ella, me calumniarás, diciendo de mí mil herejías, y también hablarás mal de ella delante de alguna criada que venga a contárnoslo... y por este estilo harás una serie de maldades de esas que más envilecen a la criatura.

—¡Señora! —exclamé sin poder sofocar por más tiempo la ira—. Si usía me da toda esta casa llena de dinero, no haré lo que me pide. ¡Cometer delante de ella una infame acción! Me dejaré matar mil veces antes que tal haga. Cuando éramos amigos, más temía a sus censuras que a mi conciencia, y si algo bueno hice, hícelo por que ella lo viera y me aplaudiera; que más estimaba su aprobación que todos los bienes del mundo. Huiré para ir a donde no me vuelva a ver; pero pensar que he de envilecerme delante de ella, eso jamás. Adiós, señora, me voy de aquí —añadí levantándome—. Por segunda vez me quiere usía envolver en intrigas y fingimientos cortesanos en que es tan gran maestra.

—Aguarda —dijo deteniéndome.

—¿No está más en el orden natural lo que yo quiero hacer —añadí—, que es marcharme y no aparecer más por Madrid?

—Eres un majadero —dijo con despecho—. ¿Qué te cuesta hacer lo que te propongo? ¿Pierdes tú algo en ello? Ven acá, truhán de las calles: ¿acaso tienes algún nombre que deslustrar o alguna posición que perder? ¡Cuántos mejores que tú no se apresurarían a prestar este servicio por el aliciente de la recompensa que yo te ofrezco! ¿Pues acaso podías tú ni soñar con la fortunilla que te pienso ofrecer, farsantuelo? ¡Miren el caballerón finchado, siempre a vueltas con su honor y su conciencia, y su deber acá y su reputación allá!

—Si usía me da licencia, me retiraré —dije, resuelto a poner fin a la conferencia.

—No, aquí has de estar todavía. Por lo que veo, crees que mi primita se acuerda alguna vez de tus simplezas y majaderías —declaró con enfado—. Anda noramala, chicuelo andrajoso: ¿piensas que creo en tus hipócritas declamaciones? ¿Piensas que tomo en serio los generosos pensamientos que con tanto arte me has manifestado, echándotela de caballero? ¡Oh! ¡Esto me pone fuera de mí! Yo le diré a esa antojadiza quién eres tú y cuáles son tus mañas. O hará lo que yo le mando —añadió con creciente enojo—, y pensará como yo quiero que piense, o esa niña no es de mi sangre, no, no puede serlo. ¡Cuánta contrariedad, Dios mío!... No quiero verte más, Gabriel, vete de aquí... pero no, ven acá: tú no tienes la culpa de esto. Dime, ¿quién eres tú? ¿Dónde has nacido? ¿Tienes alguna noticia de tus padres? .. A veces suele acontecer que el que se creía humilde...

—No espere usía —repuse sonriendo—, que de la noche a la mañana me caiga en herencia un gran ducado. Eso pasa algunas veces, como ha sucedido con Inés; pero de tales pasos de novela entran pocos en libra. Humilde nací, y humildísimo seré toda mi vida.

—Lo digo por que si tú fueras una persona decente, te sentarían bien esos aspavientos que has hecho —me contestó—. No lo decía por otra cosa, desdichadote; no te vayas a envanecer sin motivo. Vete, estoy muy disgustada.

Y luego olvidándose de mí para no pensar más que en sus propias contrariedades, exclamó así:

—¿Por qué, Dios mío, cuando trajiste a esa niña a nuestra casa, nos trajiste también esta gran pesadumbre?

—¿Quiere usía mucho a su hija? —le pregunté.

—A mi prima, querrás decir.

—Eso es, me equivoqué.

—¡Que si la quiero! Desde que entró aquí no vivo más que para ella. Es un santo delirio lo que siento, y si Inés me faltara, me moriría sin remedio.

Mi desesperación consiste en que al traerla aquí no podemos o no sabemos darle la felicidad que ella merece. ¿Pero es acaso culpa nuestra?

—¿Y persiste vuecencia en casarla con don Diego?

—¡Oh, no! don Diego es un libertino; ya no me queda duda. Yo me opondré a que se case con él.

—Hace bien usía, y a la señorita Inés no le faltarán jóvenes de familia distinguida entre quienes elegir esposo. Por de pronto, señora, yo me atrevo a aconsejar a usía que rompa definitivamente con don Diego. Las malas compañías de este joven son un peligro para la tranquilidad de esta casa.

—¿Qué quieres decir? Ahora me viene a la memoria ese hombre que hace poco nombraste y que me causa miedo.

—¿Santorcaz? Sí, señora; y ya que le nombro, voy a tener el valor de poner a vuecencia al corriente de ciertas asechanzas, para que esté prevenida. Yo asistí a la batalla de Bailén, y allí por casualidad singular, vinieron a mis manos unas cartas...

Amaranta se inmutó.

—Señora, si he sabido casualmente alguna cosa que no debía saber, yo juro a usía que el secreto no ha salido de mis labios ni saldrá mientras viva.

La condesa pareció poseída de nerviosa exaltación.

—¡Estás loco! —exclamó—. ¡Qué majaderías me cuentas! Ni qué tengo yo que ver con esas cartas ni con ese hombre...

—En fin, señora, aunque de a usía un mal rato, quiero entregarle las dichas cartas.

—A ver, a ver —dijo pasando de la exaltación a un desvanecimiento y palidez intensa que la puso como difunta.

—Vea usted esta primera —dije entregándole la que ella había dirigido a Santorcaz.

—Esto parece un sueño —exclamó reconociéndola—. Pero ¿cómo ha llegado a tus manos este papel? ¡Miserable chiquillo de las calles! ¿quién te mete a leer estas cosas...?

Entonces le conté el suceso que me puso en posesión de aquellas esquelas, lo cual oyó muy atentamente, y después oprimiéndose las sienes con ambas manos, exhaló lamentos dolorosos.

—Pues ahora vea usía esta otra que parece contestación a la precedente, y que no llegó a ponerse en el correo, pero que al fin viene a su poder, aunque tarde, por mi conducto.

Amaranta leyó ávidamente la carta, y a cada rato la indignación se traslucía en su hermoso semblante. Cuando la hubo leído, rompiola coléricamente en menudos pedazos, y dijo así:

—¡Ese miserable me amenaza! ¡Dice que si su hija no está hoy en su poder lo estará mañana!

—Vuecencia recordará lo que ocurrió cuando la familia toda vino de Andalucía. Yo vine en la escolta que acompañó a sus mercedes desde Bailén hasta Santa Cruz de Mudela, y contribuí a poner en fuga a la canalla que detuvo los coches.

—Eran ladrones.

—Sí; pero su intento no era despojar a los viajeros. Usía recordará que nos fue muy fácil darles una severa lección; pero lo que sin duda ignora es que allí estaba el señor de Santorcaz, escondido entre las cercanas malezas, pues él y no otro mandaba aquella brillante tropa de forajidos. Yo que había leído la carta y además tenía sospechas por ciertas palabras que en Bailén oí a ese don Luis, solicité un puesto en la escolta que al señor marqués concedió el general, y en ella formaron también algunos de mis buenos compañeros. Pero todavía falta a vuecencia el leer la más curiosa de las tres cartas que en aquella ocasión memorable vinieron a mis manos. Aquí está, y ella le hará ver la infame deslealtad de un criado de su propia casa.

Tomó la condesa la carta en que Román daba a Santorcaz noticia circunstanciada de lo ocurrido con motivo de la legitimación de Inés, y mientras la leía, tan pronto hacía brotar lágrimas de sus ojos la rabia como los inflamaba con vivo resplandor.

—Ya sospechaba yo la infidelidad de ese vil que todo nos lo debe —exclamó—; pero mi tía le tiene cariño y por eso sigue en la casa... ¡Qué infamia! Pero necio mozalbete, ¿para qué has leído estas cosas? Vete, quítate de mi presencia... no, no, ven acá: tú no eres culpable.

—Señora —respondí—, ningún nacido sabrá de mí lo que usía no quiere que se sepa. Yo esperaba una ocasión de entregar a vuecencia esas cartas, y mientras han estado en mi poder, nadie, absolutamente nadie más que yo las ha leído.

—¡Oh! ya sé lo que debo hacer para defenderme, y defender a mi hija de tan miserables asechanzas.

—Santorcaz es íntimo amigo de don Diego, le acompaña a todas partes, le aconseja y le dirige. Yo he sorprendido sus conversaciones íntimas, y por ellas veo que el pérfido amigo y consejero de Rumbrar no ha desistido de sus proyectos.

—Yo estoy trastornada, yo estoy confusa —dijo Amaranta levantándose de su asiento—. No, no, Gabriel, no te vayas, tú eres un buen muchacho: yo quiero recompensarte de algún modo dándote lo necesario para que vivas con el decoro que mereces... Pero no pienses en Inés ¿sabes? Es una demencia que pienses en ella. ¡Pobre hija mía! La hemos sacado de la miseria, la hemos dado nombre, fortuna, posición, y no podemos hacerla feliz. ¡Esto me vuelve loca! Cuando la veo indiferente a todas las distracciones que le proporcionamos; cuando veo la imposibilidad de hacerme amar por ella, como yo quiero que me ame; cuando la observo pensativa y muda, y considero que echa de menos la apacible estrechez y contento que disfrutaba viviendo con el cura de Aranjuez, me siento morir de pena y paso llorando largas horas. ¡Pobre hija mía! ¡Ni siquiera le puedo dar este nombre, pues hasta con los de casa he de guardar secreto! ¡Ella y yo somos igualmente desgraciadas!... ¿Por qué no haces lo que te propuse, Gabriel? ¿A que vienes con humos caballerescos? ¿Eres acaso más que un infeliz? Pero no: tienes razón, no te degrades a sus ojos; tú tienes sentimientos nobles, tú eres un caballero, aunque no lo parezcas; tú mereces mejor suerte; Dios no es justo contigo... ¡Ay! voy viendo que tú también eres muy desgraciado.

Esto decía la condesa con muestras no solo de gran dolor sino también de cierta confusión mental hija de las diversas sensaciones a que se había visto sometida; y sentándose luego, permaneció en silencio gran rato. Así estaba cuando creí sentir lejano ruido de voces en el interior de la casa, rumor que apenas se percibía y que para mí hubiera pasado inadvertido, a no haber corrido Amaranta súbitamente hacia una de las puertas, prestando atención a lo que tan débilmente se oía.

—Es mi tía —dijo después de una larga pausa—; es mi tía que no cesa de reñirla. Porque no quiere someterse a las majaderías de un ridículo maestro de baile, ni hacer dengues ante los petimetres que nos visitan, la tratan de este modo. ¡Y yo no puedo impedirlo, Dios mío! —añadió juntando las manos con mucha aflicción—. ¡Pero si no soy nada aquí, ni tengo autoridad alguna sobre ella! He de presenciar sus martirios, fingiendo aprobarlos, y estoy condenada a aplaudir las violencias, las intolerancias, las imposiciones, las mezquindades que la hacen tan infeliz.

Amaranta hizo ademán de salir; contúvose junto a la puerta, retrocedió luego indicando en su marcha y ademanes una grandísima agitación. Después me miró con asombro, como si se hubiese olvidado de mi presencia y de improviso me viera.

—Gabriel —me dijo—. Vete, vete al punto de aquí, y no vuelvas más. ¡Ay! ¿Por qué no querrá Dios que, en vez de ser quien eres, seas otra persona?

La conmoción me impedía hablar, y sin decir sino medias palabras, despedime de ella, besándole respetuosamente las manos. Entonces Amaranta me tomó una de las mías, y mirándome con calma, derramando lágrimas de sus bellos ojos, me dijo esto, que no olvidaría aunque mil años viviese:

—Gabriel, eres un caballero; pero Dios no ha dispuesto darte el nombre y la condición que mereces. Si quieres darme una prueba de la nobleza de tus sentimientos y de la rectitud de tu juicio, prométeme que has de desaparecer para siempre de Madrid, y no presentarte jamás donde ella te vea. Se le dirá que has muerto.

—Señora —respondí—, ignoro si me permitirán salir de Madrid, pero si algo impide esta mi resolución, yo prometo a usía, por Dios que nos oye, salir de Madrid; y entretanto que aquí esté, juro que no me presentaré a ella, ni haré por verla, ni consentiré en cosa alguna por la cual venga a conocer que estoy en el mundo.

—Tendré presente lo que me has jurado —dijo ella—. No te arrepentirás de tu conducta. Adiós.

Estrechome entre las suyas mis manos la condesa con muestras de vivo agradecimiento, y salí de aquella estancia y del palacio con tan profunda emoción, que no era dueño de mí mismo. Cuando llegué a mi casa, después de vagar por Madrid toda la tarde, arrojeme sobre mi lecho, donde en vela pasé la noche entera, revolviendo en mi mente las palabras del diálogo con Amaranta, llorando a veces, a veces profiriendo gritos de rabia, y tan excitado, que mis buenos patronos creyéronme atacado de violenta fiebre.

VIII

A la mañana siguiente, después que rendido a la fatiga dormí con sueño irregular y espantoso durante algunas horas, doña Gregoria llegose a mí y me despertó diciendo:

—¿Qué es esto? Durmiendo a las diez de la mañana. Arriba, arriba, mocito. ¡Y se ha acostado vestido! Vamos, que son las diez... Pero, chiquillo, ¿qué haces, en qué piensas? Por ahí ha pasado la quinta compañía de voluntarios, tan majos y tan bien puestos con sus uniformes nuevos que darían envidia a un piquete de guardias walonas. ¡Ay qué monísimos iban! A los franceses les dará miedo solo de verlos. Nada les falta, si no es fusiles, pues como en el Parque no los había, no se los han podido dar; pero llevan todos unos palitroques grandes que les caen a las mil maravillas, y de lejos parece que llevan escopetas. Vamos, evántese el señor Gabrielito: ¿no eres tú de la quinta compañía? Levántate, que ya dicen que está Napoleón Bonaparte a las puertas de Madrid, montado en una mula castaña y con la lanza en el ristre para venir a atacarnos.

—Mujer, ¿qué disparates estás diciendo? —observó el Gran Capitán—. Napoleón no está en Madrid, sino que parece entró ya en España y anda sobre Vitoria. Por cierto que dicen que ha habido una batallita... Pero, chico, ¿no vas a coger tu fusil?

—Hoy mismo me voy de Madrid, señor don Santiago.

—¿Que te vas de Madrid, después de alistado? Pues me gusta el valor de este mancebo.

—Es que voy a ver si me permiten pasar al ejército del Centro que está en Calahorra, y creo que me lo permitirán.

—¡Oh! no lo esperes, porque aquí, según me dijeron en la oficina, lo que quieren es gente y más gente, pues como algunos dan en decir que hay malas noticias... Yo creo que todo es cosa de los papeles públicos, y a mí no me digan; los papeles públicos están pagados por los franceses.

—¿Con que malas noticias?

—Paparruchas... En primer lugar, ahora salen con que lo de Zornoza que creíamos fue una gran victoria, es una medianilla derrota, y que el general Blake ha tenido que escapar refugiándose en las montañas. No se pueden oír estas cosas con calma, y yo mandaría que se le arrancara la lengua al que las repite.

—¡Mentiras, todo mentiras! —exclamó doña Gregoria—. ¡Si no sé cómo la Junta no manda ahorcar en la plazuela de la Cebada a todos los que se divierten con tales disparates!

—Has hablado muy bien —dijo el Gran Capitán—. Ahora han dado en decir que si en Espinosa de los Monteros ha habido o no ha habido una batalla.

—¿En que también hemos perdido? —preguntó doña Gregoria.

—¡Así lo dicen; pero quia! Bonito soy yo para tragarme tales bolas. Ahora encontré al volver de la esquina al señor de Santorcaz, el cual me lo dijo, fingiéndose muy apesadumbrado... ¡Pícaro marrullero! Como si no supiéramos que es espía de los franceses...

—¿Con que en Espinosa de los Monteros? ¿Y hemos tenido muchas pérdidas? —pregunté yo.

—¿También tú? —dijo Fernández sin poder disimular el pésimo humor que tenía—. Te voy descubriendo que tienes muy malas mañas, Gabriel.

—No hagas caso de este chiquillo mal criado —dijo doña Gregoria.

—Es preciso que aprendas a tener respeto a las personas mayores —afirmó el Gran Capitán, mirándome con centelleantes ojos—. ¿Qué es eso de pérdidas? ¿He dicho acaso que nos han derrotado? No mil veces, y juro que no hay tal derrota. ¿Hombres como yo pueden dar crédito a las palabras de gente desconsiderada y vagabunda?

Calleme por no irritar más a mi ingenuo amigo, y mientras me daban de almorzar, entró una visita que en mí produjo el mayor asombro. Vi que avanzaba haciéndome pomposos saludos, y mostrándome en feroz sonrisa su carnívora dentadura, un hombre de espejuelos verdes, en quien al punto conocí al licenciado Lobo. Lo que más llamaba mi atención eran los extremos de cortesía y benevolencia que en él advertí, y el de su osado respeto hacia mi persona que en todos sus gestos y palabras mostrara aquel implacable empapelador, y antes enemigo mío.

—¿Qué bueno por aquí, señor de Lobo? —díjele, ofreciéndole junto a mí una silla en que se repantigó.

—Quería tener el gusto de ver al señor don Gabriel.

—¿Señor Don tenemos? *Malum signum*.

—Y de poner en su conocimiento algo que le importa mucho —añadió—. ¿Pero cómo no ha ido a verme el señor don Gabriel?

—Ya le he encontrado a usted muchas veces en la calle, y como no ha tenido a bien saludarme. .

—Es que no habré visto a usted —me contestó melosamente—. Ya sabe el señor don Gabriel que soy más que medianamente ciego... Pues bien: como decía... El Gobierno ha tenido a bien remunerar los buenos servicios de usted

—¡Mis buenos servicios! —exclamé asombrado—. ¿Y qué buenos ni malos servicios he prestado yo al Gobierno?

El Gran Capitán y su esposa con medio palmo de boca abierta, prestaban gran atención.

—Modestito es el joven —prosiguió Lobo con aquel artificioso sonreír, que le hacía más feo, si es que cabía aumento en las dimensiones infinitas de su fealdad—. Yo he oído que usted se lució mucho en la batalla de Bailén, y no sé si también en la de Trafalgar, donde parece que mandó un par de fragatitas o no sé si un navío.

Prorrumpí en risas, y los dos ancianos, mis amigos, mirándose uno a otro con espontánea admiración por mis inéditas hazañas.

—Sí... algo de esto ha llegado a oídos del justiciero Gobierno que nos rige, y las comisiones ejecutivas de la Junta se disputan cuál de ellas echará el pie adelante en esto del recompensar a usía.

—Hola, hola, ¿también soy usía? Pues esto sí que me llena de asombro.

—Pero sea lo que quiera, amigo mío —continuó el leguleyo—, ello es que se ha decidido darle a usía un empleo en América, al inmediato servicio del señor Virrey del Perú.

—¿Trae usted mi nombramiento? —dije comprendiendo al fin de dónde venía todo aquello.

—No; hoy solo vengo a notificarle a usía este gran suceso, y a advertirle que cualquier cantidad que necesite para preparar su viaje, me la pida con franqueza, pues tengo orden de la... digo, del Gobierno, para entregar a usted lo que tenga a bien pedirme, previo recibito que me extenderá vuecencia.

—¿También soy vuecencia? —dije recreándome en la estupefacción de mis dos amigos.

—El nombramiento —prosiguió—, lo tendrá usía dentro de dos o tres días; pero le advierto que es voluntad de la Junta Suprema que el señor don Gabriel se haga a la vela al punto para las Américas, donde pienso que es de gran necesidad su presencia.

—Bueno —repuse—; pero entretanto yo le ruego al señor de Lobo diga a la Junta que no me hace falta dinero, y que muchas gracias.

—Eso no está bien —dijo doña Gregoria muy incomodada—. Pero tonto, si te lo dan, recíbelo y guárdalo sin averiguar de dónde viene. Estas cosas no pasan todos los días. Apuesto a que la Junta ha sabido lo de tus latines y te manda allí para que enseñes esa lengua a los salvajes, con lo cual se convertirán todos. ¿No es verdad, señor de Zorro, que así ha de ser?

—No me llamo Zorro, sino Lobo —repuso este—, y hará muy bien el señor don Gabriel en tomar lo que le haga falta, pues a su disposición lo tiene.

—Pues bien —dije yo—, vaya usted de mi parte a la señora Junta que le dio tan buen recado para mí, y dígale que para servir a la patria y al Rey, yo no pensaba pasar a América, sino al ejército del Centro y de Aragón, en cuyo Reino pienso quedarme y no volver a Madrid mientras viva. Para este viaje no se necesitan gastos.

—¿Y qué va a hacer el señor don Gabriel en el ejército de Aragón? Aquello está mal —dijo Lobo—. Por el de la izquierda no andan mejor las cosas, y después de la batalla que hemos perdido en Espinosa de los Monteros, nuestras tropas quedan reducidas a nada, y Napoleón vendrá a Madrid.

—¡Eso será lo que tase un sastre! —exclamó el Gran Capitán echando chispas—. ¿Quién hace caso de los papeles?

—Desgraciadamente —continuó Lobo—, esa sensible derrota no puede ponerse en duda.

—Pues yo la pongo —afirmó Fernández rompiendo un plato que al alcance de la mano tenía sobre la mesa—. Sí señor, yo la pongo en duda, y es más, yo la niego.

—El señor —dijo doña Gregoria—, seguramente no sabe quien eres tú, y el cómo y cuándo de lo bien enterado que estás de todo.

—Yo sé la noticia por buen conducto, y aseguro que es indudable —indicó Lobo—. El secretario del ramo de guerra me lo ha dicho.

—Buen caso hago yo del secretario del ramo de guerra—, dijo Fernández amoscándose en grado supino.

—Vamos, no porfíes, Santiago... —añadió doña Gregoria—. Estás más encarnado que pimiento de Calahorra, y no está bien que te dé el reuma en la cara por una batalla de más o de menos.

—Pues que no me falten al respeto. Eso de que le insulten a uno en su propia casa —dijo Fernández dando un puñetazo en la mesa...— porque, digan lo que quieran, donde menos se piensa salta un espía de los franceses, ¡Madrid está lleno de traidores!

Asustado Lobo del enérgico ademán de don Santiago, no quiso insistir en lo de la derrota, y proclamó muy alto que la batalla de Espinosa de los Monteros había sido ganada y reganada y vuelta a ganar por los españoles, oyendo lo cual se apaciguó nuestro veterano de las portuguesas campañas y habló así:

—Me parece que tiene uno autoridad para decir quién gana y quién pierde en esto de las batallas... y todos no entienden de achaque de guerra... y una acción parece derrota de diablos hasta que viene una persona inteligente y la explica, y resulta victoria de ángeles... y no digo más, porque sé dónde me aprieta el zapato, y en Espinosa de los Monteros lo que hubo fue que todos los franceses echaron a correr, y el hi de mala mujer que me desmienta sabrá quién es Santiago Fernández.

Dijo y levantose, cantando entre dientes un toquecillo de corneta; y dirigiéndose luego a donde desde lueñes edades tenía su lanza, la cogió, y con un paño la empezó a limpiar del cuento a la punta, dándole repetidas friegas, pases y frotaciones, sin atender a nosotros ni cesar en su militar cantinela. En tanto Lobo, que en todo pensaba menos en llevarle la contraria, continuó hablándome así:

—Ahora, señor don Gabriel, me resta tocar otro punto, y es que me diga usted algo de su parentela y abolengo, porque es preciso sacarle una ejecutoria. Con diligencia, el Becerro en la mano, y un calígrafo que se encargue del árbol, todo está concluido en un par de días.

—Mi madre entiendo que lavaba la ropa de los marineros de guerra —le contesté—, y hágamela su merced duquesa del Lavatorio, o para que suene mejor de *Torre-Jabonosa* o de *Val de Espuma* que es un lindísimo título.

—No es broma, señor mío. Al contrario, el destino que usted lleva al Perú, no se le puede dar sin una información de nobleza. Es cosa fácil. Y de su papá de usted, ¿qué noticias se pueden encontrar en la tradición o en la historia?

—¡Oh! Mi papá, señor de Lobo, si no mienten los pergaminos que se guardan en el archivo de mi casa, y están todos roídos de ratones (lo cual es muestra de su mucha ranciedad), fue cocinero a bordo de la goleta *Diana*, por lo cual le cae bien un título que suene a cosa de comida... pero ahora recuerdo que un mi abuelo sirvió de alquitranero en la Carraca, y puede usted llamarle el archiduque de las *Hirvientes Breas*, o cosa así.

—Usted se burla, y la cosa no es para burlas. ¿Su apellido?

—Los tengo de todos los colores. Mi madre era Sánchez.

—¡Oh! Los Sánchez vienen de Sancho Abarca.

—Y mi padre López.

—Pues ya tenemos cogidos por los cabellos a don Diego López de Haro y a don Juan López de Palacio, ese famosísimo jurisconsulto del siglo XV, autor de las obras *De donatione inter virum et uxorem, Allegatio in materia hæresis, Tractatum de primogenitura*...

—Pues de ese caballero vengo yo como el higo de la higuera. También me llamo Núñez.

—Por las alturas genealógicas de usted, debe de andar el juez de Castilla Nuño Rasura. ¿Y no hubo algún Calvo en su familia?

—¿Pues no ha de haber? Mi tío Juan no tenía un pelo en la cabeza. También me llamo *Corcho*, sí señor, yo soy nada menos que un *Corcho* por los cuatro costados.

—Feísimo nombre del cual no podemos sacar partido. Si al menos fuera Corchado... pues hay en tierra de Soria un linaje de Corchados que viene de la familia romana de los *Quercullus*. En lugar del *Corcho* le podemos poner al señor Gabrielito un *Encina* o *Del Encinar*, que le vendrá al pelo.

—A mi madre la llamaban la señora María de Araceli.

—¡Oh, bonitísimo! Esto de Araceli es bocado de príncipes, y más de cuatro se despepitarían por llevar este nombre. Suena así como Medinaceli, *Coelico Metinensis*, que dijo el latino. No necesito más.

A todas estas doña Gregoria no sabía lo que pasaba oyendo el diálogo de linajes; y absorta y suspensa aguardaba en silencio en qué vendría a parar todo aquel belén de mis apellidos.

—Que es de buena sangre el niño, no lo puede negar —dijo al fin—, porque bien se conoce en la nobleza de su condición, que hartos hay por ahí llenos de harapos, y a lo mejor salen con la novedad de que son hijos de un duque; y aquí estoy yo que tampoco doy mi brazo a torcer, pues los Conejos de Navalagamella no son ningún saco de paja.

—¿Qué Conejos son esos, señora mía?

—El mejor linaje de toda la tierra. Yo soy Coneja por los cuatro costados. El señor licenciado sabrá de qué fuentes antiguas vendrá este arroyo genealógico de la Conejería.

—Como estos gazapos —contestó el licenciado— no vengan de aquellos tiempos remotísimos en que a España la llaman *cunicullaria*, es decir, *tierra de los conejos*, no sé de dónde pueden venir.

—Así debe de ser. ¿Y el señor don Gabriel de dónde viene?

—Eso lo dirá el Becerro. Ahora veo que este señor de Araceli no es cualquier cosa, y aquí en dos palotadas hemos encontrado robustas columnas donde apoyar la grandiosa fábrica de su alcurnia. Pero hablando de otra cosa, señor de Araceli, ¿quién me abonará los gastos de la saca de ejecutoria, usted o la persona que me ha dado el encargo de hacer estas diligencias y de ofrecer el dinero?... Porque los gastos son muchos. Además, esta comisión tan bien desempeñada, ¿no merece alguna recompensa? Yo creo que la dará la señora cond... quiero decir la Junta Central, que es quien me la ha enviado.

—Más vale que el señor licenciado no se tome el trabajo de revolver papeles ni pintar árboles, pues yo no se lo he de pagar, y ese dinero que me ofrece tampoco lo he de tomar.

—Eso sí que no lo consiento —manifestó doña Gregoria—. No ha de ser así. Santiago: oye lo que dice este porro.

—Usted lo meditará mejor —dijo el leguleyo levantándose—. En cuanto a mí, espero ganar algo en estos jaleos, porque, amigo mío, ¿cómo se da de comer a diez hijos, mujer y dos suegras? Dentro de unos días volveré a traer a usted el nombramiento, y un poco más tarde la ejecutoria. Y en cuanto al dinero, con ponerme dos letritas...

—Bueno —respondí, considerando que me convenía disimular por de pronto mis intenciones—. Yo haré lo que me parezca, y nos veremos señor don Severo.

—Adiós, mi querido e inolvidable amigo —dijo deshaciéndose en cumplidos—. Que esto sirva para estrechar más los lazos de la dulce amistad que desde ha tiempo nos profesamos.

—Sí, desde el Escorial.

—Justamente. Desde entonces le eché el ojo al señor de Araceli, y comprendiendo sus excelentes prendas, lo diputé por grande amigo mío. Venga un abrazo.

Se lo di, y fuese tan satisfecho. Entretanto habían acudido a casa del Gran Capitán los vecinos, traídos todos por el olor de mi estupendo destino y del encumbramiento novelesco, que ninguno quiso creer, si doña Gregoria no lo jurara en nombre de todos los Conejos de navalagamellescos.

—¿Que no lo creen ustedes? —decía el Gran Capitán a las niñas de doña Melchora—. Como que me lo han hecho virrey del Perú.

—¡Virrey del Perú!!!

—Sí... y no quedó cosa que no sacó aquí ese señor de Lobo, Zorro o Leopardo —añadió doña Gregoria—. Y ahora parece que está tan clara como la luz del Sol la nobleza de este niño. ¡Si vieran ustedes la sarta de duques, condes y marqueses, que han aparecido entre sus abuelos! ¡Jesús, y quién lo había de decir!... Y le dan todo el dinero que quiera pedir por esa boca... Como que pretenden que se vaya pronto para las Américas a arreglar a aquella gente que anda toda revuelta... ¿No te lo decía yo, picaronazo? Alguna cosa gorda te tenía reservada Dios por ese tu buen natural... y que eres tú tonto en gracia de Dios... Nada, nada, toda esa parentela que te ha salido hirviendo como garbanzos en puchero te está muy bien merecida.

—Pues convídenos al señor perulero a piñones —dijo doña Melchora.

—¿De modo que ya no coges el fusil? —me dijo don Roque.

—Y ahora hace falta —añadió Cuervatón—. Pronto tendremos aquí a ese infame *córcego*.

—Sí, porque lo de Espinosa de los Monteros ha sido un menudo descalabro.

—¡Cómo descalabro! —exclamó furiosamente una voz que no necesito decir a quien pertenecía.

—Sí señor, un descalabro. Ya lo sabe todo el mundo. La retirada fue además desgraciadísima, y ha perecido mucha gente.

Don Santiago Fernández, que ya estaba de muy mal humor, se puso en punto de caramelo, y después de dudar un rato si contestaría a tales insolencias con un abrumador desprecio o con enérgicas negativas, decidiose por lo último, diciendo:

—En esta casa no se consiente gente perdida, porque juro y rejuro que los que hablan así de la batalla de Espinosa de los Monteros son espías de los franceses, y no digo más. Basta de disputas: cada uno meta su alma en su almario... y silencio, que aquí mando yo, y cuidadito con lo que se habla, que a mí no se me falta el respeto.

Conticuere omnes.

IX

Quiere el buen orden de esta narración, que ahora deje a un lado la gran figura del Gran Capitán, con cuyas eminentes dimensiones se llena toda la historia de aquellos tiempos; que también pase en silencio por ahora no solo las hazañas que piensa hacer, sino sus admirables sentencias y el dictamen profundo que sobre los asuntos de la guerra daba, y pase a ocuparme de don Diego de Rumblar. Es el caso que una noche encontrele camino de la calle de la Pasión; y al instante me cosí a su capa, resuelto a seguirle hasta la mañana, si preciso era.

—¡Oh Gabriel! ¡Qué caro te vendes! Chico, toma tus dos reales. No me gustan deudas.

—¿Ya ha salido usted de apuros? No será por lo que le haya dado el señor de Cuervatón.

—¡Miserable usurero! No pienso pedirle más porque ahora tengo todo lo que me hace falta. ¿A que no saltes quien me lo da? Pues me lo da Santorcaz.

—Eso es raro, porque yo suponía al señor don Luis más en el caso de recibir que de dar.

—Pues ahí verás tú. Ahora tiene mucho dinero, sin que sepa yo de dónde le viene. Parece un potentado el tal Santorcaz. ¡Cuánto me quiere y con cuánto talento me indica todo lo que debo hacer! Habías de verle cómo me ofrece dinero y más dinero, por supuesto dándole un recibito en toda regla. Ayer me prestó mil y quinientos reales que necesitaba para comprarle un collar de corales a la Zaina.

—¿Y es posible que gaste usted su dinero en tales obsequios, cuando tiene una tan linda novia con quien se ha de casar?...

—Qué quieres, chico: una cosa es el noviazgo, y otra es tener uno una mujer... pues. La Zaina me vuelve loco.

—¿Pero no se casa usted?

—¿Pues no me he de casar? Por de contado. Me parece que alguien de la familia se opone; pero no me apuro mientras tenga de mi parte a la marquesa. El casamiento es indispensable, porque es cosa de conveniencia. Mi madre me dice en todas sus cartas que si no me caso pronto, me abrirá en canal. La boda sobre todo; pero lo cortés no quita a lo valiente. ¿Has conocido mujer más salada, más seductora que la Zaina?

—Pues yo he oído, y esto lo digo para que usted se ande con tiento, que el señor de Mañara es el cortejo de la Zaina.

—Así se dice... pero a mí con esas... Puede que en un tiempo mi amigo don Juan tuviera ese capricho; pero ya no hay tal cosa.

—Y que don Juan salía al amanecer de casa de la Zaina, cierto es, porque yo lo he visto.

—Nada de eso hace al caso —repuso don Diego con petulancia—. Lo que es hoy, Ignacia se está muriendo por el que está dentro de esta capa. Ya verás esta noche cómo no me quita los ojos de encima. Además, yo sé que Mañara bebe los vientos por otra mujer.

—¿Por otra?

—Mejor dicho, por dos. Mañara ha vuelto a enredarse con la señora aquella que fue causa de un escándalo el año pasado, según oí contar, y además anda en tratos con la María Sánchez, hermana de la Pelumbres. Y que con la Zaina no tiene nada, lo prueba que anoche se pusieron de vuelta y media en casa de esta. ¡Bonito pañuelo de encajes, y bonita mantilla blanca lució en los novillos de anteayer la Pelumbres! Todo es regalo de Mañara, y anoche estuvieron juntos en la cazuela del príncipe, y fueron después a cenar en casa de la González. De modo que nadie me disputa a mi Zainita de mi alma.

En esto llegamos a casa de la semidiosa de las coles, lechugas y tomates, y vímosla trasegando de un pequeño tonel a media docena de botellas una buena porción de aguardiente, al cual, como católica cristiana, administraba el primer sacramento con el Jordán de un botijo de agua que allí cerca tenía. Lejos de ella, y a otro extremo de la salita, se calentaban junto a un braserillo el tío Mano de Mortero, padre de la Zaina, Pujitos y el simpático cortador de carne, a quien llamaban Majoma, los tres muy enredados en una calurosa conversación sobre los negocios públicos. Sin hacer caso de aquel grupo, que a su vez no lo hacía de los visitantes, don Diego y yo nos fuimos derechamente a la Zaina, y aquí me corresponde hacer de ella la más exacta pintura que esté a mis cortos alcances.

Era Ignacia Rejoncillos la más hermosa escultura de carne humana que he visto; y digo esto no porque yo la viese jamás en aquel traje que suelen usar la Venus de Médicis, la de Milo ni otras marmóreas damas por el mismo estilo, sino porque claramente se le traslucían, a favor de los vestidos de entonces, la corrección, elegancia y proporcional forma de las distintas partes de su cuerpo; que el traje, lejos de afear estas femeninas esculturas, antes bien las hermosea, y más admirables son supuestas que vistas.

Guapísima de rostro, tenía un blanco nacarado, sin que jamás se hubiese puesto otro afeite que el del agua clara, y unos ojos chispos, pardos, adormecidillos, tan pronto lánguidos como enardecidos, de esos medio santurrones y medio borrachos, que suelen encontrarse viajando por tierra de España, detrás del cajón de una plazuela, al través de las rejas de un convento, y para decirlo todo de una vez, lo mismo en cualquier paraje público que privado. Aunque algo chatilla, sus dientes de marfil, su linda boca, que era puerta de las insolencias, su garganta y cuello alabastrino bastaban a oscurecer aquel defecto. Las manos no eran finas, como es de suponer; pero sí los pies, dignos de reales escarpines, y tenía además otro encanto particularísimo, cual era el de una voz suave, pastosa y blanda, cuyo son no es definible, y a quien daba mayor gracia lo incorrecto de la pronunciación y los solecismos que embutía en el discurso.

—Querida Zaina —le dijo amorosamente don Diego—, anoche soñé contigo.

—Y yo con las monas del Retiro —contestó ella.

—Soñé que me querías mucho, y cuando desperté estuve llorando media hora al ver que todo era sueño.

—¿Y cuánto me quiere su merced? Lo que *hace yo*, estoy toda muerta y tengo el corazón hecho un ginovesado de tanto quererle.

—¡Si dijeras verdad, ingrata Proserpina, orgullosa Juno, artificiosa Circe! Tu corazón es de duro diamante o risco, y en vano mi amor quiere traspasarle con los acerados dardos de su carcaj.

—¿Qué motes son esos que me ha puesto, señor conde? —exclamó la Zaina riendo a carcajada tendida—. ¡Puerco-espina yo! ¿Y qué es eso de los carcajales y de los diamantes duros?

—Esto lo he oído en una poesía que leyeron esta noche en la Rosa-Cruz, y a ti te viene de molde. Dime: ¿por qué no me contestaste a la tiernísima carta que te escribí el otro día?

—¿Yo contestar, hombre de Dios? Así cuervos se lo coman. ¿Cómo he de contestar si no sé escrebir? Allí leyeron el papé los amigos, y tuvieron dos horas de fiesta y risa con aquello del llagado corazón de su merced, y que yo era una paloma torcaz y una ruiseñora, y que me tiene un amor edial y pantásmico.

—¡Ideal y fantástico! decía la carta, lo cual significa que te quiero con amor puro y platónico, sin mezcla de ningún liviano apetito.

—¡Ande y que le den garrote! No me hable usía en lengua gringa que no entiendo.

—¿Y qué te han parecido los corales?

—¿Los colares? Mazníficos, como ahora se dice. Solo que ya podía usía haberlos acompañado de la friolera de un par de zarcillos y de una peineta de carey de las cue hoy se usan. Y no se olvide mi condito del alma que me ha prometido un coche pa dir el lunes a los novillos, ni de aquellas doce varas de cotonía para hacerme lo que llaman ahora un savillé. Si no, manque se güelva irmitaño y alacoreta, como dice en su cartapacio, no le he de querer.

—Todo eso tendrás y aún mucho más —dijo don Diego tomándole un brazo.

—En el ínterin, manos quietas, señor don Diego, que quien es platono y pantásmico, como usía dice, no ha de gustar de pellizcar carne fofa como la mía. Pero venga acá y contésteme. ¿Se afirma en lo que anoche me contó del señor de Mañara?

—Punto por punto, Zainilla de mis entrañas.

—No es que me importe nada de lo que hace ese calaverilla —añadió la verdulera—, sino cue una amiga mía quiere saberlo.

—Pues dile a tu amiga que el señor de Mañara no la quiere ya, porque está enamorado de una cierta duquesa y de la Pelumbres, entrambas a dos.

—¡Duquesitas a mí! —exclamó Ignacia haciendo un gesto aterrador con su derecha mano—. Si es la señora que usía nombró anoche... ya, ya la conozco bien. Hace dos años solía ir en ca la Primorosa con otra amiguita suya, condesa o no sé qué, alta y morena, y con la Pepilla González, comicastra del Teatro del príncipe. ¡Pues no armaban mal jaleo entre las tres!... ¿Y también está con la Pelumbres?

—No: con su hermana Mariquilla; me equivoqué. Eso todo el barrio lo sabe. ¡Pues no está poco satisfecha Mariquilla! Pero deja eso que nada te importa, Zaina. ¿Me quieres mucho?

—¡Pues no le he de querer, niño —respondió la Zaina sin mirar a don Diego—, si tengo el corazón que no parece sino que en él me enclavan alfileres!... ¿Vendrá don Juan esta noche?

—¿A ti qué te va ni te viene, capullito de rosa?

Diciendo esto, don Diego volvió a extender los alevosos dedos para pellizcarla el brazo; pero en esto alzó la voz el tío Mano de Mortero, diciendo:

—¿Ya estamos de secreticos? A bien que el señor don Diego es un caballero muy apersonado y principal, y viene acá con buenos fines. Nacia, no seas ortiguilla ni te pongas tan picona con mi señor conde; que si su grandeza te quiere dar un pellizco es por ver lo que vas engordando, y no con intención de ser pesado. Sí, que yo iba a consentir otra cosa en esta casa de la mesma honradez. Pero, ¿dónde están, señor conde, las espuelas de plata que me prometió?

—Mañana, si Dios quiere, las acabará el platero—, dijo don Diego acercándose al grupo.

—¿No sabe usía las noticias que corren?

—Que se ha perdido una batalla en Espinosa de los Monteros.

—Y parece que también anda mal el ejército de Castaños, y que ya Napoleón va sobre Burgos.

—Todo eso es misa rezada —dijo Pujitos—, porque ya tenemos en Portugal obra de veinte mil inglesones, que manda uno a quien llaman el tío *Mor.*

—Buen tiempo viene ahora para el comercio, tío Mano —dijo Majoma—. Con esto de la guerra, los franceses por el lado de acá y los ingleses por el lado de allá, la fardería corre que es un primor.

—Dices bien, niñito. La raya de Portugal está hoy que es un bocado de ángeles, y los comerciantes de Madrid me traen ahora en palmitas. Además de que no falta género inglés muy barato puesto en Portugal, por la frontera y por las sierras de Gata y Peña de Francia no se ve un pícaro guarda, porque todos se han juntado a los ejércitos, de modo que viva mi señora la guerra mil años, y abajo Napoleón.

—Como venga a Madrid el infame *córcego* —dijo Pujitos—, se va a quedar asombrado al ver los batallones que hemos formado acá en un ráscate ahí. ¿Han dido ustedes al enjercicio de hoy? ¡Válgame mi Dios y qué tropa! Aquello metía miedo, y si en vez de palos llegamos a tener fusiles, nosotros mesmos nos hubiéramos asustado de nosotros mesmos, echando a correr por todo el campo de Guardias palante.

—Pues yo no me he querido enganchar —dijo Majoma—, porque una peseta es poco, y si el tío Mano de Mortero me lleva a la raya, mejor estoy allí que en Flandes, y dejémonos de coger las armas, que por haberlas tomado una vez contra un alguacil, me han tenido diez años mirando a la Puntilla[1] y a los Farallones[2], con una cuenta de rosario en los pies, que si no es por la jura de mi don Fernando VII, allá me comen los cínifes otros diez.

—Eso no debe apesadumbrarte, Majomilla —dijo Mano de Mortero—; que es de personas cabales el pasear la vista por los Farallones, y testigo soy yo, que aunque no fui allá por el aquel de ninguna sangría mal dada, como tú, echáronme dos años por mor de un paseo a caballo en compañía de cuarenta quintales de hilo de patente, con su *London* y todo, que metí allá por los Alcañices. Pero hijo, acá estamos todos y Dios y la Virgen nos acompañen para no tener que llevar en los tobillos aquellas telarañas de a dos arrobas, que es el peor corte de polainas que he calzado en mi vida.

Tocaron en esto a la puerta, y vimos entrar al señor de Mañara y a Santorcaz, el primero vestido elegantísimamente de majo, con capa de grana y sombrero apuntado.

—Gracias a Dios que parece su eminencia por acá —dijo el padre de la Zaina acercándole una silla a Mañara.

—Ya sabrán ustedes que le tenemos de regidor de Madrid —gritó Santorcaz.

—¡Regidor el señor de Mañara!

—¡Que viva mil años! —exclamaron todos.

—Así es. La sala de alcaldes me ha nombrado —respondió don Juan—, y es probable que acepte.

---

1   Cabo en la entrada de Melilla. (N. del A.)
2   Peñascos en la entrada de Melilla. (N. del A.)

—¿Y no se suspenderán los novillos del lunes? —preguntó con mucho interés Majoma.

—Como yo mande, habrá novillos, aunque tengamos a las puertas de la plaza a todos los emperadores del mundo.

—¡Viva el regidor!

—Y dígame usía, angelito de mi alma —preguntó el tío Mano de Mortero con visible enternecimiento—, esos probrecitos que hace dos meses están en la cárcel de Villa porque jugaron a la pelota con seis pellejos de vino por sobre las tapias de Gilimón; esos probrecitos corderos, que son más buenos que el buen pan y más caballeros que el Cid, ¿no merecerán de su generosidad que les quite del mal recaudo en que se hallan? ¡Ay, mis queridos niños! ¡y cómo se me aguan los ojos y se me arruga el corazón al verlos entre rejas! ¿Cómo no, excelentísimo señor, si les he criado a mis pechos y enstruido con mis liciones y enderezado con mis palos? No parece sino que su carne es mi carne, y mal haya el que los vio tan listos de piernas como de ojos por Peña de Francia y ahora les ve con los brazos cruzados, entre alguaciles, carceleros y toda esa canalla que debería estar frita en aceite para que todo el mundo anduviera en regla.

—Sosiéguese el buen Mortero —dijo Mañara—, que si de algo vale mi influjo, abrazará pronto a sus amigos.

—¡Que suba al quinto cielo el señor don Juan, y juro que le he de traer la mejor muda de camisas en pieza que ha tapado carne de corregidor desde que el mundo es mundo! Ea, a bailar, a cantar. Nacia, trae aquello blanco del barrilito que apandamos en este viaje.

—¿No han venido Menegilda, ni Alifonsa, ni Narcisa? —preguntó Mañara—. Esto está más triste que un entierro. Tú, Zainilla, echa unas boleras para hacer boca.

—¡Yo, yo, boleras! —repuso la Zaina con tono desapacible y malhumorado—. No me pide el cuerpo boleras.

—Échalas por amor de Dios.

Digo que no me da la gana. ¿Soy figurilla de tutilimundi?

—Nacia —dijo gravemente el padre de la consabida—, no se contesta de esa manera, y pues el señor regidor de mi alma lo manda, cantarás, aunque te pudras.

—Un par de seguidillas al menos.

La Zaina cambió de parecer, y rasgueando una guitarra, cantó:

> Todas las duquesitas
> de los madriles,
> no sirven pa calzarme
> los escarpines.
> Dale que dale
> y póngame esa liga
> que se me cae.

—¡Otra, otra! Tiene en el cuerpo esta Maldita Zaina toda la gracia del mundo.

La Zaina continuó:

> Señora principesa
> de panza en trote,
> las sobras que yo dejo
> usted las coge.
> Viva quien vive,
> le regalo ese peine
> que no me sirve.

Aquí fue el batir palmas y el patear suelos y el romper sillas, con tanto estruendo y algazara que no parecía sino que la casa se venía al suelo. La Zaina arrojó después lejos de sí la guitarra con tal fuerza, que aquel sensible instrumento, al car violentamente contra una silla, lanzó un quejido lastimero y se le saltaron dos cuerdas. Acto continuo sentose junto a don Diego. Poco después entraron metiendo mucho ruido la Menegilda, la Alifonsa y la Narcisa, que con ser solo tres, no parecía sino que entraban por las puertas todos los demonios del infierno.

—Tarde venís, ninflas —dijo Mano.

—Sí, hemos estado picando lomo para las salchichas. Como esta tarde no lo pudimos hacer por ir al rosario... —contestó una de ellas.

—Pos yo, por no perder el rosario, cerré mi almacén de hierro —dijo otra—, y desde prima noche he tenido que andar desapartando los clavos de herradura de los clavos de puerta.

—¡Ay qué bueno ha estado el rosario! ¿Lo has visto, Majomilla?

—¡Qué había de ver, si me entretuve en el puente de Toledo, esperando un cinco de copas que no quería salir, y gancheado a dos payos de Valmojado que malditos de ellos si sudaban dos cuartos! Pero lo rezaré mañana, que para el bien nunca es tarde.

—Ende que lo supimos —dijo la Narcisa—, nos plantamos allá. Yo le mandé al pariente que pusiera el puchero y cuidara de los chicos, y pies para qué vos quiero. Este rosario lo ha sacado la congregación de María Santísima del Carmen de la pirroquia de San Ginés, en rogativa de las presentes calamidades. Salió a las dos. ¡Qué lucimiento, qué devoción! Allí iban todos, desde el señor más estirado hasta el último comiquín, y todos con su vela. ¿No ha estado usted, Mano de Mortero?

—¿Qué había de ir, mujer —respondió—, si estoy aquí con el corazón traspasado por la pena de no haber metido mi cucharada en ese rosario? Pero pues mi alma lo necesita, mañana tengo de asistir a la función que da la cofradía de María Santísima de los Dolores, a quien tengo ley por los malos pasos de que me ha sacado en bien, intercediendo con su divino hijo. Creo que predica mi grande amigote el padre Salmón.

—Esa función —añadió Pujitos—, es en el convento de padres dominicos, y se celebra para implorar el divino auxilio por la felicidad de las armas de esta monarquía, salud de nuestro S. P. Pío VII y libertad de nuestro amado Monarca.

—Justo y cabal —prosiguió Mano de Mortero—; y pues hay procesión, pienso asistir con vela, que todos, el que más y el que menos, estamos llenos de pecados, y aun yo que no hago mal a nadie, allá me voy con los demás; porque el justo peca tres veces, cuanti más los que no lo son. Por lo que a mí hace, no tengo comeniente en que Su Divina Majestad saque en bien los ejércitos, que españoles somos y lo debemos desear; ni tampoco en que le dé mucha salud y años mil a ese señor don Pío VII; pero en lo de poner en libertad a Fernando, que es como si dijéramos acabarse la guerra, por allá me lo tenga un par de añitos más.

—Mal patriota es el señor Mano —dijo enfáticamente Pujitos—, pues ni coge el fusil, ni ruega por la libertad de nuestro amado Monarca.

—Diez fusiles, que no uno cogeré si es preciso, pues hartos agujeros raspones y abolladuras hay en los cuerpos de los guardas, que podrán dar fe de cómo manejo el gatillo. También quiero y reverencio a mi querido Rey pues no puedo olvidar que me apretó la mano el día que entró viniendo de Aranjuez, ni que le alabó a mi Zainilla el garbo para tocar el pandero, pero los probres somos probres, y yo pondría a mi Fernando en siete tronos.. Hijo dame pan y llámame tonto, y como dijo el otro, el abad de lo que canta yanta

—Hoy no vi al señor de Pujitos en la formación —dijo Santorcaz acercándose al grupo.

—Cómo había de ir, compañero —respondió el maestro de obra prima que al oírse interpelado sobre aquel asunto recibió más gusto que si le regalaran tres tronos europeos—. Cómo había de ir si todo el día he estado en el parque apartando fusiles, contando piedras de chispa y repasando cartuchos, tan atareado, jeñores, que tengo en los lomos una puntada que no me deja respirar.

—¿Y se defenderá Madrid?

—Pues ya. No hay muchos fusiles que digamos; pero se han reunido un sin fin de sables viejos, muchas lanzas, cascos antiguos del tiempo del rey que rabió por gachas, cacerolas que pueden servir de escudos, mazas que para partir cabezas de franceses serán una bendición de Dios, guanteletes, pinchos, asadores, llaves viejas, y otras mil armas mortíficas.

—De nada servirá nuestro valor —dijo Santorcaz—, si antes no acabamos con todos los traidores que hay en Madrid.

—Lo mismo digo —afirmó Mortero.

—Por todas partes no se ven sino espías de los franceses, y ahora es ocasión de que este señor regidor que aquí tenemos se luzca.

—Así es la verdad —dije yo—. Sé de muchos que se fingen muy patriotas, y están vendidos a los franceses. Los que hacen más aspavientos y dan más gritos, y más gallardean de patriotas, son los peores. ¿No es verdad, Santorcaz?

—Pues acabar con ellos.

—Para eso nos bastamos y nos sobramos —añadió Majoma—. Y vengan malos patriotas y gabachones para dar cuenta de ellos.

—Personajes conozco yo —dijo Mañara—, que han de morir arrastrados, si Dios no lo remedia; y si llego a ser regidor, ya nos veremos las caras, señores afrancesados.

—Esa es la gente más mala —afirmó Santorcaz con mucho desparpajo—, más desvergonzada y más traidora que hay; y si no ponemos mano en ellos, no saldremos bien de es ta guerra. Porque yo sé que hay quien está tramando abrir las puertas de Madrid si nos ponen asedio.

—Pues despacharlos, y se acabó la junción —dijo Pujitos—. En mi compañía están tan rabiosos, que solo con decir «ese es gabacho», se le van encima y le quieren despedazar.

—Los peores —repetí yo, teniendo el gusto de que el tío Mano apoyara enérgicamente mi opinión—, son los que chillan y enredan, y están a todas horas hablando de traidores; y si no aquí está Santorcaz que conoce a la gente y lo puede decir.

—Así es, en efecto —repuso el franc-masón algo contrariado—, pero que hay traidores no tiene duda.

X

Don Diego, la Zaina y las otras tres damas, no menos que esta famosas, habían entablado animada conversación, formando otro corrillo.

—No se olvide el señor condito —dijo Menegilda—, que nos prometió traer una noche a su novia.

—Si yo no tengo novia.

—Sí que la tiene. ¿No es verdad, Gabriel, que tiene novia?

—Y más bonita que el Sol —respondí acercándome.

—Vamos, la tengo —dijo Rumblar—, pero no la quiero, Zainilla. No te vayas a poner celosa.

—Ya estoy frita con los tales celos, niño mío —contestó la maja—. ¿Pero por qué no la trae aquí una noche?

—Antes traerá una estrella del cielo —afirmó Mañara acercándose a grupo femenino.

—Don Diego me ha prometido traerla y la traerá —dijo Santorcaz atraído también por aquel coloquio.

—Sí —indicó Mañara—, la familia de ese señorito iba a permitir que una tan delicada doncella viniera a estas casas.

—¡A estas casas! —exclamó la Zaina—. ¿Estamos en algún presillo? Más honrada es mi casa, señor don Juan, que muchas de señoras amadamadas, por donde usía anda en malos pasos.

—Calla, tonta —dijo Mañara de mal humor.

—Y buenas princesas ha traído usted a esta casa, y a la de la Pelumbres y de la Primorosa —añadió Ignacia—. Toas semos unas, y no lo igo por esa duquesa con quien fue hace dos noches en ca la Pelumbres. Alifonsa, ¿sabes quién es? ¿Te acuerdas de aquella duquesilla amojamada, que parece un almacén de huesos? Si don Juan la trae por aquí, pondremos una fábrica de botones.

—¿Qué hablas ahí, zafiota, animal sin pluma? —exclamó Mañara con vivo arrebato de ira—. Habla mejor si no quieres que con tu lengua haga una pantufla para azotarte la cara.

—¡A mí con esas el asno regidor! —vociferó la Zaina—. Después que le he despreciao, después que he tenido que escupirle en la cara para que no anduviera tras de mí chupándose la tierra que yo pisaba, ¿ahora viene con esa? Con las barbas de un usía friego yo los cacharros de la cocina, y tripas de caballero le echo a mi gato.

—¡Condenada manola! —dijo Mañara cada vez más encolerizado—. La culpa tiene quien te ha dado esas alas y quien con personas bajas se entretiene. ¿Para qué tomas en tu ruin boca el nombre de señoras respetables de quien no mereces besar la suela del zapato? ¡Cuidado con los celitos de la niña!

—¿Celos yo? —exclamó la maja más encendida que la grana—. ¡Por Dios, que me quiera usted, so pringoso: tomelo por estera y se creyó cortejo!

Y diciendo esto, lanzó un salivazo en medio del corrillo.

—¡Miserable mujerzuela! ¡La culpa tiene quien se arrima a ti, por hacerte gente siquiera un día!

—Eh, eh, poco a poquito —dijo a este punto el tío Mano de Mortero, que de espectador indiferente de aquella escena se trocaba en actor de ella—. Eso de mujerzuela es de gente mal hablada, y aquí no se habla mal de nadie, y lo que es mi hija tiene su siempre y cuando como cualquier otra. Que el señor don Juan no nos toque a la honor, porque a mí no me falta un saco de onzas de oro ensayadas para apedrear a cualquiera. Y tú, princesa mía, ¿a qué le haces tantos cocos ahora al señor de Mañara, cuando ha pocos días te chiflabas por él, y si alguna noche faltaba su señoría a hacerte compañía o a ayudarte a rezar el rosario, ponías en el cielo unos suspiros como catedrales? Anda, que todos son buenos, y váyase lo uno por lo otro.

—¿Suspiritos tenemos? —preguntó Mañara con presunción.

—Y si hubo suspiros —dijo Mortero—, mi hija es una persona de etiqueta, y los puede echar como cualquiera otra, aunque sea por el Rey; que si está en el cajón de verduras, es porque quiere; que su padre ya le ha prometido varias veces ponerla al frente de una casa de bebidas finas.

—¡Yo suspirar por ese animal! —dijo la Zaina—. Por lástima le he mirao una vez cuando iba al cajón a echarme flores.

—Eso quisieras tú; pero no se estila echar margaritas a puercos.

La Zaina hizo un movimiento. El demonio fue sin duda quien llevó a sus irritadas manos una botella de las que en la mesa contigua había, y disparola con tanta fuerza contra Mañara, que a no apartarse este vivamente, viéramos allí partida en dos la cabeza más dura que ha gastado regidor en el mundo. Levantose este furioso para castigar el descomedimiento de la Zaina; pero con tanta presteza acudió don Diego en defensa de la verdulera, que sobre él cayeron los primeros golpes. Lleno de rabia al verse aporreado, arremetió contra Mañara, a punto que el tío Mano de Mortero empezaba a probar la exactitud de su apodo, repartiendo algunos puñetazos sobre tirios y troyanos. Las majas Narcisa, Menegilda y Alifonsa, declaráronse también en guerra, por dar gusto a las inquietas manos, y bien pronto de todos los allí presentes no quedó uno que no llevase su óbolo a tal colecta de golpes y gritos. Era aquello una bendición de Dios, y juro que jamás habría yo metido mis manos en tal fregado, si no me incitara a ello una caricia que sentí en mitad de la espalda, hecha por mano desconocida. Y lo peor fue que Majoma, hombre ingenioso, inclinado siempre a sacar partido de tales alteraciones del orden privado, descargó varios palos sobre el candil que la escena iluminaba, y al punto nos vimos todos de un color. Aquí fue el arreciar de los puñetazos, y el esfuerzo de los gritos y el rodar unos sobre otros, y si bien el peso de un cuerpo nos oprimía a veces, también el nuestro caía en humanas blanduras, de cuyos choques provenían los pellizcos, arañazos y demás proyectiles menudos. Por aquí se oían voces lastimeras, por allá gritos de venganza, y sobre toda especie de rumores, descollaba la voz estentórea del tío Mano de Mortero, diciendo:

—En mi casa no ha de haber escándalos, y el que diga que aquí se siente el vuelo de una mosca, miente. Vamos, amiguitos; no meter tanto ruido ni pegar tan recio. Esto es una broma: conque paz y pan, y divirtámonos.

Y a todas estas la vecindad se alborotaba, y en la calle deteníase la gente curiosa, no porque le hiciera novedad aquel ruido, sino por gozar de él, y se temió la intervención de la justicia, lo cual hería al señor Mano en o más delicado de su dignidad, y por fin hubo uno que pudo dar con la puerta y abrirla y echarse fuera, con lo cual, habiendo entrado un poco de luz, pudimos vernos. Todo indicaba que íbamos a tener una visita alguacilesca, lo que me impulsó a coger por un brazo a don Diego y echarlo conmigo afuera, y bajar a saltos la escalera hasta dar con nuestros cuerpos en la calle, por la que nos escurrimos, sin miedo a la corchetería.

Cuando nos vimos lejos, acortamos el paso, contemplándonos uno a otro. Don Diego había padecido más averías que yo en la refriega, y ostentaba en la cara un verdugón hecho por buena mano.

—¡Maldito de mí! —exclamó tentándose los bolsillos de sus calzones—. ¿Sabes que me han quitado mis dos relojes? ¡Pues también el dinero, todo el dinero que llevaba!

—Era de suponer, señor don Diego —le respondí registrándome también—, pues no salimos de ninguna misa cantada. Y por lo que veo, a mí también me han desplumado.

—¿Te quitaron el reloj?

—No señor, el reloj no me lo han quitado ni me lo quitarán todos los cacos del mundo, porque no lo tengo; pero sí perdí un dinerillo... bien poco, por cierto.

—¡Dios mío! Sin relojes, sin dinero... —clamó doloridamente don Diego—. ¿Con qué compraré ahora las diecisiete varas de cotonía que quiere la Zaina? ¿Con qué alquilaré el coche para que vaya el lunes a los novillos? Si Santorcaz no me presta, me moriré.

—Diecisiete varas de fresno, que no de cotonía, es lo que merece esa gentuza —le contesté—; pues es necesario estar loco o enamorado para poner los pies en tales casas.

XI

Como antes indiqué, no pude obtener licencia para salir de Madrid, porque la villa, viéndose pronto en gran aprieto, cayó en la cuenta de que necesitaba de toda su gente para defenderse. ¿Por qué no me marché? ¿Quién me lo impidió? ¿Quién torció el camino de mi resolución? ¿Quién había de ser, sino aquel que por entonces era el trastornador de todos los proyectos, el brazo izquierdo del destino, el que a los grandes y a los pequeños extendía el influjo de su invasora voluntad? Sí: el baratero de Europa, el destronador de los Borbones y fabricante de reinos nuevos, el que tenía sofocada a Inglaterra, y suspensa a la Rusia, y abatida a la Prusia, y amedrentada al Austria, y oprimida a la hermosa Italia, osó también poner la mano en mi suerte, impidiéndome pasar a otro ejército.

Es, pues, el caso, que el don Quijote imperial y real, como algunos de nuestros paisanos le llamaban, no sin fundamento, había entrado en España a principios de Noviembre con ánimos de instalar de nuevo en Madrid la botellesca corte. A él se le importaba poco que los españoles llamasen tuerto a su hermano; y fijo en el número y fuerza de nuestros soldados, no atendía a lo demás. Una vez puesto el pie en tierra de España, no le agradó mucho que el mariscal Lefebvre ganase la batalla de Zornosa, porque sabido es que no era de su gusto que se adquiriese gloria sin su presencia y consentimiento. Mandó, sin embargo, al mariscal Víctor que persiguiese a nuestro degraciado Blake, cuyas tropas se habían reforzado con las del marqués de la Romana, escapadas de Dinamarca, y aquí tienen ustedes la batalla de Espinosa de los Monteros, dada en los días 10 y 11, y perdida por nosotros, por más que el Gran Capitán, con más celo que buen sentido, se empeñe en negarlo. ¡Ay! Valientes oficiales perecieron en ella, y grandes apuros y privaciones pasaron todos, sin un pedazo de pan que llevar a la boca, ni una venda que poner en sus heridas.

Así sucumbió el ejército de la izquierda, cuyos restos salvándose por las fragosidades de Liébana, recalaron por tierra de Campos, para ser mandados por el marqués de la Romana. No fue más dichoso el ejército de Extremadura en Gamonal cerca de Burgos, pues Bessieres y Lasalle lo destrozaron también el mismo fatal día 10 de Noviembre, y el 12 entraba en la capital de Castilla el azote del mundo, publicando allí su traidor decreto de amnistía. Aún nos quedaba un ejército, el del Centro, que ocupaba la ribera del Ebro por Tudela: mandábalo Castaños; pero nadie confiaba que allí fuéramos más afortunados, porque una vez abierta la puerta a las calamidades, estas habían de venir unas tras otras a toda prisa, como suele suceder siempre en el pícaro mundo. También nos preparaba el cielo en el Ebro otra gran desgracia; pero a mediados de Noviembre, cuando corrieron por Madrid las tristes nuevas de Espinosa y de Gamonal, aún no se había dado la batalla de Tudela.

El pánico en Madrid era inmenso, y se creía segura la pronta presentación del corso en las inmediaciones de la capital. ¿Qué podía oponérsele? No quedaba más ejército que el del Centro, situado allá arriba a orillas del Ebro. ¿Quién detendría al invasor en su marcha terrible? La Junta se desesperaba y los madrileños creían acudir a remediar la gravedad de las circunstancias, entusiasmándose. ¡Ay! Después de mandar algunas tropas a los pasos de Somosierra y Navacerrada, ¿qué ejército de línea quedaba para defender a Madrid? Da pena el decirlo. Quinientos soldados.

Los paisanos armados eran ciertamente muchos; pero había muy pocos fusiles, y de estos la mitad eran inútiles por falta de cartuchos; y, ¿con qué se hacían los cartuchos si no había pólvora? A esto habíamos llegado cuatro meses después de la victoria de Bailén. Todo al revés. Ayer barriendo a los franceses, y hoy dejándonos barrer; ayer poderosos y temibles, hoy impotentes y desbandados. Contrastes y antítesis y viceversas, propias de la tierra, como el paño pardo, los garbanzos, el buen vino y el buen humor. ¡Oh España, cómo se te reconoce en cualquier parte de tu historia adonde se fije la vista! Y no hay disimulo que te encubra, ni máscara que te oculte, ni afeite que te desfigure, porque a donde quiera que aparezcas, allí se te conoce desde cien leguas con tu media cara de fiesta, y la otra media de miseria, con la una mano empuñando laureles, y con la otra rascándote tu lepra.

—Hola, Gabriel, ¿tú por aquí? —me dijo Pujitos en la puerta del Sol el día 20 de Noviembre—. Ya sabes que tenemos de regidor a nuestro amigo don Juan de Mañara. Él es el encargado de la cartuchería. ¿Tienes fusil?

—Y bueno. ¿Pero todavía no se dice nada de fortificar a Madrid, ni se trata de abrir fosos y levantar parapetos y abrigos, ya que a esta villa y corte la hicieron sin murallas ni otra defensa alguna?

—Todo se va a hacer. Pero lo que más falta hace es la cartuchería y armas.

—¿Dónde hacen cartuchos?

—En varias partes. Allá junto al colegio de Niñas de la Paz hay más de sesenta personas trabajando en ello noche y día.

—Pero de nada nos sirven los cartuchos sin armas, señor de Pujitos —le dije—. Yo conozco muchísimos hombres valientes que no tienen sino chuzos pedreñales y espadas llenas de orín.

—Eso será nonada, y si no nos hacen traición...

—¡Traición!

—Sí; aquí hay muchos traidores.

—Ahora como a gente anda tan exaltada, es común llamar traidores a los más mejores patriotas.

—Gabriel —dijo deteniéndose en medio de la calle y asomando por el embozo de su capa un dedo con el cual ciceronianamente acentuaba sus palabras—, cuando yo lo digo, sabido me lo tengo. ¿Te acuerdas de lo que se habló hace noches en casa del tío Mano? ¿Te acuerdas cómo se puso furioso el señor de Santorcaz contra los traidores? Pues hemos descubierto que ese señor de Santorcaz o don Demonio, es espía del córcego. Velay por qué estaba tan enfoguetado.

—No es la primera vez que lo oigo.

—Él les escribe cartas de lo que aquí pasa, y con el dinero que le dan paga gente alborotadora, que arme querellas entre la tropa. Como este hay muchos, y se dice que señores muy alcurniados están vendidos a los franceses. Pero, Gabriel, que se nos amostacen las narices, y veremos a dónde van a parar. Hay otros que aunque no son traidores, son melindrosos, y no quieren lo que llaman *Constitución*, la cual se va a poner ahora pa acabar con el espotismo. ¿Sabes tú lo que es el espotismo? Pues el espotismo es una cosa muy mala, muy mala. A bien que desde que acabamos con Godoy y los lairones que con él vivían, se acabaron todas las picardías, y ahora luego que demos fin a esto del córcego, los reinos de España se van a gobernar de otra manera, y estaremos tan bien, que no nos cambiaremos por los ángeles del cielo.

Y diciendo esto, dio med a vuelta y marchose lejos de mí a toda prisa No tardé yo en acudir pronto a la formación de mi compañía.

Ante las evidentes muestras de alarma que a todas horas se observaban en Madrid, mal podía el optimismo del Gran Capitán sostenerse en las ideales regiones donde le hemos visto cernerse, como el águila de la patria a quien ni el peligro ni el miedo pueden obligar a abatir su majestuoso vuelo. Ya no era posible negar la derrota de Espinosa, ni tampoco la de Gamonal, y solo los locos podrían suponer a Napoleón dispuesto a detenerse en su victorioso camino. Muchos días resistiose el fuerte espíritu de mi amigo a la evidencia de tantos descalabros; por muchos días sostuvo que nuestras armas victoriosas echarían a los franceses con su malhadado Emperador del otro lado del Bidasoa; por muchos días continuó atribuyendo a los papeles públicos la pérfida invención de aquellos absurdos acontecimientos que no cabían en su homérica cabeza; pero al fin la muchedumbre de las noticias malas, la agitación pública, el pánico de todos, la general zozobra, y el tumulto y laberinto de los preparativos de defensa rindieron golpe tras golpe el formidable castillo de su terquedad, dando en tierra con tantas ilusiones. El héroe no aparentó desmayar con esto, antes bien se reía tomando la cosa como una fiesta. Lleno de confianza en la capital, siempre negaba que Napoleón se atreviese a ponerse delante de los madrileños, y esta fue una tenacidad que le duró contra viento y marea hasta el 25 de Noviembre, en cuya noche al retirarse a su casa, preguntole doña Gregoria, como siempre, las noticias de la tarde.

—Nada, mujer —repuso frotándose las manos, y promulgando con desdeñosas sonrisas la categórica confianza que llenaba su espíritu—. Nada, mujer: emperadorcito tenemos.

XII

Y el emperadorcito salió de Burgos el 22; detúvose en Aranda el 24; el 29 estaba en Boceguillas, y por fin el 30 llegó a Somosierra.

En Madrid la alarma crecía en tales términos, que ya en 23 de Noviembre se pensaba en una defensa formal, guarneciendo el circuito de la corte para hacer de ella con el valor de sus habitantes una segunda Zaragoza. Era capitán general de Castilla la Nueva el marqués de Castelar, y gobernador de la plaza don Fernando de la Vera y Pantoja; pero a este no se le conceptuaba muy entendido en materias facultativas, y como se tratara de obras de defensa, fue nombrado para el caso el célebre don Tomás de Morla, sucesor de Solano en Cádiz cinco meses antes; hombre feísimo de rostro de carácter aparentemente enérgico aunque en realidad muy débil. Gozaba en el conocimiento de la artillería de gran reputación, que aún conserva pues sus estudios sirven hoy para la enseñanza de la juventud que a la guerra científica se consagra.

Morla dirigió las obras de defensa, que consistían en grandes fosos abiertos fuera de las puertas de Fuencarral, Santa Bárbara, Los Pozos, Atocha y Recoletos; en aspillerar toda la muralla de la parte Norte; en desempedrar las calles de Alcalá, Carrera de San Jerónimo y calle de Atocha para levantar barricadas; y por último, en fortificar el Retiro con trincheras y una mediana artillería, la única que teníamos, pues todo se reducía a unas cuantas piezas de a 6 y poquísimas de a 8 Esto se hizo precipitadamente a última hora; mas con tanto entusiasmo y determinación, que la diligencia parecía suplir con creces a la previsión.

En las obras trabajaba todo el mundo sin reparos de clase. Las señoras, no contentas con afiliarse en la congregación del *lavado y cosido*, dirigieron a las autoridades una exposición en que se ofrecían a ayudar *ya llevando espuertas de tierra*, ya ocupándose en lo que se les mandase. No es esto invento mío, y la exposición existe impresa donde el incrédulo podrá verla si aún duda de la grandeza de ánimo de las señoras de aquel tiempo. Y al decir *señoras*, se comprende que no me refiero a aquellas de quienes en otro lugar de este relato tengo hecha mención, pues las del Rastro y Maravillas tenían especial gusto en pasearse por todo Madrid arrastrando un cañón entre seguidillas y chanzonetas: me refiero a las más altas hembras, a quienes vi empleadas en menesteres indignos de sus delicadas manos.

De los hombres no hay que hablar, porque todos trabajábamos a porfía día y noche sacando tierra de los fosos para construir los espaldones de la artillería. En poco tiempo quedó la calle de Alcalá tan limpia de guijarros como tierra de sembradura, y desde las baronesas al Carmen Calzado levantamos un parapeto formidable.

El personal de la defensa era el siguiente:

1.º Quinientos soldados de línea que apenas bastaban para el servicio de las bocas de fuego. 2.º Las tropas colecticias formadas por el alistamiento voluntario de 7 de Agosto, y a las cuales pertenecía un servidor de ustedes (no pasábamos de tres mil hombres). 3.º Los conscriptos pertenecientes a Madrid en el llamamiento de doscientos cincuenta mil hombres que hizo la Junta, y cuyo sorteo se verificó en 23 de Noviembre. 4.º La milicia urbana llamada *honrada* que se formó por enganche voluntario el 24 del mismo mes.

Voy a deciros algo de esta conscripción y de estos señores *honrados*. Hízose aquella llamando a las armas a todos los ciudadanos desde 16 a 40 años, y declarando derogadas todas las excepciones que establecían las Reales Ordenanzas de 27 de Octubre de 1800 para el reemplazo del ejército. Se declararon útiles los viudos con hijos, los hijosdalgo de Madrid, los nobles que no tuvieran más excepción que su nobleza, los tonsurados sin beneficio que estuviesen asignados a servicio eclesiástico, para cuya determinación se cubrió con un velo el concilio de Trento; los que disfrutaban capellanía sin estar ordenados *in sacris* (muchos de estos eran los llamados *abates*); los novicios de órdenes religiosas; los doctores y licenciados, que no fueran catedráticos con propiedad; los retirados del servicio y los quintos que hubieran servido su tiempo; los hijos únicos de labradores; en una palabra, no se exceptuaba a rey ni a Roque.

Los *honrados* eran una milicia sedentaria creada con objeto de guarnecer las ciudades, para *precaver los desórdenes, reprimir los facinerosos, bandidos, desertores y díscolos, que perturbando la pública tranquilidad intenten saciar su ambición o su codicia.*

De modo que en Madrid tuvimos en 23 de Noviembre sorteo para el reemplazo del ejército, y algunos días después alistamiento de *milicianos honrados*. Aquella y esta operación se verificaban de diez a tres en los claustros de la Trinidad Calzada, de los Mostenses, de San Francisco, y en los de otros conventos situados en el punto más céntrico de cada cuartel, ante un alcalde de Casa y Corte o un señor regidor de Madrid, un oficial militar, un alcalde de barrio y un escribano. Bastaron, pues, pocos días para que las filas de la guarnición de Madrid se llenaran con muchos miles de hombres. A la poca tropa de línea y al regular número de voluntarios ya disciplinados, uniose la muchedumbre de quintos y la caterva de urbanos, gente toda muy entusiasta; pero casi en general carecían de fusiles y estaban tan ignorantes de lo que habían de hacer como la madre que les echó al mundo.

Sucedió también que los voluntarios antiguos, aquellos que desde Agosto habían paseado presuntuosamente sus fachas uniformadas por Madrid, miraron con mal ojo a los *honrados*, los cuales, llamándose así, parecían querer resumir en su instituto toda la honradez española, y hablaban pestes de los antiguos. Los *honrados* que no tenían armas, decían que estas debían quitarse a los antiguos que las tenían: juraban estos entregarlas antes a Napoleón que a los *honrados*, y en tanto los quintos recién sorteados, aquellos infelices viudos, nobles sacristanes, novicios, beneficiados sin beneficio y demás gente antes exceptuada, miraban al cielo, esperando que se les pusiese en la mano alguna cosa con que matar. En resumen: mucha, muchísima gente de última hora; pocas y malas armas; ningún concierto, falta de quien supiese mandar aunque fuese un hato de pavos; mucho mover de lenguas y de piernas; un continuo ir y venir, con la añadidura inseparable de gritos, amenazas y recelos mutuos, y la contera de los gallardetes, escarapelas, banderolas, signos, letreros y emblemas, que tanto emboban al pueblo de Madrid.

El aspecto de uno de aquellos claustros en que se verificaba el alistamiento, era digno de ser eternizado por los más diestros pinceles. Dichoso yo si con la pluma pudiera dar efímera existencia a uno de ellos ¿A cuál? Todos eran igualmente pintorescos, y si alguno contenía mayor número de curiosidades, era el claustro de la Trinidad Calzada, en la calle de Atocha.

XIII

En mitad de la ancha crujía estaba la mesa donde el regidor iba recibiendo los nombres, que asentaba un escribiente en barbudas cuartillas de papel. En su derredor resonaba tal chillería y alboroto, que no sé cómo el señor de Mañara (que era el regidor allí presente) podía aguantarlo; pero inútil era el imponer silencio, porque la multitud de mujeres aglomeradas a la puerta, no callarían aunque el Espíritu santo se lo mandara. Un pobre alguacil había sido destinado a sostener la debida compostura, y nunca tal hubiera intentado el infeliz instrumento de la justicia, porque le cogieron y le magullaron, y roto y molido dio vueltas por el arroyo.

—¿Pero qué buscan ustedes aquí? —exclamó Pujitos abriendo los brazos en actitud amenazadora—. Fuera mujeres, que no sirven sino de estorbo. Condenáas, ¿por qué no van a sacar tierra en los Pozos?

—Ya hemos sacado tierra, ¡y lástima que no fuera de tu sepultura!

—¿Pues qué queréis, demonios?

—¿Qué hamos de querer? ¡Fusiles, piojo! ¿Te los han dado a ti y a tu batallón pa quitar telarañas? Vengan acá pronto, que nosotras también nos alistamos.

—Afuera, afuera de aquí, canalla.

—Paz, paz —dijo desde el interior del claustro una gruesa y campanuda voz que al punto reconocí por la del venerable Salmón—. Haya paz, y no me levante ninguna el gallo.

Al punto el apretado grupo de mujeres se dividió en dos, dando paso a la procerosa figura del mercenario, que avanzó con majestuoso paso y risueño continente.

—Aquí está el padrito. ¡Que viva el padre Salmón! Ven, Pujitos del demonio, a echarnos afuera.

—Arrastrao —dijo una cogiendo a Pujitos por el cuello y mostrándole el puño—. ¿Tus muelas han salido a misa esta mañana? ¿Quieres que salgan a vísperas esta tarde? Pues boquea y verás.

—Déjenlo, dejen en paz a ese pobre hombre —dijo socarronamente Salmón—, y perdónenle su gran descortesía con tan dignas señoras; que yo prometo que se enmendará. Ya os he dicho varias veces que si no sois buenas, no contéis para nada con vuestro queridito padre Salmón. Vamos a ver, señoras mías; duquesas y princesas; ¿para qué os agolpáis aquí?

—También nosotras queremos alistarnos.

—Alistaros, ¡oh valientes amazonas! Pero niñas, ¿no veis que en vuestras manos mejor sienta el hilo de oro y las sartas de perlas, que el temido alfanje damasquino? Vaya, idos a rezar, que la mujer honrada la pierna quebrada y en casa.

—Todos esos son unos calzonazos. Nosotras hemos cargado ya muchas espuertas de tierra. Ahora llevamos dos cañones a Los Pozos, y queremos que nos los dejen disparar.

—Bueno, bueno, todo se hará. Cada una a su casa, y cuidado con lo que les tengo prevenido. Tú, Nicolasa, eres una tramposa, que en cada libra de carne pones dos onzas menos de peso. Tú, Bastiana, te condenarás por la usura de prestar a dos pesetas por duro a la gente del Rastro; y tú, Alifonsa, aguardentera de todos los diablos, ten entendido que tantas docenas de estos verás a la hora de tu muerte como cortejos has mantenido en vida, y no digo más por no escandalizar delante del público.

Con estas y otras filípicas iba Salmón despejando la puerta, en tales términos, que pronto quedó practicable; mas no por eso tornose adentro el popular fraile, sino que siguió adelante, diciendo a cada uno su palabrita y dando a besar la correa a viejos, mujeres, hombres y muchachos. Cuando me vio echome los brazos al cuello, saludándome con mucho afecto.

—¿Vienes a alistarte? —me dijo.

En esto abalanzose hacia nosotros un hombre que besó las manos a Salmón con fervoroso cariño, y luego le habló así:

—¡Ay mi padrito de mi alma! ¡Gracias a Dios que este probe tiene el refrigerio de encontrarle y verle y hablarle, que es para él de más gusto que si le dieran todos los reinos del mundo limpios de fronteras! ¿Recibió Su Paternidad las siete libras de rapé y el barrilito?

—Sí, hijo mío, y gracias se os dan, pues sois el caballero más cumplidor de juramentos y palabras que conozco.

—Sí: que soy hombre para desairar a un Paternidad tan reverendo. Mande mi frailito por esa boca, que yo le traeré la Inglaterra toda, aunque gaste en pólvora y balas todo mi dinero.

—¿Y la Zainilla?

—¡Está malucha! La otra noche tuvimos junción en casa, y todo concluyó con un sainetillo de lo que llaman palos, que aquello parecía una gloria. La pobrecita niña de mis entrañas está desde esa noche que no come ni bebe, y manda al cielo unos suspiros que parten el corazón de bronce de su padre.

—Eres un zopenco, tío Mano —dijo Salmón—. Cuando estuve en tu casa el día de Difuntos... ¿recuerdas que me diste aquellos puches; que con el aditamento de un cierto aguardiente de Chinchón, estaban propios para que metiera en ellos las barbas el mismo Emperador del Sacro Romano Imperio?

—Me acuerdo, sí.

—Pues aquella noche te dije: «Morterillo, ándate con cuidado, que tu Zaina y el señor de Mañara están de mucho paliqueo, y míralos en aquel rincón con la cabeza inclinada el uno sobre el otro como dos higos maduros.» ¡Y cómo se le caía la baba a tu hija!

—Verdad es, señor; y ya sé que de ahí viene todo.

—Entonces te dije: «Morterillo, mucho ojo, que el Mañara quiere enmarañar a tu hija, y vas a perder este bocadito de ángeles que tú destinabas a un Veinticuatro.» ¿Acerté?

—¿Pues ello?... Yo no quería reñir con Mañara —dijo Mortero rascándose una oreja—. Verdad que él iba allá todas las noches... pero mi pobrecita niña es más inocente que una paloma.

—Apuesto a que el demonio ha metido el rabo en tu casa, Morterillo. Dices que tu hija ni come ni bebe, y da unos suspiros... ¿suspiritos?

—Sí; y en tres días no le he podido sacar palabra de la boca, y a veces heme puesto a acecharla tras la puerta de su cuarto, y cata a mi niñita diciendo unas palabrotas... pues... así como los cómicos en los treatos... Y a ratos la veía enjugándose las lágrimas, y a ratos echando centellas por los ojos... «Dime qué tienes, serafín de tu padre», le he preguntado algunas veces; pero no me contesta más que un poste. Anoche nos pusimos a rezar el rosario (porque yo no falto jamás amén a esta devota costumbre ni en casa, ni en campo raso), y ella empezó con mucha devoción, diciendo los santamarías con un dejo y un canticio meloso que llegaba al alma; pero de repente, padrito, empieza a dar manotadas como una loca, rompe en mil pedazos el rosario, levántase, y con las manos en la cabeza, dando paseos por el cuarto, dice así: «Virgen de la Paloma, no puedo, no puedo.» Luego púsose el mantón y corrió a la calle, adonde la seguí... ¿Creerá Su Reverencia que fue hasta la casa donde vive ese condenado regidor, parose en la puerta, y arrimando la cabeza contra una reja, dio a llorar como un chiquillo? Tuve que traerla en brazos a mi casa, y al día siguiente no pudo ir al cajón porque cayó mala.

—Ya lo veo clarito. Es que Mañara le tiene sorbidos los sesos, y no es la primera, Mortero, no es la primera; pero yo iré por allí, echarele un sermón a la niña, y veremos si te la curo... Pero calle... ¿No es aquella que asoma por allí? Sí, es ella misma. Zaina, Zainilla, ven acá.

—Sí, es mi flor temprana, es el lucero de su padre. Llégate aquí, arrastradilla —dijo el tío Mano llamando a su hija—. ¿De dónde vienes?

—De llevar tierra —contestó la Zaina, en cuyo semblante fresco y animado no se veían señales de aquel hondo pesar que acababa de referir el respetable progenitor—. Ya hemos puesto tres cañones en la puerta de Atocha, y están clavadas las estacas y armado tal ramaje de palitroques, que parece un nacimiento.

—¿Y para qué andas tú en esas faenas, solito de justicia? Padre, échele Su Reverencia un buen sermón, o dos, si es menester, para que se quede en casa.

—Tú no tienes buena cara, Zaina —le dijo Salmón—. Tú estás triste, te lo conozco.

—¡Qué buen barruntador tenemos! ¿Y por qué estoy triste?

—Dime, ¿has visto por ahí al señor don Juan de Mañara?

La Zaina se puso pálida y cesó de reír.

—Ya está cogida —exclamó Salmón batiendo palmas—. Esa cara no miente. Mira, Ignacia, en la huerta de mi convento hay un pajarito que todas las mañanas viene a mi celda a contarme las picardías de las muchachas que conozco. ¿Sabes lo que me dijo de ti? Pues me dijo...

—Está más encarnada que un tomate —añadió Mano—; déjela Su Paternidad por ahora.

—¿Qué dejar? ¡Bueno soy yo!... Conque, niña, ¿ha habido gatuperio? Mucho cuidado con los galanes que van a casa, mucho ojo, que si me enfado... Fuera pecados mortales, fuera cosas malas, que entonces no hay lo de padrito por acá, padrito por allá, sino que saco unas disciplinas y a zurriagazos enderezo yo a mis niñas. Conque ven acá, loquilla, ¿ese señor de Mañara te ha trastornado el juicio?

—¿A mí? —chilló la Zaina con súbita expresión de despecho que la puso más arrogante y más hermosa de lo que realmente era—. ¿A mí ese pelón? Sé que se lustre diciéndolo por ahí; pero que se aspere un poquito, que astavía tengo mucho orgullo y no me echo a perros.

—Vamos, no lo niegues.

—¿Yo? Voyme al zumo, que no a las cáscaras, y sobre que no me gustan los usías estirados, ni los madamos que huelen a bergamota, cuanti más los malinos traidores, gabachones...

—¡El señor de Mañara traidor! —exclamó con asombro el mercenario— ¿Cómo hablas así de un caballero tan principal y tan buen patricio, de ese bendito regidor, que ahora está allí dentro alistando soldados?

—Traidor, más traidor que Judas —afirmó la Zaina—. ¿Y Su Reverencia se hace de nuevas? Pues todo el mundo lo dice, y no queda en Madrid quien no lo sabe.

—De otros lo he oído yo, pero no de Mañara —indicó Mortero.

—Está vendido a los franceses, y todo ese papel que hace, es por disimular sus maldades —dijo la Zaina—. Pero se la tienen sentenciada a ese pícaro, arrastrao, endino, criado del tío Copas. ¡Viva Fernando VII!

—Yo creí que estabas embobada —dijo Salmón— y ahora veo que estás loca.

—¡Ay mi niñita! —dijo el tío Mano—; no hables tales cosas, que pueden llegar a las orejas del señor de Mañara, y ya sabes que ando en empeños con él para que ponga en libertad a aquellos dos angelitos seráficos que están en la cárcel de Villa, Agustinillo y el Manco, los cuales por diez pellejos de mal vino de Esquivias, están pasando el purgatorio en vida, aunque pienso que en la otra Dios les ha de descontar estas penas.

—¡Me han de oír los sordos! —exclamó la Zaina—, que aquí no queremos traidores. ¡Acabar con ellos, y Napoleón es muerto!

—Cuidado, muchacha —dijo Salmón—, que palabra y piedra suelta no tienen vuelta, y palabra en boca es lo mismo que piedra en honda.

—Sea lo que Dios quiera. A mí quien me la hace me la paga.

—¿Ves cómo todo es el rencorcillo que te ha quedado?

Iba a contestar Ignacia, cuando apareció don Diego, y luego que aquella le vio, hízole entrar en el corro, diciéndole:

—Aquí estoy, aquí está su princesa, señor conde; no me busque con esos ojazos de pájaro bobo.

—¿También el señor conde te corteja, harpihuela? —preguntó el fraile haciendo una reverencia a don Diego.

—¡Y que le quiero más que a las niñas de mis ojos! —dijo la maja—. Los zarcillos son chicos, y otra vez tenga más miramiento; que a las señoras no se las obsequia con colgajitos de a cuatro duros; y un novio tuve yo, que en barras de plata y oro me llevó a casa los tesoros del Rey.

Don Diego turbado por la presencia del mercenario, no acertaba a decir palabra. En cambio el padrito se encaró con él, y campanudamente endilgole la siguiente homilía:

—Ya sé que anda el señor conde en malos pasos, y mis señoras la condesa y marquesa lo saben también. ¿Conque es cortejo de la Zaina? *¡Optime, superlative!*, señor don Diego. Y no lo digo porque esta sea ningún guiñapo, sino porque cada oveja con su pareja. ¡Qué dirá la señora doña María Castro de Oro, condesa de Rumblar, a quien no conozco sino para servirla; qué dirá cuando sepa los traeres de su hijo! Y pensar que a un jovenzuelo casquivano se le ha de dar por esposa aquella flor sin tacha, aquel lucero matutino, que cual oro en paño guardan donde usía sabe, es pensar en las nubes de antaño. Pues no faltaba más... ¡Un Afán de Ribera, metido en tales tapujos! ¿No le da a usted vergüenza? Y no lo digo porque recuente la casa de este señor don Mano de Mortero, que es persona honradísima, sino porque mi niño va también a casa de la Zancuda, donde se juega de lo lindo, y jóvenes muy acomodados conozco que han dejado allí los hígados.

—Verdad es —dijo Mortero—. Lo que es en mi casa, nadie se deja nada, como no sea el malhumor, porque a conversaciones honestas, y a lenguas castas, y a manos quietas nadie nos gana; que a veces la casa parece un monasterio de tanto afinamiento y quinta sustancia de la conmenencia.

—Pero el señor don Diego no solo frecuenta esas deshonestísimas regiones —añadió Salmón—, sino que también va a las logias de los masones, *infernalis espelunca*, donde se pasa la noche entre herejías y diabluras. ¡Veo que es aprovechado el rapazuelo! ¡Y quería la señora marquesa que yo le trajese al buen caminito con sermones y consejos! No está la Magdalena para tafetanes, señor don Diego, y yo primero arrojo el hábito que llevo, que decir a usía por ahí te pudras, y lléveselo el diablo con sus bobadas y truhanerías.

Más que una mona corrido, quedose don Diego con esta filípica, y de buena gana habría contestado a Salmón, vomitando todas las abominaciones que acerca de los frailes había aprendido ya, si no le detuviera la vergüenza y las muchas miradas de enojo que de distintas partes le observaban. Así es que solo protestando a medias palabras contra el *frailazo pancista*, se escurrió bonitamente entre el gentío, llevando consigo a la Zaina y a Mortero, que no quiso dejarle escapar sin previa entrega de las ofrecidas espuelas de plata.

Quedámonos allí Salmón y yo, y como mi amigo oyera lo de *frailazo poncista*, palabras que ya en aquellos días empezaban a menudear en bocas populares, se enfureció y quiso seguir tras el jovenzuelo para reprenderle su osadía; mas el agolpamiento de la gente, junto con las muestras de simpatías que recibió, se lo impidieron.

—Temple Su Paternidad la ira —le dije—, y vayase en buen hora don Diego.

—Tienes razón —repuso—, que *aquila non capit muscas*. Su castigo tendrá en ver que se queda sin novia.

—Pues él está tan firme en casarse —dije—, que lo da por hecho, y añade que llevará adelante lo del matrimonio, contra viento y marea.

—¡Oh, qué ilusión! ¡Pues están contentas de él mis señoras la condesa y marquesa! Y por lo que hace a la novia... Acompáñame a la Merced y te contaré. ¿Hablaste largo con la señora condesa? ¿Le dijiste todo lo que sabes de este botarate?

—Un poquito, sí señor. ¿De modo que no se casará?

—Lo dudo, porque si las personas mayores de la casa no lo pueden ver, lo que es la joven... Anda esta trastornadilla después que se le han descubierto todos los escondrijos de su almita. Por fin lo dijo todo. Ya te conté que ni yo con mi gran autoridad y mis chistes y juegos, ni la marquesa con su mal genio, ni el marqués apedreándola a regalos y obsequios, pudimos hacerle confesar la causa de sus melancolías; pero al fin, apretada por su prima la señora condesa que la ama mucho, un día entre lágrimas y suspiros le confesó todo.

—Y no resultaría nada...

—Nada más sino que todo aquel mal gesto y aquellas tristezas le venían de amar a un muchachuelo, a un perdidillo, a un cascaciruelas de esas calles, a quien conoció y tuvo por novio en toda regla, allá cuando vivía lejos de sus padres. ¡Cosa de niños! Lejos de parecerme mala, me parece un buen signo de virtud la firmeza de sus sentimientos lo mismo en la adversa que en la próspera fortuna. Con todo, la marquesa y su hermano rabian, como es natural, viendo que no pueden desencantar a la niña, pues lo que tiene, más parece encanto que otra cosa. Y todo se les vuelve decir: «Padre Salmón, ¿qué haremos? Padre Salmón, ¿qué no haremos?» Yo me voy al cuarto de la madamita, y después de decirle cuatro gracias, y de imitar el graznido de los cuervos, y el relincho de un caballo, y el rum rum de las viejas rezando en la iglesia, con lo cual ella se ríe mucho, le digo: «Pero hijita de mi corazón, ¿por qué no desecha vueseñoría todo pensamiento que no sea el de su actual grandeza? ¿Qué cosa puede apetecer ahora? ¿Le falta algo? ¿No tiene todas las comodidades, todos los miramientos, todos los mimos que una doncella puede apetecer?» A lo que me contesta que ella no desea nada, y después se calla. Entonces le tomo las manos, se las acaricio y le digo: «El pajarito de mi convento me ha contado que amasteis a un jovenzuelo. ¿Por qué no arrojáis esta idea de la cabeza? ¿No comprende usía que en una tan principal casa no pueden entrar por las puertas del matrimonio personas de baja condición? Seguramente que ese zascandil que fue vuestro novio no se acuerda para nada de mi querida niña.» Y ella al punto se sonríe, muda de conversación y empieza a hablar de otro asunto con tan buen tino y tanto talento, que a mí y al padre Castillo nos deja atónitos.

—Pues veo que cuando dos tan buenos predicadores no la pueden quitar con sus sermones el desencanto, encantada estará toda la vida.

—No, hijo; que se han intentado varios medios para quitarle eso de la cabeza. La condesa díjole que el zascandil ese había muerto según sus averiguaciones, y la marquesa y su hermano, tomando otro camino, han concertado hacerla creer que el tal desconocido jovenzuelo es un pícaro ladroncillo de las calles, un tramposo, estafador, a quien persigue la justicia por sus robos, chuladas y granujerías.

—¡Vive Dios! —exclamé sin poderme contener—, que eso es mentira, y le romperé el alma al que me diga que es cierto.

—¡Cómo, muchacho! —dijo muy absorto el fraile—. ¿Pero a ti qué te va ni qué te viene en esa cuestión para tomarla tan a pechos?

—Y a todas esas, ella, ¿qué decía?

—Nada. Hasta hoy la verdad es que el ingenioso artificio no ha hecho gran efecto, y mientras la doncella sin par aparenta no darse por entendida, la señora marquesa se incomoda más cada día, y a todas horas exclama: «Esto no puede seguir así.» Riñe con su sobrina, esta suele llorar, aunque en ella todo revela más paciencia que dolor, y aquí de la condesa, que se pone como un basilisco en cuanto mortifican a su prima. Tía y sobrina se dicen cuatro cosas: yo las apaciguo, y hasta el otro día, que sucede lo mismo.

En esto llegamos a la puerta de la Merced, y Salmón deteniéndose, me dijo:

—¿Quieres subir? Te daré chocolate crudo y una copita.

—Gracias, padre; estoy rabiando, y no tengo ganas de chocolate ni de copitas.

Y sin más palabras, despedime de aquella lumbrera de la Iglesia para irme a mi casa.

XIV

Llegó con el 28 de Noviembre la noticia de la batalla de Tudela, y una vez que se consideró deshecho nuestro ejército de Aragón y del Centro, ya todos vimos el sombrero de Napoleón asomando por la Mala de Francia. Las fortificaciones avanzaban, y en los días 27, 28 y 29 recuerdo que menudearon bastante las que podremos llamar fortificaciones y armamentos espirituales, que eran las rogativas, rosarios, funciones de desagravios, novenas y otras devociones para alcanzar de la Divina Providencia, no que apartase los peligros, sino que enardeciera nuestros ánimos para salir victoriosos. Hubo rosario en San Ginés, jubileo en los Dominicos de la Pasión, solemnes cultos en el Carmen Calzado, y, por último, en la iglesia de Nuestra Señora de Gracia, sita en la plazuela de la Cebada, se inauguró un novenario que fue la más popular de las devociones de aquellos días, por predicar allí popularísimos oradores. La gente piadosa al par que patriota no tenía tiempo para acudir a tantas partes, y vacilaba entre la iglesia y la trinchera.

Los hombres aunque lo deseáramos no teníamos tiempo para frecuentar las iglesias, y especialmente los armados no dábamos paz a los pies ni a las manos con el frecuente ejercicio y ensayo de nuestra fuerza. Los soldados, los voluntarios, los conscriptos, los *honrados* que tenían armas, nos confundimos por algunos días en comunes trabajos y preparativos, dando al olvido discordias importunas. Y no estaba el tiempo para andarse con juegos, porque ya Napoleón se nos venía encima. Mientras existió la pueril confianza de que las tropas enviadas a Somosierra estorbarían el paso del tirano, menos mal: íbamos viviendo, alimentando nuestro espíritu con risueñas ilusiones, y soñando con ver hecho pedazos el poder de Bonaparte en la era del Mico.

Pero el día 1.º de Diciembre comenzaron a circular desde muy temprano rumores gravísimos acerca de la derrota del general San Juan en Somosierra. Echose todo el mundo a la calle en averiguación de lo ocurrido, y corriendo de boca en boca las nuevas, exageradas por la ignorancia o la mala fe, bien pronto llegó a decirse que los franceses estaban en Alcobendas, y hasta alguno aseguró haberlos visto paseándose en el Campo de Guardias.

Desde el famoso 2 de Mayo no había visto a Madrid tan agitado: corrían hombres y mujeres por las calles, y entonces era el lamentar la ciega confianza, el echar de menos la actividad y previsión propias de un pueblo realmente decidido a defenderse. El Gran Capitán y yo habíamos salido desde muy temprano, él para tomar disposiciones importantes en el cuerpo de honrados a que pertenecía, y yo por acudir a mi puesto, o curiosear en caso de que aún no se tratara de cosa formal.

—Lejos de acoquinarme yo, como estos gallinas —decía el Gran Capitán—, me animo y me gallardeo y me esponjo al saber que los tenemos tan cerca. Y a mí no me hablen de que el general San Juan ha sido derrotado. Para los que conocemos las artimañas y recovecos del arte de la guerra, esa dispersión de las tropas de San Juan que parece derrota, no es otra cosa más que un hábil movimiento para engañar a Napoleón, dejándole pasar el puerto. Y si no, figúrate si será bonito ver a lo mejor que cuando tranquilamente avanzan los franceses creyéndose seguros, aparecen como llovidas por el flanco derecho las tropas españolas y me los cogen ahí sin disparar un tiro entre Alcobendas y San Agustín.

—Podrá suceder —dije yo sin manifestarle mi incredulidad—; pero figúrese el señor Fernández que no pasa nada de esto, sino que viene Napoleón sano y entero y nos pone cerco. ¿Cómo saldremos de este apuro?

—Admirablemente —repuso—. Podrá suceder que si trae muchas, muchísimas tropas, vamos al decir, un par de milloncitos de hombres, dure el sitio dos o tres años, después de cuyo tiempo tendrá que retirarse... porque pensar que Madrid se ha de rendir, es pensar en lo excusado. Y si no, pasea tus ojos por esas fortificaciones que en diferentes partes se han hecho en lo que el diablo se restriega un ojo; esparcía tu vista por esos hondos fosos, por esos gruesos parapetos, por esos inexpugnables montones de tierra, y por esas terroríficas baterías de cañones de a 6, y si la admiración te da tregua a las reflexiones, comprenderás que es imposible tomar a Madrid, aunque Napoleón trajera mejor gente que aquella que fue a Portugal con el señor marqués de Sarriá.

—Dios le oiga a usted Por mi parte haré lo que pueda. ¿Y usted manda, o es mandado?

—Yo mando; que a ello me han obligado antiguos amigos, cuya ciega confianza en mis conocimientos raya en fanatismo. Yo no quería mandar porque no me gustan papeles; pero he tenido que ceder, y entre todos hemos formado una compañía que ha recibido orden de operar en Los Pozos, sitio el más arriesgado y peligroso y temerario de este gran asedio que nos espera. Casi todos tenemos fusiles, y los que no, manejarán la lanza.

—¡Lanza para defender murallas! —exclamé sin poder disimular la risa.

—Sí, hijo; ¿qué entiendes tú de eso? Figúrate que a esos tontos se les ponga en la cabeza dar un asalto, ¿qué mejor cosa para impedirlo?. . Por cierto que voy a reunir mi gente para ir a ocupar la posición, no sea que el señor *córcego* quiera darnos una sorpresa con su acostumbrada mala fe.

—Ahora dejémonos llevar a la Puerta del Sol con todo ese gentío que allá va —dije yo—; y parece que ocurre alguna cosa grave, según gritan.

—Efectivamente; pero esa gritería es de mujeres. Sin duda esas valerosas matronas piden que se les den armas.

—Bajemos por la calle de la Montera... Por allí sube, si no me engaño, el señor de Santorcaz. Llamémosle: él sabrá lo que ocurre... ¡Eh, señor don Luis!

—¿Qué hay en la Puerta del Sol, que tanto chilla la gente? —preguntó Fernández cuando el otro se nos acercó.

—Es que el pueblo pide armas y no se las quieren dar —repuso Santorcaz—. Es una picardía y todos esos mandrias de la Junta deben ser arrastrados.

—¡La Junta! ¡Los señores de la Junta Central!

—No hablo de la Central —prosiguió Santorcaz—; que esa, si es cierto lo que dicen, ha acordado hoy retirarse de Aranjuez, buscando refugio en el Mediodía. Hablo de la juntilla que se ha formado aquí para la defensa de Madrid, y que está en permanencia en la casa de Correos. ¡Aquí hay muchos traidores —añadió en voz alta—, y algunos han cogido dinero para entregar la plaza a los franceses! Canallas de traidores. Ahora salimos con que se han acabado las armas y los cartuchos. ¡Mentira! Yo sé dónde hay armas y cartuchos. ¡Nos están engañando, nos van a vender!

Diciendo esto, se apartó de nosotros; después de lo cual seguimos hacia abajo, y al llegar a la Puerta del Sol vimos que estaba de bote en bote llena de gente. Aquel hueco abierto en el apelmazado caserío de Madrid es el corazón de la antigua villa, y a él afluye con precipitada congestión la sangre toda en sus ratos de cólera, de alegría o de miedo. La Puerta del Sol latía con furia. Hombres y mujeres hablaban a la vez y a sus voces se unían actitudes y gestos amenazadores. La masa más inquieta, más hirviente, más loca y alborotadora estaba al pie de la casa de Correos.

—Busquemos algún conocido que nos informe de lo que aquí ha pasado —dije metiéndome con el Gran Capitán por lo menos apretado del gentío.

—Astavía no ha pasado nada —dijo un caballero que envuelto en una capa se nos apareció, y en quien al punto reconocí al señor de Majoma—. Astora nada; pero... ya verán.

—¿Qué pide esa gente?

—¿Qué ha de pedir? Armas y cartuchos.

—Ya están repartidos todos los que hay.

—¡A mí con esas! —exclamó el apreciable sujeto—. Ya estamos de traidores hasta el gañote. ¡Pillos laïrones! Si no les espachamos nos van a entregar a los franceses. ¡Perros gabachos! Les conozco bien y se la tengo sentenciada, sí señor; y el que diga que no son traidores, que se vea conmigo, porque yo soy más español que Santiago y más patriota que Fernando VII.

—Pero desde hace tiempo se sabe que la plaza tenía muy pocas armas, y en cuanto a los cartuchos, todos los que había y los fabricados en esta semana, se han repartido ya. El señor de Mañara ha estado ocho días ocupado en dirigir la fábrica de cartuchos y ayer tarde repartió muchos miles en el Ave-María y en la Comadre.

—¡No me lo nombres! —exclamó Majoma afectando una indignación que más tenía de cómica que de trágica—. Ahí tienes al traidor más que Judas, al gabachón más que Copas... Gabriel, ¿eres tú traidor también? ¿Estás vendido a los franceses, como ese regidorcillo hambrón? Dime que sí y verás... mia tú... aquí mismo te pongo en pipitoria con esto que traigo debajo de la capa.

—¿La navajita? Guarda tu coraje para mejor ocasión, Majomilla —le respondí—. Me parece que estás borracho.

—¿Borracho yo? Si no lo he probao, chico... Esta mañana me convidó el señor de Santorcaz a beber unas copas, y... por esta que no bebí más que dos azumbres... ¿qué hacer sin la calorcilla en el estómago?... Pero di, ¿eres tú traidor? Di que no, porque te rajo... pues yo (y se daba fuertes golpes en el pecho) tengo un corazón como un bronce, y soy más valiente que el Ciz y nadie me tosa, si no quiere ver quién es Majoma.

Y sin oír más, nos apartamos del insigne varón.

—Esto no me gusta —dijo Fernández—, y me parece que si la alta empresa que entre manos traemos no sale tan bien como debiera, consistirá en esta inmunda canalla motinesca, díscola y bullanguera, que en circunstancias tan críticas se vuelve contra sus jefes. Gabriel, de buena gana te digo que si nuestro don Tomás de Morla nos mandase cerrar contra esta gentuza, la meteríamos en un puño prontamente. Y has de saber que estos perdularios chillones, más sirven de estorbo que de ayuda en la defensa, y verás cómo son ellos los primeros que se rinden.

Miramos al balcón de la casa de Correos y vimos que en él aparecía un hombre alto, moreno, hosco, vestido de uniforme; le vimos accionar hablando a la multitud; pero no pudimos oír sus palabras, porque la femenil chillería de abajo habría impedido oír tiros de cañón, que no digo humanas voces. Después aquel militar, el cual no era otro que don Tomás de Morla, encogíase de hombros y cruzaba los brazos. Este lenguaje le entendimos mejor, y evidentemente quería decir: «No hay nada de lo que me pedís: se acabaron las armas y los cartuchos.»

Pero la multitud se enfurecía con la negativa y le silbaba, pidiendo con su omnipotente antojo y volubilidad que saliese Castelar, personaje más conocido que Morla. Salió el marqués de Castelar, habló sin poder apaciguar a sus admiradores, y repitiose el encogimiento de hombros y el gesto desconsolador. Aquí de los silbidos, de los gritos, de las amenazas: poco después el pueblo empezó a arremolinarse y a culebrear como dragón de mil colas que se dispone a emprender movimiento; y vimos que muchos se desparramaban por la calle Mayor y que otros subían hacia Santa Cruz.

—Vamos allá a ver en qué para esto —dijo don Santiago apoyándose en mi brazo y siguiendo el general torrente—. Estos majaderos primero dejarán de existir que de hacer alguna atrocidad. ¿Por qué piden armas, si con las que hay repartidas basta y sobra? ¿A qué piden cartuchos, si no hay cartucho que mate más franceses que el entusiasmo español, ni mejor pólvora que nuestra indignación?

—Todo eso es verdad, señor don Santiago —repuse—; pero no habría sido malo que la Junta Central o el Consejo, en vez de ocuparse en discutir sus rivalidades, hubiera depositado en Madrid unos cuantos barriles de indignación, de esa que se hace con salitre, carbón y azufre, que la otra sin esta de poco sirve. Pero aquí no ha habido previsión, ni iniciativa, ni actividad, ni eminentes cabezas que dirijan, sino que la defensa ha quedado a merced de la voluntad, de la invención y del buen sentido del pueblo, señor don Santiago; y no llamo pueblo a esa miserable turba gritona que de nada sirve, sino a todos nosotros, altos y bajos, grandes y chicos... ¿Pero quién es aquel que corre? Es el insigne patriota a quien llaman Pujitos. ¡Eh... Señor de Pujitos, lléguese acá y díganos lo que ocurre!

—Ahora va la gente hacia la calle de la Magdalena —contestó—, donde vive el regidor Mañara. Esta mañana estuvimos allí: salió al balcón y nos dijo que los miles de cartuchos que ha fabricado los entregó ya, y que no hay más pólvora. ¿Van ustedes hacia el Avapiés? Por allá hay gran alboroto, y dicen que Mañara es un traidor, y que acá y allá.

—¿Y usted qué piensa de Mañara?

—Mañara es hombre cabal, porque lo igo yo —afirmó Pujitos en tono misterioso—. Los traidores son otros y andan por ahí revolviendo la gente y armando estas tramoyas. Gabriel, acuérdate de lo dicho. Los que más chillan son los piores: pero yo ando con mucho ojo, porque así me lo ha mandado el jefe, y como les eche la mano encima, verán quién es Pujitos.

Siguió a toda prisa hacia la Puerta del Sol, y nosotros atravesando la plaza Mayor, entramos en la calle de Toledo, arteria de toda la circulación manolesca, centro de las chulerías, metrópoli de las gracias, bazar de las bullangas, cátedra de picardías y teatro de todas las barrabasadas madrileñas.

XV

Pasando luego a la calle de Embajadores oímos de nuevo que hacia el Avapiés había gran marejada, por lo cual atravesando por los Abades hacia el Mesón de Paredes, nos fuimos a presenciar el tumulto, que no era flojo, según el rumor de voces que desde lejos se oía. En efecto, habíase armado un zipizape que déjelo usted estar.

De manos a boca tropezamos con el tío Mano de Mortero, que se llegó a nosotros diciendo:

—¡Cómo nos engañan, Gabriel! ¡Quién lo había de decir en un caballero tan bueno como el señor de Mañara!

—¿Pero es traidor el señor de Mañara? Vamos, tío Mano. ¿usted también? usted que es una persona de tantísimo talento...

—Es verdad, niño de mi alma; ¿pero qué quieres tú? Lo dicen por ahí. A mí no me consta; pero al son que me tocan, bailo. Pues dicen que hay traidores, ¡abajo los traidores!

—¿Y qué dicen de Mañara?

—Que tiene arreglado con los franceses el entregarle la puerta de Toledo.

—¿Y cómo lo saben?

—¡Qué sé yo! Pero cuando el río suena agua lleva. Yo no he de ser menos que los demás, y pues hay traidores, ¡abajo los traidores!

—¿Y la Zaina?

—¿Pues no la oyes? Si es la que más grita en medio de la plaza ¡Santa Virgen! ¡Y no está poco furiosa esa leoncilla! Ahora se ha vuelto la patriota más patriota de todo Madrid. ¡Ay mi Dios, qué nacionala tengo a mi niña!

De rato en rato aumentaba el gentío en la plazuela del Avapiés, y los hombres de mala facha unidos a las mujeres más desenvueltas de los cercanos barrios, menudeaban sus gritos y vociferaciones de tal modo, que ninguna persona honrada podría ante tal espectáculo permanecer tranquila.

—Acerquémonos —me dijo Fernández—. Yo con todo mi corazón te aseguro que si Su Majestad y en su real nombre la sala de alcaldes de Casa y Corte, me mandase despejar este sitio, lo haría de mil amores con dos lanzazos o sablazos, que para el caso lo mismo daría.

—Guárdese usted de decir en alta voz tales cosas, y acerquémonos a aquel grupito de damas.

La Primorosa salió del grupo.

—Eh... Primorosa, ¿qué traes por aquí? —le pregunté.

—¡Cachiporros! —exclamó la harpía alzando los brazos, cerrando los puños, y dirigiéndose a algunos hombres que la rodeaban—. ¿Pa qué estáis aquí? ¿No vos quieren dar cartuchos? Pues iz ca el regidor y sacárselos de las asaúras. ¡Él los tiene escondíos! Él los tiene enterraos en paquetes pa dárselos a los franceses.

Entonces la Zaina abriéndose paso presentose en el centro del corrillo formado en torno a la Primorosa. Estaba la hermosa verdulera amoratada y ronca, con los ojos encendidos, las ropas hechas pedazos, y con tan fiera expresión retratada en su semblante y en toda su persona, que causaba espanto. En el momento de presentarse, traía un cartucho entre los dedos, y lo mordía y derramaba en la palma de la mano lo que debía ser pólvora y resultaba ser arena.

—¡De arena! Los cartuchos están llenos de arena —exclamó la muchacha, mostrando a todos aquel objeto.

Y al mismo tiempo los hombres allí presentes sacaban de sus sacos otros cartuchos, los mordían, y en efecto, en todos o en casi todos aparecía arena.

—¡Ese traidor nos ha dado cartuchos de arena!

La terrible voz cundió por la plaza. Allí cerca había un retén de guardia de voluntarios. Sacaron el depósito de cartuchos, mordíanlos, y por cada dos o tres con pólvora había uno con arena. Esto lo vimos el Gran Capitán y yo, y ambos nos quedamos mudos de indignación.

—Pues indudablemente ha habido traición —dije yo.

—¡Poner arena en los cartuchos! ¡Qué alevosía! Esto es entregar la patria villanamente al extranjero.

—El que tal ha hecho —exclamé no ocultando mi rabia—, es un miserable que debe ser castigado.

Gabriel, no lo creí —vociferó mi amigo, derramando lágrimas de coraje—; no creí que hubiera españoles capaces de semejante vileza. No, el que tal ha hecho no es español.

Y los dos casi sin darnos cuenta de ello, hicimos coro con la rabiosa multitud, gritando: ¡Mueran los traidores!

—¡Ese Mañara, ese ladrón! —gritaron a nuestro lado.

—¡Él ha sido! ¡Mueran los traidores y viva Fernando VII!

¡De arena! ¡Los cartuchos de arena! Esta funesta frase corrió por todo Madrid más rápidamente que si la llevara la electricidad. En muchas partes, que no en todas, pudo confirmarse la verdad de la afirmación; pero la ira era general, y el que había puesto arena en los cartuchos fue condenado a muerte por la indignación popular. Mi amigo y yo observamos que la multitud corría en todas direcciones; pero los más iban hacia la Merced. Desapareció de nuestra vista la Pelumbres, el tío Mano, y desapareció también la Zaina. Corrimos por la calle de Jesús y María, y al llegar a la de la Magdalena, la vimos completamente llena de gente: todo el vecindario estaba en los balcones, y un clamor inmenso llenaba la vasta longitud de la calle.

Hacia el centro de ella existía entonces, y existe aún, una casa suntuosa pero de bastarda y ridícula arquitectura, por haber puesto en ella su mano don Pedro de Ribera, autor de la fachada del Hospicio. A aquella casa histórica, residencia antes y también hoy de una respetabilísima familia, por mil títulos merecedora de la estimación pública, se dirigían las amenazas de la muchedumbre, borracha de ira. Todos querían entrar; pero las puertas estaban cerradas. Este obstáculo no tardó en desaparecer, y terribles hachazos hicieron temblar las labradas maderas de la puerta señorial, protegida por el ancho escudo que en esculpidos emblemas representaba hazañas y virtudes de otros tiempos. Mas ¿quién reparaba en esto? El pueblo, que ya había pisoteado en Aranjuez la real corona, no vacilaba en pasar por sobre la de un noble.

Hicieron, pues, pedazos la puerta, y el pueblo entró desbordándose e invadiendo el palacio, como un río que rompe los diques que durante siglos le han contenido y se extiende por el llano con ímpetu destructor. Entraron todos, los que iban con algún objeto y los que no iban más que a gritar. No debía, pues, hacerse esperar mucho la satisfacción de la popular furia, y bien pronto nos quedamos helados de terror, oyendo decir: «Le han matado, ya le han matado.»

¡Pobre y desgraciado Mañara! Ayer ídolo, ayer amigo, ayer compañero de la vil plebe, cuyo traje y costumbre, y hablar y modos imitaba, hoy inmolado por ella con barbarie inaudita, con esa cruel presteza que ella emplea ¡la infame furia! en todas sus cosas.

Pero lo espantoso, lo abominable, y más que abominable vergonzoso para la especie humana, fue lo que ocurrió después. La plebe tiene un sistema especial para celebrar las exequias de sus víctimas, y consiste en echarles una cuerda al cuello y arrastrarlas después por las calles, paseando su obra criminal, sin duda para presentarse a los piadosos ojos en la plenitud de su execrable fealdad. Esto pasó con el cadáver del infeliz regidor, a quien conocimos amante de Lesbia, amante de la Zaina, amante de todas, pues no hubo otro que como él prodigara su hermosa persona en altas y bajas aventuras; esto pasó con el cadáver del infeliz a quien llamo don Juan de Mañara, no porque este fuera su nombre, sino porque me cuadra designarle así, para no andar trayendo y llevando los títulos de respetables casas, por los altibajos de esta puntual historia. Pero apartemos los ojos, no miremos, no, ese despojo sangriento que por la calle de la Magdalena, y después por la del Avapiés abajo, arrastran en inmunda estera unos cuantos monstruos, hombres y mujeres tan solo en la apariencia: cerremos los oídos a sus infames gritos, y sobre todo no miremos ese destrozado cuerpo, aún caliente, a quien las puñaladas, los golpes, el frecuente tropezar van quitando la figura humana, haciendo un jirón lastimoso de lo que fue, de lo que era pocos minutos antes hombre gallardo y gentil, y lo que es más digno de consideración, hombre dichoso y amable. Y mientras pasa esa salvaje bacanal, ese río de sangre y de infamia y de crimen, meditemos sobre las mudanzas mundanas, y especialmente sobre las cosas populares, las más dignas de meditación y estudio.

¿Era Mañara autor de la traición indudable descubierta en los cartuchos de arena? Histórica, no hija de nuestra invención, es la persona de Mañara; histórica es también su vida licenciosa, sus hábitos manolescos, sus aventuras y trato con la gente de los barrios bajos; histórica es también la Zaina, y tan históricos como la jura en Santa Gadea y el compromiso de Caspe, son sus amores con el regidor, su abandono, sus celos, su despecho, su ira, su sed de venganza y el descubrimiento, fatalmente hecho por ella, de los cartuchos de arena. Para saber todo esto basta leer media página de la historia mejor y más conocida que sobre aquellos tiempos se ha escrito. Pero ni en este eminente libro, ni en otro alguno, ni en boca de ningún viejo oiréis razones para contestar categóricamente a la pregunta que antes hice.

¿Fue Mañara traidor? ¿Intervino él en la obra criminal de los cartuchos de arena?

Os diré francamente que yo tampoco lo sé; pero debo advertiros que nunca tuve a aquel desgraciado por capaz de acción tan fea. Mañara pecaba de libertino, de ligero, de vano y más que nada de enamorado. Jamás se distinguió en otras maldades que en las del amor, por cierto bien perdonables. Le conocí alevoso y traidor en cuestiones de faldas; pero no supe nunca que en asuntos graves faltara a las leyes del honor. Con estos antecedentes casi puede asegurarse que no fue Mañara autor de la superchería de los cartuchos. ¿Pues quién lo fue entonces? Esto sí que ni la historia, ni la tradición, ni los viejos, ni yo podemos decíroslo. ¿No habéis observado que todos los movimientos populares llevan en su seno un germen de traición, cuyo misterioso origen jamás se descubre? En todo aquello que hace la plebe por sí y de su propio brutal instinto llevada, se ve tras la apariencia de la pasión un tejido de alevosías, de menguados intereses o de criminales engaños; pero ningún sutil dedo puede tocar los hilos de esta tela escondida en cuyas mallas quedan enredados y cogidos mil bárbaros incautos.

¿Quién hizo correr la voz de la traición de Mañara? ¿Fue todo obra deliberada de la Zaina? La historia dice que sí; pero yo creo haber oído tachar de sospechoso al pobre regidor en parajes muy distantes de la calle de la Pasión. Sin duda el frecuente roce con la plebe había desconceptuado mucho a don Juan en la opinión de sus iguales. Carecía en absoluto de respetabilidad, y el que la pierde entre los de arriba queriendo sustituirla con bajas amistades, que son siempre inconstantes, está expuesto a perderlo todo en un momento, y a que cualquier chispa fugaz incendie de improviso la fábrica de una reputación que no se funda en nada sólido.

Mañara había adulado a la plebe imitándola. Con este animal no se juega. Es como el toro que tanto divierte, y de quien tantos se burlan; pero que cuando acierta a coger a uno, lo hace a las mil maravillas. Vimos caer a Godoy, favorito de los reyes, y ahora hemos visto caer a Mañara, favorito del pueblo. Todas las privanzas que no tienen por fundamento el mérito o la virtud suelen acabar lo mismo. Pero nada hay más repugnante que la justicia popular, la cual tiene sobre sí el anatema de no acertar nunca, pues toda ella se funda en lo que llamaba Cervantes *el vano discurso del vulgo, siempre engañado.*

—Pero vámonos de aquí —dije a mi amigo—. ¿No oye usted lo que dicen esos que pasan? Dicen que los franceses han aparecido por Fuencarral.

—Vamos, vamos a cumplir con nuestro deber —repuso el Gran Capitán, siguiéndome por la calle de las Urosas—. Pero me temo que lo que debía ser gloriosísima jornada, va a ser cualquier cosa, gracias a esa vil gentualla. La traición mina la plaza. Eso de los cartuchos de arena me ha puesto triste y el miserable canalla que tal hizo merece mil muertes.

Madrid, después de inmolado Mañara, continuaba inquieto, como presagiando grandes males, mientras los frailes agonizantes arrancaban de manos del pueblo el cadáver informe. La noticia de que los franceses estaban a las puertas de la villa, lo hizo, sin embargo, olvidar todo, y corría la gente azorada y medrosa, creyendo ver asomar al volver de una esquina la figura característica del azote de Europa.

XVI

El cuerpo de voluntarios a que yo pertenecía fue destinado a defender la puerta de los Pozos (la misma que después se llamó de Bilbao al extremo de la calle de Fuencarral), y el inmediato jardín de Bringas. Consistía su fortificación en un foso no muy profundo en un gran espaldón de tierra y piedras, a toda prisa levantado, y en seis cañones de a 6. La tapia que no tenía facha de inexpugnable, como recordarán los que han alcanzado alguno de sus heroicos trozos, había sido aspillerada en toda su extensión. Iguales poco más o menos, eran las fortificaciones de las vecinas puertas de Santa Bárbara y Fuencarral. El sitio donde se habían levantado obras más considerables era la puerta de Recoletos, monumento que ha durado hasta ayer y que no necesito designar topográficamente, con su costanilla de la Veterinaria ni su convento de Agustinos, porque los mozuelos barbilampiños los han conocido. Pero volvamos a los Pozos, puerta destinada a ser teatro de nuestro heroísmo, y empecemos diciendo que en la noche del 1.º de Diciembre nos situamos allá, tan convencidos de que íbamos a ser atacados que estuvimos largas horas sobre las armas, dispuestos a vender caras nuestras vidas.

La fuerza se componía de estos elementos: unos sesenta soldados, que aunque no todos artilleros, hacían de tales por necesidad imprescindible; cuatro compañías de voluntarios antiguos, con los cuales mezclábase un número irregular de conscriptos, y como ochenta hombres de la milicia *honrada*, a quien mandaba o quería mandar el Gran Capitán, no sé si con el título de sargento, coronel o general, pues cualquiera de estos grados le cuadraría. Los soldados estaban fríos y con poco ánimo; los voluntarios inflamados en patriotismo y llenos de ilusiones; pero tan inexpertos, que no daban pie con bola, como vulgarmente se dice, a pesar de estar entre ellos el gran Pujitos; y finalmente los *honrados* no cabían en sí de entusiasmo, no obstante ser todos ellos personas de paz, y tener algunos buena carga de años a la espalda, especialmente los de la compañía, o mejor, los del grupito en que alzaba el gallo don Santiago, cuya hueste se componía de respetables porteros y criados de la oficina de Cuenta y Razón.

En cuanto a jefes, debo decir que allí no existían en todo el rigor de la palabra, pues si bien entre la tropa había oficiales valientes y entendidos, no sabían o no querían hacerse obedecer de los paisanos, resultando de esta desconformidad que allí cada cual hacía lo que le daba la gana y según su propia inspiración; y aunque mi amigo tenía pretensiones de imponer su autoridad, esto no pasó nunca de un conato de dictadura que más se inclinaba a lo cómico que a lo trágico.

En cambio reinaba gran fraternidad, y cuando avanzada la noche tuvimos la certeza de que no había tales franceses por los alrededores, nos reunimos en el jardín de Bringas, y encendida una gran hoguera, celebramos agradable tertulia, donde se habló de temas patrióticos con la verbosidad, facundia y exageración propia de españolas lenguas. Cuál encomiaba la defensa de Zaragoza[3]; cuál ponía la defensa de Valencia contra Moncey por cima de todos los hechos de armas antiguos y modernos; quién decía que nada podía igualarse a lo del Bruch; quién encomió hasta las nubes la vuelta de las tropas de la Romana; y por último, no faltó uno que, sin quitar su mérito a estas gloriosas acciones, pusiera sobre los cuernos de la Luna cierta campaña famosa de Portugal en 1762.

Disipado todo temor, muchas mujeres fueron a visitarnos, y entre ellas no faltó doña Gregoria, ni doña Melchora con las niñas, ni tampoco la señora de Cuervatón, pues ha de saberse que su marido formaba en las filas de los *honrados*. Para que no se crea que todos éramos gente de poco más o menos, añadiré que algunas altísimas damas fueron a visitar a sus hijos, hermanos o maridos, que allí se andaban mano a mano con nosotros, o como voluntarios o como sorteados.

Cenamos, bebimos, cantamos, hablamos, y por último, a todos nos vino el deseo de llevar adelante alguna hazaña aquella misma noche. El primero que emitió la idea fue don Santiago y al punto se la aceptó con alborozo, determinando hacer una exploración camino arriba hasta Fuencarral, por ver si realmente estaban los franceses tan cerca como se creía. A toda prisa se preparó la salida, y a eso de las dos de la madrugada nos pusimos en marcha unos doscientos hombres, en buen orden, y mandados por un coronel de ejército.

---

3   El primer sitio de Zaragoza. (N. del A.)

—¡Qué bueno fuera —me decía Fernández—, que ahora tropezáramos con una avanzada enemiga y la derrotáramos en un abrir y cerrar de ojos, volviendo a Madrid con unos cuantos miles de prisioneros!

—Todo podría ser, amigo mío —le respondí—, que para la voluntad de Dios no hay nada imposible.

—Más gracioso aún sería —prosiguió— que el bergante del Emperador se anduviera paseando por ahí, mirando desde lejos la gran ciudad que aspira a ganar, y le sorprendiéramos de sopetón, echándole mano para llevarle a Madrid sobre un asno foncarralero.

—También es posible —repuse—, y pongamos que ese señor se haya aburrido de estar en su campamento, y tomando una escopeta, a pesar de la oscuridad de la noche, se venga con un par de generales y un par de perros por esos trigos a levantar y correr perdices; que todos los monarcas suelen ser cazadores.

—Eso no me parece verosímil —dijo—; pero bien podría suceder que ese hombre, conociendo que no puede vencernos por la fuerza, intente dar al traste por la astucia con nuestro poderío, y se disfrace con el traje de un payo huevero de Alcobendas, para acercarse a nuestras formidables fortificaciones y estudiarlas cómodamente.

Con estos y otros coloquios rebasamos más allá de la venta, situada en lo que hoy se llama Cuatro Caminos, sin hallar alma viviente ni sentir rumor alguno; pero cuando estábamos cerca del camino que a mano derecha conduce a Chamartín, percibimos un ruido lejano que a todos nos dejó suspensos, pues no parecía sino que temblaba la tierra al galopar de millares de caballos.

—¡Es una avanzada de caballería! —gritó nuestro coronel—. Retirémonos.

—¿Qué es eso de retirarse? —gritó con enojo el Gran Capitán—. ¿Somos españoles o qué somos?

—No tenemos más que cuatro caballos —le dijo el jefe—. Si nos dan una carga, ¿qué va a ser de nosotros?

—¡Qué cargas ni cargas! ¡Buenos son ellos para meterse en cargamentos! Ea, muchachos, el que quiera seguirme que me siga; yo voy adelante.

Los *muchachos*, cuyo patriotismo invocaba Fernández, eran seis o siete vejestorios como él, compañeros en la portería y servicio interior de las oficinas de Cuenta y Razón. Pero aquellos valientísimos militares, más duchos en el manejo de la escoba que en el de otra arma alguna, profesaban aquel principio tan sabio como famoso, de que una retirada a tiempo es una gran victoria, y todos a una manifestaron al Gran Capitán que no le seguirían en tan temeraria empresa, pues hazañas sin cuento podrían realizar tras las fortificaciones.

El escuadrón francés avanzaba, a juzgar por el acrecentamiento del ruido, pero no veíamos cosa alguna. Se dio orden de retirada, y para hacerla más a salvo, nos desviamos del camino, escurriéndonos por una hondonada que caía hacia la dehesa de Amaniel. Don Santiago renunció a regaña dientes a los peligros de una lucha con los dragones que a toda prisa avanzaban, y me decía:

—Pensar que de esta manera hemos de vencer, es una necedad. En la guerra ha de fiarse todo a lo imprevisto, a la sorpresa y a los golpes de mano. ¿Qué nos costaba esperar esos caballos, sorprenderlos, matar a los jinetes y entrar en Madrid caballeros los que salieron peones?

En esto vimos un bulto, un hombre, que saliendo precipitadamente de detrás de unos tejares, corrió hacia la carretera, al parecer huyendo de nosotros.

—¡Eh! ¡Un hombre! ¡Un espía!... ¡Quién vive! —gritamos, corriendo algunos en su persecución.

Detúvose el hombre ante nosotros con muestras de tener mucho miedo, y entonces advertimos que su traje era el de un paleto, con ancho sombrero y una manta por capa. Cuando nos llegábamos a él, pareció vacilante e indeciso; pero al fin oyéndonos hablar, abalanzose hacia nosotros, diciendo:

—¡Ah! Sois españoles. Gracias a Dios: ya me he salvado.

Acabando de decir esto, cayó de rodillas. Pero en el mismo instante llegose a él con aire resuelto el Gran Capitán, y poniéndole en el pecho la boca de un fusil, exclamó con voz exaltada y furiosa:

—Dese a prisión Vuestra Majestad Imperial y Real. Bien lo decía yo; pero a mí no me la da usted... digo, Vuestra Majestad; que soy perro viejo, y harto se ve que disfrazado con traje de paleto, se acerca Vuestra Majestad Imperial a nuestra gran plaza para estudiar las fortificaciones.

—Hombre de Dios —dijo el payo—, usted es loco, o me toma por el Emperador Napoleón.

—¡Por quién le he de tomar, hermano! A mí no se me engaña con palabritas. Es Vuestra Majestad mi prisionero, y no le he de soltar aunque me dé siete condados. ¡Viva España y viva Fernando VII!

Todos los circunstantes nos reímos, lo cual desconcertó a don Santiago, y al punto el prisionero dijo levantándose:

—Yo, señores, soy oficial del ejército de don Benito San Juan, y he asistido al desastre más funesto de esta campaña. Perdí en la acción de Somosierra a mi padre y a dos hermanos, y vengo huyendo de las guerrillas francesas que persiguen a los dispersos. Tuve que disfrazarme en Roblegordo para evitar que me cogieran, y a pie he llegado hasta aquí. Pero si quieren que les diga más, denme algo que me sustente, pues con dos días de no probar bocado, estoy cayéndome muerto por instantes.

Un compañero nuestro le dio a beber un trago de aguardiente, con lo cual tomó fuerzas y pudo seguirnos, reanimado también moralmente por verse en nuestra compañía. El Gran Capitán, corrido y confuso, marchaba silenciosamente a su lado, pero no las tenía todas consigo, y todo se volvía mirarle y remirarle, sospechando que si no el mismo Emperador, podía ser algún generalazo o cualquier archipámpano de la corte imperial.

—Con ser tantas mis personales desdichas —dijo el desconocido—, pues en el campo de batalla quedaron mis dos hermanos y mi buen padre (que somos de un antiguo solar de tierra de Sepúlveda), todavía abruma mi ánimo más que nada la catástrofe nacional de que he sido testigo. Nosotros acudimos a tomar las armas en defensa de la patria. Felices mil veces los que murieron por tan santo objeto, y mal hayan los que quedamos para contar tan gran desventura. ¿Se sabe ya en Madrid la derrota de San Juan? ¿Cómo se cuenta? ¿Qué se dice? Se nos tachará de medrosos o cobardes. ¡Oh, señores! Yo no creo que sea posible llevar más adelante el heroísmo. Nuestros soldados se han conducido con bravura portentosa, y si no vencieron, fue porque la superioridad de los enemigos y su mucho número lo han hecho imposible.

—Eso será lo que tase un sastre —dijo el Gran Capitán—. ¿Por dónde anda ahora San Juan? Porque yo entiendo que fingió retirarse para atacar después en mejor posición.

—¡Qué ha de fingir, hombre, qué ha de fingir! —repuso el oficial—. San Juan, si es que vive, andará fugitivo como yo, y sin un solo soldado.

—Eso no puede ser, caballero. ¿Cómo se entiende? Si eso fuera cierto, señor mío, significaría ni más ni menos una especie de derrota.

—Pues ya lo creo. Pero les contaré punto por punto. San Juan tomó buenas posiciones en el paso de Somosierra y puso una vanguardia en Sepúlveda. Atacaron esta los franceses anteayer de madrugada; mas no pudieron romper su línea y tuvieron que retirarse.

—¿Los franceses? bien —dijo el Gran Capitán—. Pues si se retiraron, ¿cómo se entiende nuestra derrota?

—Paciencia, señor mío, paciencia. Sepa usted que sin aparente motivo, aunque es fácil comprender que ha habido algo de traición, la vanguardia de Sepúlveda, a pesar de quedar victoriosa, se retiró a Segovia. Avanzaron los franceses, y nos atacaron en nuestras posiciones de Somosierra. Nosotros no teníamos fuerzas bastantes para defender el paso, y mucho menos después de la defección, o no sé cómo llamarlo, de la vanguardia. Sin embargo, nos resistimos toda la mañana de ayer, aglomerando nuestra gente en el camino, y sin disponer de fuerzas ligeras que flanquearan las alturas. Los franceses que traen muchos soldados y cuerpos de todas clases, dispusieron guerrillas de cazadores que en un instante tomaron las alturas, y con un cuerpo de caballería polaca nos cargaron en la carretera de un modo espantoso. No puede formarse idea de aquel ataque sino viéndolo. Escuadrones enteros se estrellaban contra nuestra batería y centenares de jinetes caían despeñados a los abismos que costean el camino; pero sus recursos son inmensos; tras un escuadrón inútilmente sacrificado, lanzaban otro y otro, sin que se les importara ver morir oficiales a centenares y generales por docenas. Con este ataque incesante combinaban el fuego de las tropas ligeras, desparramadas por los altos, y al fin sucumbimos al número, que no al valor. Los franceses se abrieron paso a costa de inmensas pérdidas, y luego persiguieron a los restos de nuestras tropas con tanto encarnizamiento, que dudo que hayan podido sobrevivir muchos. La mayor parte, pereciendo en aquellas fragosidades, han cumplido con su deber, que era defenderlas mientras tuvieran cuerpo vivo en que recibir una bala. No fue posible más, porque más habría sido hacer milagros, y estos solo Dios los hace.

Calló el oficial, y todos los que le oíamos estábamos tan apesadumbrados y tristes con su relato, que nada le contestamos. Tampoco él habló más, y así silenciosos y taciturnos llegamos a Madrid y a nuestra puerta de Los Pozos, donde el desgraciado tránsfuga halló una hoguera en que calentarse, y un bocado con que reanimar sus fuerzas. Todos le prodigaban solícitos cuidados, menos don Santiago Fernández, el cual no podía desechar cierta comezón y desasosiego.

—Gabriel —me dijo, llevándome aparte—. No insisto por no parecer pesado; pero digan lo que quieran los demás, ese hombre que hemos encontrado no me gusta, y quiera Dios no tengamos que sentir; porque yo sé, y tú sabraslo también, que en las guerras es muy común eso de disfrazarse para visitar el campo enemigo y examinar a mansalva las fortificaciones, así como también es cosa corriente sobornar a algún infeliz para que fingiéndose amigo penetre en la plaza y haga circular noticias falsas que desalienten a los sitiados.

XVII

Amaneció el 2 de Diciembre, y a favor de las primeras luces del día se distinguieron fuertes columnas de caballería francesa en los cerros del Norte. Ya estaban allí, y no eran pocos ciertamente. Aquella mañana fue muy alegre para nosotros, porque sin motivo alguno que lo justificara, nos sentíamos tan animados, que no nos cambiáramos por los sitiadores. El peligro había acallado por el momento todas las discordias, y nuestro patriotismo nos achicaba las circunstancias desfavorables, aumentando considerablemente las ventajosas. Todo se volvía a gritar, dando vivas y mueras, pues nada cuesta triunfar de este modo con las fáciles armas de la lengua.

Nos desayunamos muy contentos con lo que las mujeres del barrio, altas y bajas, bonitas y feas nos traían en repletas cestas. También fue con la suya doña Gregoria, mas del contenido de ella no probó bocado don Santiago, porque, según decía, en los momentos supremos no debe embrutecerse el cuerpo con viciosos regalos.

Lejos de asentir a la más mínima concupiscencia del paladar, increpó don Santiago a los glotones, y luego, pasando revista a sus compañeros, que todos desiguales en estatura, armamento y vestido, no tenían más uniformidad que la de su vejez, ni otro aspecto respetable que el de sus canas, les arengó así:

—Muchachos, acordaos de que todos sois unos buenos chicos, y de que todos os habéis cubierto de gloria en los reales ejércitos. Ha llegado la ocasión suprema, y desde el momento en que se presenta a las puertas de Madrid ese monstruo infame, ya no pertenecéis a vuestros hogares, ya no pertenecéis a la oficina de Cuenta y Razón, ya no pertenecéis sino a la patria. Compañeros: todos sois hombres experimentados; no como estos mocosos rapazuelos que no saben coger un fusil. ¡Ya se ve! ¡Cuándo las han visto ellos más gordas! Y basta de sermones, que ahora obras y no palabras, y más vale una buena puntería que cien discursos; conque, compañeros, ¡viva Fernando VII! y sepan que los estima su amigo y seguro servidor Santiago Fernández.

Esta alocución del veterano hizo reír a muchos de sus amigos, y casi, casi... si no fuera por temor a denigrar la memoria de varón tan insigne, diría que la recibieron con chistes, jácaras y todas las zandunguerías que son propias de los españoles aun en apretadas ocasiones de la vida; pero Fernández, sin hacer caso de bromas, seguía tomando enérgicas disposiciones. Quiso también meter su cucharada en la artillería, echándoselas de gran balístico; pero le mandaron que fuera a rezar el rosario, cuyo insulto le exasperó de tal manera, que, a no reparar en consideraciones patrióticas de gran peso, habríale abierto en dos tajadas la cabeza al descomedido y grosero que tal dijo.

En confianza revelaré a mis lectores que el deslenguado y procaz que de tal modo prohibió a nuestro Gran Capitán que se acercase a los cañones, fue el insigne Pujitos, flor y espejo de los entremetidos, personaje de todas las ocasiones y de todos los sitios, a quien la suerte nos deparó también por compañero en aquella gran jornada.

A eso de las doce nos visitó el capitán general con don Tomás de Morla, y aunque los victoreamos hasta quedar roncos, no me pareció que estaban ellos muy satisfechos. Aún permanecían allí cuando distinguimos un gran tropel de franceses por la Mala de Francia abajo y flanqueando el camino Era la avanzada del Cuerpo de Bessieres que venía a intimarnos la rendición. Cuando el parlamentario llegó a los Pozos, poco faltó para que los más belicosos y trapisondistas le despidieran a puntapiés; pero al fin fue recibido decorosamente, y se le contestó que no nos daba gana de rendirnos.

—Como no sea por medio de artimañas, embaucamientos o pérfidas tretas, semejantes a aquella del caballo de Troya, no nos rendiremos —me dijo Fernández—. Mira qué cabizbajo se va el oficial a dar la infausta nueva a su Emperador. Me parece que veo a este pateando y arrancándose los pelos de rabia al saber nuestra respuesta.

Durante aquella tarde no volvieron parlamentarios, ni se presentó fuerza alguna francesa; pero a lo lejos distinguíamos el movimiento de las columnas, tomando posiciones y estableciendo trincheras para la artillería, lo cual indicaba que los franceses diferían la función para el día 3. Durante la noche el mariscal Ney hizo otra intimación, pero fue hacia la parte de Recoletos o puerta de Alcalá.

—¿Ves cómo no se atreven a volver acá, ni quieren más cuentas con nosotros? —dijo el Gran Capitán, cuando lo supo—; pero allá les habrán contestado lindezas. Ya se ve, comprendiendo que por las armas no pueden nada, ponen en juego melosidades, agasajos y socaliñas. Pero durmamos, Gabriel, con toda tranquilidad, pues me parece que mañana 3 tampoco habrá nada, y sabe Dios si al ver el aparato de estas intomables fortalezas, habrán decidido retirarse del lado allá de la sierra.

No necesito decir que de todo en todo se engañaba mi optimista amigo, pues cuando dormíamos a pierna suelta en la huerta de Bringas al calor de una hermosísima hoguera, nos despertaron unos tremendos cañonazos que retumbaban en todo Madrid con pavoroso ruido.

—¡A las armas! —dijo Fernández—. Levántense todos, y si cae una granada, arrojarse de barriga. Yo soy opinión de que hagamos una salida para ver de ponerle las peras a cuarto a esos de los cañoncitos. Mirad, chicos, hacia Chamberí hay una batería.

Al punto nuestros artilleros, que eran mitad de línea y mitad paisanos, se dispusieron a la defensa, y como dos de las piezas hicieran fuego, no quisimos ser menos los infantes, y allá fue una descarga sin saber contra quién.

Densa niebla envolvía la tierra, y no se percibían los lejos, lo cual hizo que figurándonos nosotros tener enfrente un formidable ejército, disparásemos cañones y fusiles en ruidosísima salva sin resultado alguno, pues los franceses no soñaban con atacar los Pozos, y las detonaciones oídas eran las de la artillería que empezaba a embestir la puerta de Recoletos.

—Cese el fuego —dijo nuestro jefe—. No nos atacan ni hay enemigos en la Mala de Francia.

—¿Pues cómo ha de haber? —dijo el Gran Capitán dando fuerte patada en el suelo—, ¿cómo ha de haber si han huido todos?

—No hay tal trinchera ni cosa que lo valga en Chamberí. Los franceses están hacia la Fuente Castellana.

—A mí no me vengan con músicas —exclamó el Gran Capitán preparando su arma—. Favorecidos de la niebla, esos miserables quieren engañarnos. Haré fuego mientras me quede un cartucho.

Seguía disparando como si quisiera acribillar la espesa cortina de niebla, por cuyo insensato acaloramiento pronto se quedó sin municiones. Y como continuaran oyéndose tiros de cañón hacia nuestra derecha, Fernández exclamaba, volviéndose a sus amigos:

—Van en retirada, valientes compañeros. Gracias a vuestro arrojo temerario, todo se acabará felizmente.

Por largo tiempo estuvimos quietos y mudos esperando con la mayor
ansiedad a que de una vez se nos atacara; pero pasaban horas, y como no
fuera don Santiago, nadie veía enemigos enfrente, ni lejos ni cerca. Entre
ocho y nueve el fuego de cañón y de fusilería arreció tanto por Recoletos
que no dudamos era este sitio teatro de una vigorosa lucha; y al mismo
tiempo como comenzase a disiparse la niebla, vimos que cesaba poco a
poco aquel desdeñoso abandono en que el Emperador nos tenía, porque
corrían de Oriente a Poniente algunas columnas con apariencia de tener en
respeto a las cuatro puertas septentrionales.

—Gracias a Dios —dijo Fernández—, que se atreven a atacarnos. Po-
detrás del parador del Norte me parece que avanza un cuerpo de artillería
de batalla.

No tardaron en romper el fuego contra las trincheras de los Pozos, y
nuestros seis cañones, que ya rabiaban por tomar formalmente la palabra,
contestaron con precisión; mas para que todo fuera desastroso, mientras la
bala rasa de sus piezas nos deterioraba los espaldones, nuestros proyectiles, lanzados por la carretera adelante o hacia la derecha, apenas llegaban
hasta ellos: tan inferior era la artillería española en aquel trance. Entonces
comenzó una lucha, que antes que lucha debería llamarse simulacro harto
deslucida para nosotros, pues más nos hubiera valido ser destrozados por
el enemigo que soportar tan cruel situación; y fue que los franceses nos
cañoneaban desde muy lejos con sus piezas de superior calibre, y m entras
recibíamos cada poco rato la visita de una bala rasa o de una granada, a
nosotros no nos era posible hacerles daño alguno.

—Pero esos cobardes, canallas, ¿por qué no se acercan? —decía
Fernández bufando de cólera—. Eso no es de caballeros, no señor; caño-
nearnos sin piedad destruyendo los parapetos con tanto trabajo levantados,
y ponerse en donde no alcanzan las balas de aquí; eso no es de gente
hidalga, y bien dicen que Napoleón ha hecho siempre la guerra de mala fe.

—¡Malditos sean! —dijo el oficial que nos mandaba—. Esta era ocasión
para hacer una salida, si tuviéramos un puñado de gente de la buena que
yo conozco.

—¿Pues y nosotros, pues y mis amigos, todos estos bravos muchachos de la compañía de *honrados*? —dijo el Gran Capitán dando un fuerte golpe en el suelo con la culata—. ¿Pues qué desean ellos, si no es salir para que esa canalla se marche de ahí o se ponga al alcance de nuestros fuegos?

—Lo que es eso, buenos tontos serán si lo hacen pudiendo foguearnos a pecho descubierto.

—Saldremos, sí, saldremos —insistió mi amigo—. Muchachos, os conozco en la cara el ardor sublime y el generoso patriotismo que os inflama. Rabiando estáis por cebaros en esa gentuza. ¿Salimos, señor coronel?

El coronel se rió con lástima y pena al ver la bravura del anciano. Uno de los honrados, a quienes Fernández llamaba *muchachos*, aseguró que no podía dar un paso porque el reúma se lo impedía; otro dijo que el ruido de los cañonazos le habían vuelto completamente sordo, y un tercero se tendió en el suelo de largo a largo, lamentándose de haber cogido una pulmonía por razón del mucho frío y desabrigo en que toda la noche estuvieran. Entre los demás *honrados*, había alguna gente fuerte y valerosa; pero casi todos los del grupito que rodeaba a don Santiago, se componía de unos Matusalenes tan mandados recoger, que daba compasión verles. Cuando algunas mujeres de Maravillas y del Barquillo vinieron tumultuosamente a los Pozos y pidieron con gritos y chillidos que les dieran las armas de los ancianos, yo creo que se hizo mal en no acceder a su petición, y aunque todos ellos rechazaron indignados tan deshonrosa propuesta, sospecho que alguno pedía interiormente a la Virgen Santísima que lograran su objeto aquellas valientes semidiosas de San Antón y de la Chispería.

La defensa de aquella posición continuó por espacio de más de una hora, sin más accidentes que los que he referido. Hacíamos fuego de cañón ineficazmente, y lo sufríamos de los franceses sin poder causarles daño. Indudablemente su intención era entretenernos, mientras se verificaba el ataque formal por Recoletos; y seguros de su triunfo, no querían sacrificar hombres inútilmente, lanzándolos contra posiciones que al fin se habían de rendir. Cerca de las diez, el que nos mandaba recibió aviso de enviar a Recoletos la gente de infantería que no necesitase, y así lo hizo, tocándome a mí marchar entre los cien hombres destinados a aquella operación.

Por el camino, mientras atravesamos las calles de San Opropio y de las Flores hasta llegar a la plazuela de las Salesas, encontramos mucha gente que corría alarmadísima, dando a entender con sus gritos y agitación que la cosa iba mal. Extendiéndonos luego por la calle de los Reyes Alta,[4] bajamos por la del Almirante a la ronda de Recoletos, donde reinaba gran confusión. Fuerte cañoneo se oía por detrás de la Veterinaria, edificio que ustedes habrán conocido en el solar de la comenzada Biblioteca, y también por detrás de los Hornos de Villanueva y del Pósito, hacia la puerta de Alcalá El convento de Recoletos estaba ocupado por tropa española; pero en e momento en que nosotros llegamos casi toda la fuerza salía por ser más necesaria fuera que dentro. En el principio del ataque, la batería puesta detrás de la Veterinaria rechazó con tanta energía el empuje de los franceses, mandados en persona por el mismo Emperador, que este tuvo que retroceder a toda prisa.

Suprimid con la imaginación el barrio de Salamanca y todos los jardines y palacios del costado oriental de la Castellana: figuraos aquella casi desnuda planicie poblada por numerosas tropas francesas de todas armas, con dos frentes que operaban uno contra el Retiro y la Plaza de Toros, otra contra la Veterinaria y Recoletos, y tendréis completa idea de la situación. En el centro de aquellas tropas y en lo que hoy es parte de la calle de Serranc, poco más o menos entre el jardín llamado del Pajarito y las casas de Marotc, estaba Napoleón sereno y tranquilo, montado en aquel caballejo blanco que había pateado el suelo de las principales naciones del continente; allí estaba disponiendo los movimientos de sus soldados, y sin quitarse del ojo derecho el catalejo con que alternativamente miraba ya a este punto ya al otro. Como es fácil comprender, yo no le vi en aquella ocasión; pero me lo figuraba y me lo figuro por lo que me contara quien lo vio muy de cerca; y por cierto que aquel testigo ocular observó detenidamente algunos pormenores muy curiosos de su persona, que no nombra la historia, cuales eran ciertos monosílabos o gruñiditos que emitía mientras miraba por el anteojo, un movimiento maquinal de apretarse el vientre con la mano izquierda, repentinos fruncimientos de cejas y algunas veces una sonrisa dirigida a su mayor general Berthier. Con su anteojo, su tosecilla, sus mugidos, sus

---

4   Hoy de las Salesas. (N. del A.)

golpes en la barriga, sus polvos de tabaco y sus delgadas y finas sonrisas, el *ogro de Córcega* nos estaba partiendo de medio a medio.

Y digo esto porque la batería de la Veterinaria, después de una defensa heroica, caía en poder de los franceses, precisamente en el momento en que llegamos, refuerzo tardío, los de la puerta de los Pozos. Ya no había nada que hacer allí. ¿Podía prolongarse aún la resistencia en el Retiro? Así lo creímos en el primer momento; pero no tardamos en perder esta ilusión, porque atacado aquel sitio por treinta cañones, no tardó en entregar sus débiles tapias, que lo eran de jardín y no de fortaleza. Así es que mientras un regimiento de voluntarios y otro de ejército recibían a tiros con admirable arrojo en Recoletos a la primer columna francesa que se destacó a apoderarse de la puerta, los defensores del Retiro, faltos de recursos, de armas y de jefes, retrocedían al Prado, fiando la defensa a las barricadas de la calle de Alcalá. El momento aquél lo fue de gran pánico y de consternación; pero la verdad es que entre mucha gente apocada, la hubo también resuelta y decidida.

Perdido al fin Recoletos, corrimos todos por la calle del Barquillo hacia la de Alcalá, y cuando llegamos, ya los franceses eran dueños del Pósito, del palacio de San Juan, y procuraban apoderarse de San Fermín y de la casa de Alcañices. Fue muy mala idea la de construir la gran barricada más arriba del Carmen Calzado, dejando al descubierto la calle del Turco y todos los edificios del extremo de aquella gran vía; así es que los imperiales, apoderáronse fácilmente de estos y abriéndose paso después por el interior a la citada calle del Turco, dominaron de tal modo la posición, que al cabo de un cuarto de hora de estéril tiroteo, vimos que era preciso buscar la nuestra un poco más arriba, entre Vallecas y el callejón de Sevilla.

Se hacía fuego tenazmente desde los balcones de ambos lados de la calle, y no había casa alguna que no fuese improvisada fortaleza, pues la tenacidad de nuestros paisanos era tanta, que no les acobardaba ver la creciente ventaja del enemigo, su inmensa fuerza y arrogancia. La población, antes indecisa, cobraba ánimos al verse invadida, y un furor parecido al del 2 de Mayo inflamaba el pecho de sus habitantes. Escenas parciales de encarnizada y cruel lucha se repetían a cada rato en las casas invadidas; batíanse con ferocidad a arma blanca los que no la tenían de fuego, y el Emperador pudo ver muy de cerca aquella enajenación popular, y aquel divino estro de la guerra, que varias veces mostró no comprender en paisanos y menos en mujeres.

En medio de esta refriega se hizo la tercera intimación, y cuando creímos que nuestros jefes contestarían a ella mandando redoblar el fuego, observamos que este cesaba en la gran barricada, y que a todo escape corría a caballo el marqués de Castelar hacia la casa de Correos, donde estaba la Junta permanente.

—¿Qué hay, señor don Diego? —pregunté a este viéndole venir hacia mí, con su escarapela de *honrado*—. No sabía que también estaba usted entre nosotros.

—He estado en el Retiro desde el amanecer —me contestó—. Pero ¿qué se había de hacer, con tan mala y tan poca artillería?

—¿Pero por qué ha cesado el fuego?

—El marqués de Castelar ha pedido una tregua para consultar a la Junta. Creo que habrá capitulación. ¿Has visto a Santorcaz?

—¿Yo?... Ni ganas.

—Pues te andaba buscando ayer tarde con mucho empeño.

—¿También se ha batido don Luis?

—Vaya: en el Retiro estaba hace poco gritando como un furioso y jurando matar a los que nos han hecho traición. Pero luego nos ha aconsejado que nos retiremos a nuestras casas, porque es imposible pelear contra los franceses.

Subía la calle arriba mucha gente del bronce, gran número de honrados, voluntarios y algunas mujeres, y según las imprecaciones que oí en boca de todos, se comprendía que los defensores de Madrid no habían recibido bien la suspensión de armas.

—¡Como que les han untao! —decía un majo de trabuco y charpa.

—¡Que nos han vendío! —exclamaba una mujer, en quien me pareció reconocer a la viuda de Chinitas.

—Si cojo a Castelar por delante me lo como.

—Ya me percataba yo que el Tomasillo Morla estaba vendido al Tuerto. ¿Cuánto va a que él puso los cartuchos de arena?

—¡Más vale morir que rendirse! Canallas, cobardes: si tenéis miedo, quitaos de en medio, y dejadnos a nosotros.

—Compañeros, antes que la corte de las Españas y la mapa del mundo, que es Madrid, caiga en poder de los gabachones, tuertos, botelludos, dejémonos matar tras esas piedras.

—¡Que hayamos vivido para ver esto!

—Ni la Junta, ni el Consejo, ni los generales, ni el corregidor, ni ninguno de esos Caifases tienen tanto así de vergüenza.

De este modo, en diversos estilos, expresaba el pueblo de Madrid su rabia, no tanto por verse casi vencido, como por echar de menos el amparo de las autoridades, y encontrarse solo entre un enemigo formidable y un poder débil, incapaz de imitar las desesperadas sublimidades de Zaragoza y Valencia. Así es que desde la suspensión de la lucha cundió el desaliento tan rápidamente, y la idea de una capitulación indispensable se apoderó tan pronto de todos los ánimos, que las armas se caían de las manos. Cercados por poderoso enemigo, ¿qué podía hacerse sin entusiasmo, y qué entusiasmo cabía allí donde los jefes no contaban para nada con lo extraordinario, con lo divino, con aquella táctica ideal y no aprendida, que o detiene las catástrofes o las hace gloriosas, no dejando al vencedor sino lo material de la victoria, la posición topográfica, aquello que podrá ser lo principal en los hechos de un día, pero que es lo secundario y lo último en la historia?

El pueblo español, que con presteza se inflama, con igual presteza se apaga, y si en una hora es fuego asolador que sube al cielo, en otra es ceniza que el viento arrastra y desparrama por la tierra. Ya desde antes del sitio se preveía un mal resultado por la falta de precaución, la escasez de recursos y la excesiva confianza en las propias fuerzas, hija de recuerdos gloriosos a todas horas evocados, y que suelen ser altamente perjudiciales, porque todo lo que aumenta la petulancia, lo hace quitándoselo al verdadero valor. Lo que habían preparado las discordias, la impremeditación y la soberbia, rematolo la excesiva prudencia de autoridades timoratas, que, además de no ver dos palmos más allá de sí mismas, no comprendieron que la capital no debía rendirse con menos aparato que la última aldea de Castilla. La presencia de Napoleón traía a aquellos pobres señores muy azorados, y tanto se preocuparon de sus togas, de sus posiciones, de sus fajas y de sus sueldos, que con todas estas telarañas ante los ojos era imposible que pudieran ver otra cosa.

134

XVIII

Diose orden de que los cuerpos ocuparan sus primitivas posiciones, y partí otra vez a los Pozos, contemplando por el camino el espectáculo de Madrid abatido y desilusionado. En algunas partes, escenas de escandalosa protesta contra las autoridades y amenazas y gritos: en otras, vergonzoso silencio y raras manifestaciones de la general angustia.

Cuando llegué a la puerta de los Pozos, los soldados y voluntarios estaban en actitud un tanto sediciosa. El Gran Capitán, que continuaba en el jardín de Bringas, no quería creer la noticia de la próxima y ya inevitable capitulación.

—Gabriel —me dijo—, eso que cuentan no puede ser cierto, y sin duda es alguna estratagema de don Tomás de Morla. ¡Cómo se miente! ¡Creerás que unas desvergonzadas mujeres llegaron aquí diciendo que el Prado y media calle de Alcalá estaban en poder de la Francia! Me dio tal enfado que si no estuviera mi mujer entre las que tal insolencia decían, las habría atravesado de parte a parte.

No quise darle un disgusto, y callé.

—Aquí hemos tenido un combate terrible —continuó—. Se atrevieron a acercarse, y esa compañía de voluntarios salió y les hizo tan terrible fuego que no han vuelto a asomar las narices. En tan grande acción, no tuvimos más que cinco muertos y once heridos.

Vi en efecto, que Pujitos se ocupaba en acomodar estos últimos en las casas inmediatas con auxilio del generoso vecindario, y que en torno a los cinco primeros una multitud de mujeres entonaban estrepitoso miserere de imprecaciones y lamentos. En las cuatro puertas septentrionales no había ocurrido otra lucha importante que aquella que Fernández me refería

El cual prosiguió así:

—Pensar que aquí nos rendiremos, es pensar en lo imposible. Ríndase todo Madrid; mas no se rendirán Los Pozos. ¿No es verdad, muchachos?

Los *muchachos*, sentados en el suelo del citado jardín, y a la redonda, despachaban unas sopas, acompañados de mujeres y chiquillos; y con tanta gana comían, y tal era su pachorra y tranquilidad, que no me parecieron dispuestos a secundar los gigantescos planes del portero de la oficina de Cuenta y Razón. Antes bien, el uno con su reumatismo, el otro con sus toses, y aquel con sus escalofríos, tenían cara de satisfechos por el fin de una aventura que empezó con visos de ser broma pesada.

—Pues si está de Dios que nos rindamos, nos rendiremos —dijo un bravo, que lo menos tenía a cuestas sesenta años y pico.

—Hemos hecho todo lo que exigía el honor. No es posible más —dijo otro—. Cuando los jefes han acordado la rendición, ya sabrán que es imposible resistir.

—Yo —añadió un tercero— he cumplido con mi deber. Lo menos he disparado tres tiros.

—Y yo, aunque no he disparado ninguno, le cargaba la escopeta a aquel soldadillo del bigote rubio.

—Esto no se puede oír —exclamó bramando de ira don Santiago—. Pero ¿qué se puede esperar de unos hombres que se ponen a comer sopas, cuando tenemos a cien varas de nosotros al vencedor de Europa? ¡Fuera de aquí, almas de mazapán, cuerpos momios y sangre de arrope! ¿De qué os valen esas canas que estáis deshonrando? ¿De qué vuestros años, hasta ahora no envilecidos? ¿De qué el haber asistido a aquellas gloriosas campañas?... Nada, lo dicho dicho. Se rendirá Madrid; pero no se rendirán los Pozos.

—Mira, marido mío —dijo a esta sazón doña Gregoria que en unión de las otras vecinas, había venido con un canastillo y algo de bebida para don Santiago—, ya has cumplido con tu deber; ya te has portado como un valiente, y tan verdad es esto, que por todo Madrid andan contando tus hazañas que has hecho, y hasta el capitán general dicen que echó un discurso poniéndote por modelo de los buenos patriotas. Basta ya, y puesto que todo se acabó, y no hay más guerra por ahora, no seas testarudo. ¿Qué vas a hacer tú solo?

El Gran Capitán no contestaba, y paseo arriba, paseo abajo, con el arma al brazo, atendía tan solo a sus agitados pensamientos.

—Dejémonos de tonterías, marido mío —añadió doña Gregoria—, y vamos a despachar este cocidito y esta botella de vino. ¿Acaso puede Napoleón decir que te ha vencido? Eso no, porque buen cuidado tuvo de no asomar por aquí; que si tú lo llegas a coger...

—Quítate de mi vista, vete de aquí —gritó de improviso el veterano—, y no me seduzcas con tu cocidito y tu bebida, que no soy hombre que se entrega a la molicie en días de peligro. Afuera los cantos de sirena, y las seducciones del amor y los ricos manjares. No como: he dicho que no como, y basta. He dicho que no volveré a mi casa vencido, y no volveré. Se rendirá Madrid; pero yo no me rindo.

—¡Hay hombre más cabezudo!

Entonces el Gran Capitán llamó a su mujer y llevándola aparte conmigo a un rincón de la huerta de Bringas, que era donde estábamos, le habló así muy gravemente:

—Señora doña Gregoria Conejo, ¿cuánto hace que nos casamos?

—Cuarenta y cinco años, tres meses y nueve días, si no cuento mal —respondió absorta la anciana, sin comprender en que pararía aquello.

—En estos cuarenta y cinco años, tres meses y nueve días, ¿le he dado algún disgusto a la señora doña Gregoria Conejo?

—No, marido mío —respondió algo conmovida.

—Pues bien: si le he dado alguno, le ruego que me lo perdone, y está dicho todo.

—Tú estás loco, Santiaguillo. ¿A qué dices esas necedades?

—¿Tiene usted alguna queja de su marido?

—Yo no, y como él no la tenga de mí...

—Pues por mi parte —dijo el Gran Capitán con alguna emoción—, yo le digo a doña Gregoria Conejo que la quiero hoy lo mismo que el día que nos casamos, y que todavía me parece tan guapa, tan mona y tan salada como cuando éramos novios, y que no tengo ninguna queja de ella, más que la de no haberme dado hijos, lo cual en verdad ha sido voluntad de Dios.

—Sí, niñito mío —respondió la vieja—; pero ¿a dónde va tanto hablar?

—Esto va a que te retires y me dejes, porque si no, reñimos por primera vez. Pero te has de ir perdonándome todo agravio que te haya hecho en el discurso de nuestra común vida. En mi testamento te dejo todo lo que poseo, que no es mucho, y además de las ocho misas que dejo mandadas, harás que me digan otras ocho. Y quiero que me entierren con mi lanza y con los dos reales que me dio don Luis Daoiz, cuando le llevé las botas a la calle de la Ternera, y basta ya de palabras.

—¡Ay, Santa Virgen de Maravillas, que mi marido está loco y se quiere matar! —exclamó doña Gregoria echándole los brazos al cuello—. Santiaguillo, no digas tales simplezas... ¿Me quieres dejar viuda? ¿Qué es eso de testamentos y misas?

—He dicho que si Madrid se rinde, no se rendirán los Pozos; y si los Pozos se rinden, no se rendirá el jardín de Bringas —afirmó secamente el anciano, deshaciéndose de los brazos de su esposa—. ¡Atrás, seductora; atrás, sirena; atrás, flaqueza de mi valor!

—¡Bárbaro, animal! —dijo llorando la buena mujer—. ¡Este pago me das, así tratas a la que te ha querido tanto! Si fue ayer cuando nos casamos, y me parece que te estoy viendo venir con tu gorra de cuartel, tan garboso y tan chusco, a la reja de la casa donde yo servía... A ver, chiquillo, si te acuerdas de aquellas coplitas que me cantabas...

—Yo no estoy para coplitas, señora. Retírese usted

—¡Y estar una queriendo a un hombre cincuenta años, estar una enamorada toda la vida y mirándose en los ojos de su marido, para recibir este pago!... Santiago, mira que me enfado. Vámonos a casa, y maldito sea el Emperador, causante de mis desgracias, y a quien vea yo comido de perros.

Ni los ruegos, ni las amenazas, ni los artificios de su mujer quebrantaron la entereza de mi ilustre amigo, el cual resistiéndose a tomar alimento, por no caer en la molicie, rechazando toda idea de descanso, volvió a pasearse de largo a largo en la extensión de la huerta, arma al brazo.

Y sucedió que una infinidad de chiquillos del barrio, a quienes antes se había prohibido introducirse allí, vencieron por fin con la gran fuerza de su curiosidad y travesura los rigores de la guardia; se colaron repentinamente y en tropel, recorrieron la fortificación metiendo las narices por todas partes, y tocando con sus manos los cañones y cureñas, gozosos de ver tan de cerca todo aquel tremendo aparato. Como el asedio se daba por concluido, nadie se cuidaba de estorbar su impertinentísima inspección y entrometimiento. Luego que en todo pusieron las manos, las narices y los ojos, empezaron a echárselas de soldados, dando gritos de guerra y marchando a compás, todo según en las personas mayores habían visto, y con estos militares aspavientos entráronse por la huerta de Bringas adelante, batiendo cajas, disparando tiros, soplando cornetas y relinchando al modo de caballos, todo hecho con la boca, en mil discordes sones que atronaban el espacio. Y en cuanto divisaron a don Santiago Fernández, a quien los más conocían, fueron derechos a él y le rodearon, gritando entre saltos, brincos, cabriolas y corcovos: «¡Viva el Gran Capitán, viva el Grandísimo Capitán!»

Visto y oído lo cual por nuestro insigne veterano, parose, y quitándose el sombrero hizo varios saludos y cortesías diciendo:

—Gracias, mil gracias, señores míos. Ya he dicho que si Madrid se rinde, yo no me rindo.

Las aclamaciones y los chillidos siempre acompañados de zapatetas, cabriolas y vueltas de carnero, tocaron los límites del delirio.

—Todos vosotros sois grandes patriotas, ¿no es verdad? —prosiguió mi amigo—; y no como estos cobardes, corrompidos por los placeres. Ya veo que la juventud vale más que la edad madura, y a mi lado os quisiera ver, valientes españoles, defendiendo a nuestro amado Monarca.

La algazara y jaleo de los muchachos al oír esto fue tal, que no cabe en descripción ni en pintura, pues no parecía sino que cuantos angelitos engendraron los matrimonios de un siglo estaban allí haciendo de las suyas Allí vierais el correr, el atropellarse, el darse de coscorrones, el cantar y gritar, el batir palmas, el tirar coces, el correr y dar vueltas arremolinándose en torno de mi amigo, cuyas piernas por largo tiempo estuvieron sin movimiento en medio de aquel zumbador enjambre.

—Tantas muestras de afecto, señores —dijo al fin—, me conmueven, y no las puedo considerar sino como una prueba de lo bien acogida que ha sido en Madrid mi conducta. Pero digan ustedes por ahí, que el cumplimiento del deber no merece alabanzas, pues estas solo son para lo extraordinario y heroico. Mi deber es defender este sitio, y le defenderé. Conque basta ya de aclamaciones y aplausos.

Pero que si quieres. Buena familia era aquella para hacer caso de tales amonestaciones. Fue preciso que uno de los jefes diera orden de echarlos fuera, y aun así costó trabajo librar a don Santiago de la ruidosa ovación. Además quiso nuestro coronel que todas las personas extrañas desalojaran el recinto fortificado, y al fin, no sin esfuerzo, hicimos salir a las mujeres, inclusa doña Gregoria, que se fue llorosa y entristecida, encargándome que no perdiese de vista a su buen marido.

No sé si he dicho que por los Pozos había pasado poco antes a caballo don Tomás de Morla camino de Chamartín, donde el corso tenía su cuartel general. Largo rato duró la conferencia con el Emperador, porque el regreso de Morla fue muy tarde, y por cierto que al volver, su rostro demudado y tenebroso demostraba que en la entrevista había habido sapos y culebras. Aquel gigante con corazón de niño fue tratado por Napoleón como un muchacho de escuela. Después se supo que el vencedor le puso cual no digan dueñas, sacándole a relucir el haber permitido que no se cumpliera la capitulación de Bailén, y amenazándole con fusilarle a él y a sus tropas, si la población no se rendía antes de las seis de la mañana del día siguiente.

La tarde pasó sin ningún acontecimiento militar digno de contarse. Los franceses ocupaban sus posiciones sin hacer fuego, y nosotros, seguros de que todo se daría por concluido, estábamos también quietos y en expectativa. La agitación en el interior de la villa persistía; y según oí, numeroso gentío, nada tranquilo por cierto, llenaba la Puerta del Sol, con la atención fija en la casa de Correos, residencia de la Junta.

Rendido de cansancio, el gran Pujitos tendiose en el suelo junto a mí, y me dijo:

—Ya esperaba yo esto que ha pasado. ¿No te dije que los traidores iban a vendernos a los franceses?

—Más que a la traición —respondí con mucha tristeza—, debemos atribuir este mal resultado a la falta de recursos para la defensa.

—¿Qué? —exclamó el héroe con mucho enojo—. ¡Qué falta de recursos ni qué niño muerto! Con los voluntarios basta y sobra. Pero, hijo, contra traidores nada podemos, y así los vea yo podridos, y mala sarna se los coma. Hace poco estuvo aquí el malcarado y peor chapado Santorcaz, y no lo despabilé por aquello de que uno no quiere meter bulla en estas ocasiones, pero...

Y dio un resoplido que anunciaba exterminadores proyectos contra los enemigos de la patria.

—¿Y a qué vino acá ese charlatán embaucador?

—A buscarte, muchacho. ¡Sabes que debes andarte con cuidado! Cuando le dijimos que no estabas, dio la gran patá en el suelo y apretó los dientes. Venían con él Majoma, Tres Pesetas y otros perdidos que ahora le hacen la comitiva, junto con un tal Román, que fue criado de una casa rica. Este, cuando oyó que no estabas y vio que Santorcaz daba aquella gran patá, le dijo: «Pues esta noche no se nos escapará.» ¿Qué tal? Mala gente es esa, Gabriel, y ya te dije que están vendidos en cuerpo y alma a los franceses. De modo que ahora hay que huir de ellos como de la sarna, porque los meterán en lo que llaman bulicía, que es al modo de alguaciles, para prender al que se les antoje.

—No me prenderán a mí —dije—, por lo menos mientras sea soldado. Después de la rendición, yo buscaré medios de que no me cojan, aunque la verdad, amigo Pujitos, no sé por qué me quieren mal esos señores, ni por qué hablan de si me escaparé o no me escaparé.

—Te digo que son malos más que Judas, y que ahora harán ellos migas con los franceses como que todos son unos, lobos y zorros... pues, y a todo el que tengan entre ojos le molerán a palos, si no es que me le arman un trementorio de otosís, y me lo empapelan y me lo ponen a la sombra.

—En todo eso que ha dicho el amigo Pujitos —respondí—, hay mucho de verdad. Quiera Dios no nos den que sentir esos bergantes; y si en Madrid no podemos vivir, afuera todo el mundo y combatamos allí donde sepan morir antes que rendirse a los franceses.

Levantose el héroe, y poniéndose la mano en el pecho, hizo exclamaciones de ardiente patriotismo, después de lo cual nos separamos.

Al avanzar la noche, la tropa de línea que estaba en los Pozos, recibió orden perentoria de internarse y fue que cuando la Junta acordó formalmente la capitulación; no queriendo el marqués de Castelar presenciar este hecho, ni tampoco que se rindiera la tropa, discurrió el escapar con ella por la puerta de Segovia, lo que verificó con toda felicidad a media noche. Solo los paisanos, ¿qué esperanza quedaba? Para que la rendición de Madrid fuera honrosa, la diplomacia, no las armas, debía hacer un esfuerzo.

Yo conté al Gran Capitán lo que pasaba, con la esperanza de que desalentado se retirase a su casa, como habían hecho otros pobres veteranos, convencidos de su inutilidad. Él juró y perjuró que era imposible una capitulación acordada por la Junta, pero contra lo que yo esperaba, de repente dijo:

—Tengo que ir a mi casa, Gabriel; ¿quieres acompañarme?

—Al instante —le contesté.

Y pedimos permiso al jefe, que nos lo concedió de buen grado. Era ya muy entrada la noche.

XIX

Pronto llegamos a nuestra morada de la calle del Barquillo. Abrió mi amigo la puerta de su casa, con llave que consigo llevaba, subimos, abrió la entrada de su domicilio de la misma manera, y encontrámonos dentro de la salita donde tantas veces me ha visto el discreto lector en compañía de mis amables vecinos. En la pared del fondo, donde desde inmemoriales tiempos tenía asiento la lanza consabida, había una especie de altarejo, sobre cuya tabla, dos velas de cera puestas en candeleros de azófar, alumbraban una imagen de la Virgen de los Dolores, un San Antonio y otros muchos santos de estampa, que de los cuatro testeros habían sido descolgados para congregarlos allí. Algunas cintas y lazos a falta de flores, servían de adorno al improvisado tabernáculo, con varios jarros y cacharros antaño lujosos y bonitos, pero ya perniquebrados, mancos y heridos. Delante de todo esto estaba el sillón de cuero, y sentada en él doña Gregoria, profundamente dormida. La pobre mujer que de tal modo se había rendido al cansancio tenía la cabeza inclinada sobre el pecho, aún humedecida la cara por recientes lágrimas, y sus cruzadas manos indicaban que el sueño la había sorprendido en lo mejor de su fervorosa oración.

Quedose suspenso el espeso al verla, y después me dijo:

—Gabriel, no hagamos ruido, porque no se despierte; que más vale que descanse la pobrecita.

Después llegándose a una cómoda vieja que en un rincón había, añadió en voz muy baja:

—Aquí en la tercera gaveta está mi testamento: y en esta otra todo el dinero que tengo ahorrado, con el cual mi mujer puede mantenerse en lo que le quedare de vida, que no será mucho. Voy a escribir mis últimas disposiciones. No chistes ni me respondas nada.

Y acto continuo sentose junto a la mesilla y con una pluma de ganso mal cortada trazó sobre un papel dos docenas de torcidas líneas.

—Aquí dispongo —añadió alzando la vista del papel—, que las misas me las digan en San Marcos, donde está enterrado don Pedro Velarde, ese valiente entre todos los valientes. En cuanto a mis huesos, no dispongo nada, porque no sé dónde caerán.

—Todavía está usted con esas manías —dije—. Hablaré en voz alta para que despierte doña Gregoria y le ponga a usted las peras a cuarto.

—No harás tal, porque te estrangularé; que no quiero que ella abandone su blando sueño para pasar amarguras. Aquí en esta primera gaveta dejo mi última disposición.

Y luego levantándose y acercándose de puntillas a su mujer, la contempló un buen espacio, pálido y conmovido: después de un rato, llevome a la alcoba inmediata, y sentándose en la cama en sitio desde el cual, al través de la mampara medio abierta, se veía el rostro de doña Gregoria iluminado por las luces del altar, hablome así:

—Si algo enflaquece mi ánimo, es la vista de mi inocente esposa, a quien voy a dejar viuda. Te confieso que al considerar esto, se me nublan los ojos, se me oprime el corazón y estoy a punto de dar al traste con toda mi fiereza. ¿No la ves desde aquí? Parece que fue ayer cuando nos casamos; parece que no han pasado cuarenta y cinco años, y se me representa con la misma celestial figura que tenía allá por los tiempos de Maricastaña, cuando yo iba a la reja, llevándole media libra de peras en el pañuelo o un par de mantecadas de Astorga. En todo este tiempo no me ha dado nada que sentir, y hemos vivido juntos como dos palomos, queriéndonos lo mismo que el primer día. ¿No la ves desde aquí? ¿No ves su hermosa cara, tan serena y tranquila a pesar de su tristeza? Yo la estoy viendo con sus cabellos de oro, con su boquita encarnada como un casco de granada, con sus dulces ojos azules, que al mirarte parece que se abre el cielo delante de los tuyos, estoy viendo el nácar de su tez y su airoso y gentil cuerpecito, lo mismo que su garganta alabastrina. ¡Oh, Dios mío! ¡Tan hermosa, tan buena y tan desgraciada!

Bien por efecto de la imaginación, ofuscada por aquellas palabras, bien porque la situación diese a doña Gregoria ideales encantos, lo cierto fue que a pesar de sus blancos cabellos, de su tez arrugada y de su en tantas partes notoria vejez, la estaba viendo tan hermosa como el Gran Capitán decía. ¡Milagroso efecto del pensamiento!

—Mira, Gabriel; desde que nos vimos hace cincuenta años, nos quisimos: vernos y querernos fue todo uno, lo mismísimo que cuentan de los amantes de Teruel. Un lustro duró nuestro noviazgo, porque yo no tenía posibles;

pero desde el primer día concertamos la boda. Durante aquel tiempo, ni riñas, ni bromicas ni celillos. Nunca hemos tenido celos el uno del otro, porque desde el primer día la confianza fue nuestro norte. Todos me tenían envidia. ¡Ay! Cuando nos casamos fuimos tan felices, que no hubiéramos cambiado nuestra casa por siete imperios. Y desde entonces, hijo, esta felicidad no se ha alterado. ¡Ay! se me parte el corazón al pensar que desde mañana se acostará sola en esta cama, que por cuarenta y cinco años nos ha visto juntitos.

Al decir esto, el Gran Capitán se llevó el pañuelo a los ojos para secar sus lágrimas.

—Vamos, amigo —le dije—; de veras no sé si reírme o enfadarme, oyendo lo que usted dice. ¿Está loco por ventura?

—Si tú no comprendes esto —me contestó—, es porque eres un simplón y un majadero egoísta. ¿Tú sabes lo que significa cumplir uno con su deber? ¿Tú sabes lo que significa el honor? y si sabes todo esto, ¿ignoras lo que es la honra de la patria, que vale más que la propia honra? Escúchame bien: si me causa angustia y pesar a consideración de la viudez de Gregorilla, mayor, mucha mayor pena me causa el considerar que la capital de España se entrega a los franceses. Esto es terrible, esto es espantoso, y no vacilaría en dar mil vidas y en sufrir todos los tormentos por impedirlo. ¡España vencida por Francia! ¡España vencida por Napoleón! Esto es para volverse loco; ¡y Madrid, Madrid, la cabeza de todas las Españas en poder de ese perdido! De modo que una Nación como esta, que ha tenido debajo de la suela del zapato a todas las otras naciones, y especialmente a Francia; de modo que esta Nación que antes no permitía que en la Europa se dijera una palabra más alta que otra, ¿ha de rendirse a cuatro troneras hambrones? ¿Cómo puede ser eso? Eche usted a los moros, descubra y conquiste usted toda la América, invente usted las más sabias leyes, extienda usted su imperio por todo lo descubierto de la tierra, levante usted los primeros templos y monasterios del mundo, someta usted pueblos, conquiste ciudades, reparta coronas, humille países, venza naciones, para luego caer a los pies de un miserable Emperadorcillo salido de la nada, tramposo y embustero. Madrid no es Madrid si se rinde. Y no me vengan acá con que es imposible defenderse. Si no es posible defenderse, deber de los madrileños es dejarse morir todos en estas fuertes tapias, y quemar la ciudad entera, como hicieron los numantinos. ¡Ay! todos mis compañeros se han portado cobardemente. España está deshonrada, Madrid está deshonrado. No hay aquí quien sepa morir, y todos prefieren la mísera vida al honor.

—Pero cuando no se puede triunfar —le dije—, es una temeridad seguir peleando, y más vale guardar la vida para emplearla con éxito en mejor ocasión.

—¡Simplezas y tonterías! El honor mandaba a los madrileños morir antes que rendirse, y el honor nos manda a los de la puerta de los Pozos, que muramos todos allí antes que entregarla.

Pues no creo que estén dispuestos a ello.

—Pues yo lo estoy, porque mi conciencia, que es la voz de Dios, me lo manda. Se rendirá la puerta; pero el jardín de Bringas está bajo mi mando, y el que quiera entrar en él pasará sobre mi cadáver.

—¡Temeridad loca, y hasta ridícula!

—Así será para los que no tienen idea de la honra de la patria, y para los que no ven nada más allá de esta ruin existencia, ni nada más allá del pan que comen todos los días.

—Entregarse de ese modo a la muerte es un suicidio, y el suicidio es un gran pecado.

—No es suicidio, no. La ley ineludible de la patria me ha puesto en un lugar que debo defender aun a costa de la vida. ¿Que vienen fuerzas superiores? ¡pues vengan! La patria me manda esperar tranquilo, y la ley me veda el apartar los pies de aquel sitio. ¿No morían los mártires por la religión? Pues la patria es una segunda religión, y antes que faltar a su ley, el hombre debe morir. ¿Y qué es la muerte? Los necios se asustan de la muerte, porque la muerte les quita el comer y el gozar. ¡Mentecatos! ¿Por ventura, no son mejor comida y mejor goce los de la bienaventuranza eterna? Ve ahí a mi esposa. Cierto que me aflige dejarla; pero sé que la perderé de vista tan solo por algún tiempo, y que sus virtudes la llevarán luego a donde la tenga delante de mis ojos durante todas las eternidades, sin cuya compañía creo que el mismo cielo me sería fastidioso. ¡Morir! ¡Ahí es gran cosa morir, y apañado tienes el ojo! ¿Pues acaso el morir es mal que puede compararse siquiera al dolor de un rasguño recibido en la tierra? Y si el morir no es nada para el miserable cuerpo, ¡cuán grande y fausto suceso no es para nuestra alma, mayormente si por la nobleza de nuestro fin nos empingorotamos sobre todas las cosas nacidas! ¡Morir por la patria, morir en el puesto que a uno le marca su deber, morir no por conquistar un pedazo de tierra, ni por un cacho de pan, ni por una baja ambición, sino por una cosa que no se ve, ni se toca cual es una idea y un sentimiento puro! ¿No es equipararnos a los santos del cielo y acercarnos a Dios todo lo que acercarse puede una criatura?

Dicho esto, calló. No le contesté nada, porque tanta grandeza me tenía anonadado.

Al cabo de un buen espacio volvimos de la alcoba a la sala; acercose é con pasos muy quedos a doña Gregoria, y le dio muchos besos, tan en flor por no despertarla, que apenas tocaban sus labios el arrugado cutis de la anciana.

Luego enjugose las lágrimas, y dirigiendo una mirada en redondo a todos los objetos de la sala, me dijo con voz grave y entera:

—Gabriel, vamos.

XX

No valían razones contra él, y cuanto yo pudiera decirle habría sido predicar en desierto, razón por la cual determiné cesar en mi obstinación, reservándome el emplear después cualquier estratagema para impedir una desgracia. Como durante la visita a la casa había transcurrido mucho tiempo, cuando salimos principiaba ya a clarear la aurora, y advirtiendo por las calles más gente de la que en tales horas suele encontrarse, nos fuimos a curiosear un poco, antes de volver a los Pozos. Serían las seis cuando entrábamos en la calle de Fuencarral, y como era esta la hora señalada para la rendición, subían y bajaban por la citada vía numerosos grupos de hombres, armados unos, sin armas otros, pero todos puestos en mucha agitación. Había quien en alta voz declamaba contra lo capitulado, poniendo a Morla, a la Junta y a Castelar como ropa de pascua; otros se desahogaban insultando a Napoleón; muchos rompían las armas arrojándolas al arroyo; no faltaba quien disparase al aire los fusiles, aumentando así la general inquietud; y por último, hacia el Arco de Santa María, vimos algunos frailes dominicos y de la Merced que arengando a la muchedumbre procuraban calmarla.

—Vamos, corramos a nuestro puesto —dijo Fernández—, no sea que nos tengan preparada una sorpresa.

—Aún no es la hora designada —dije procurando entretenerle de modo que llegáramos tarde.

—¿Cómo que no? —clamó con exaltación, avivando el paso—. Corramos, no sea que lleguemos tarde y entreguen los Pozos. Mal hemos hecho en abandonar nuestro puesto por una necia sensiblería. ¡Quién sabe lo que hará esa gente si no estoy yo por allí! Corramos, pues ya he dicho que se rendirá Madrid, que se rendirán los Pozos; que se rendirá el jardín de Bringas; pero que el Gran Capitán no se rinde.

Empezamos a correr, cuando detúvome de improviso un hombre que en opuesta dirección venía. Era Pujitos.

—Gabriel —me dijo muy sofocado—; vuelve atrás, no vayas a los Pozos; echa a correr y escapa como puedas.

—¿Por qué? ¿Qué pasa? —preguntó mi amigo con la mayor zozobra—. ¿Ha venido Napoleón en persona?

—¡Qué Napoleón ni qué Juan Lanas! —añadió Pujitos empujándome para que retrocediera—. Corre presto, que si llegas allá te echan mano. Ahora mismo han estado esos perros por ti.

—¿Quién?

—¿Quién ha de ser sino don Luis Santorcaz, ese que llaman Román, y los tres o cuatro pillos que andan con ellos?

—¿Y a mí para qué me buscan?

—Para prenderte.

—¿Y quién es él para prenderme? —exclamé lleno de ira—. ¿Pero no dijeron por qué me quieren prender? ¿Qué he hecho yo?

—Sí dijeron, y es un aquel de traiciones que has hecho, y no sé qué diabluras. Conque a correr. Mira que vienen. Aire a los pies y buenos días.

—¡Eh!... Basta de simplezas —dijo el Gran Capitán—, y no me detengo más, que hago falta en otra parte.

Y marchose resueltamente hacia arriba sin decir nada más. Luego que me quedé solo con Pujitos, proseguimos nuestro altercado, él queriendo obligarme a que retrocediera, y yo obstinándome en seguir, pues me parecía una fábula aquello de mi prisión y la mudanza de Santorcaz y Román en alguaciles, y sobre todo en perseguidores míos por traiciones que yo no había soñado en cometer. Pero al fin logró convencerme recordando pasados sucesos que podían explicar, ya que no justificar, aquel hecho como una venganza; creí prudente seguir el consejo de mi compañero de armas, hombre que no por ser tonto dejaba de ser honrado, y me escurrí a buen andar en dirección a Espíritu santo.

Cerca de la calle Ancha tuve un feliz encuentro en la aparición de mi reverendo amigo el fraile mercenario, que seguido de mucha gente venía en dirección opuesta.

—¿A dónde vas, Gabriel? —me dijo deteniéndome.

—Voy huyendo, padre —le respondí—; huyendo de infames enemigos que me persiguen sin motivo alguno.

—¿Quién, quién es el atrevido que te acosa? —exclamó briosamente.

—Hombres pérfidos, hombres inicuos que han sido espías de los franceses, y ahora aparecen como oficiales de la justicia.

—¿Pero de qué justicia? ¿Quién nos manda? Sepámoslo de una vez. ¿Nos manda aún nuestra Sala de alcaldes, o nos manda un bigotudo general francés, en nombre de Napoladrón? ¿Ha capitulado ya la plaza?

—No lo sé, padre; pero es lo cierto que esos hombres me buscan para prenderme, y con autoridad o sin ella, llevan sus reales despachos en toda regla, que maldito sea el que se los dio para que satisfagan infames venganzas personales.

—Vamos a ver qué es eso...

—No, padre, yo no pienso ver nada más que la calle por donde corro, porque conozco la clase de gente en cuyas manos voy a caer.

—Por la Santísima Virgen del Carmen, que nadie te ha de tocar el pelo de la ropa, al menos yendo conmigo. Ea, señores —añadió Salmón volviéndose a los que le seguían—, me voy a mi casa. Se despide de ustedes el padre Salmón, de la orden de la Merced; ya no soy nada, hijos míos; ya no tenéis padrito Salmón; ya no tenéis quien os predique, ni quien os aconseje, ni quien os diga cosas alegres. Se acabó todo: España es de los franceses; adiós frailes y monjas, que a todos nos van a quitar de en medio, hijos míos, y no hagáis pucheros, que de nada valen ahora estos pucheros, pues no se defiende la religión con lagrimitas... No lloréis, que *tarde piache*, como dijo el otro, y sucumbamos. Adiós, hijos míos, que ahora os quieren hacer a todos herejes, y los religiosos estamos de más. Yo os echo la bendición, y cuidado, cuidadito con los pecados. Y tú, joven desgraciado, arrímate a mí, que aún nos queda un poquillo de influjo, y nadie te hará nada yendo en mi compañía. Ven conmigo a la Merced, y allí procuraremos ponerte en salvo.

Cuando marchamos juntos hacia la calle Ancha, oímos en derredor nuestro estentóreas y acaloradas voces de hombres y mujeres que gritaban: «¡Viva el padre Salmón! ¡Muera Napoleón! ¡Muera el rey de Copas!»

—En mi convento estarás seguro —me dijo luego el mercenario—, hasta que puedas salir de Madrid. ¿Piensas salir?

—En cuanto pueda, padre; no puedo ni debo estar más aquí.

—Haces bien: algunos compañeros míos piensan marcharse también a levantar por ahí el espíritu de los pueblos. Yo no saldré de Madrid, porque mi naturaleza es tan delicada y flatulenta, que no resiste los trabajos, hambres y estrecheces de una misión. A la casa de Madrid me atengo: ni quito ni pongo rey, y aunque dicen que el hermano de Copas nos quiere quitar, todo es filfa, hijito mío. Yo sé que andan por Madrid emisarios del Emperador que nos hacen la mamola a cencerros tapados para que le rindamos pleito-homenaje y transijamos con él, requisito indispensable para tratarnos a maravilla, por lo cual opino que tan bien se sirve con Pedro como con Juan, y adelante con los faroles, porque si tienes hogazas no pidas tortas, y si te dan la vaquilla acude con la soguilla, que como dijo el otro, mano que da mendrugo, buena es aunque sea de turco.

Tan sumergido estaba yo en mis pensamientos que no contesté a mi amigo, si bien mi silencio no fue parte a que dejara de seguir hablando por todo el trayecto, durante el cual no nos ocurrió desgracia alguna, ni tuvimos ningún mal encuentro.

—Ya estamos en casa —me dijo cuando entramos—. Sube y probarás de unas magritas de la olla de ayer que el refitolero me ha guardado para hoy, poniéndolas con arroz; y te advierto que en todo lo que sea de arroz soy una especialidad, y a mí se me debe la introducción de las almejas y de la canela en la valenciana paella.

Entramos en su celda, donde me dejó, volviendo al poco rato con un cazuelillo debajo del manteo, y con esto y una botella que sacara de la alacena juntamente con una cesta llena de pedazos de pan, higos, aceitunas, nueces, embutidos, queso, dátiles y otras viandas, aderezó un almuerzo que me vino de perillas.

—Esta misma celda en que estás, y que es la mía —dijo mientras comíamos—, fue ocupada hace más de doscientos años, allá en los de 1620, por aquel insigne mercenario fray Gabriel Téllez, a quien generalmente se conoce por el maestro Tirso de Molina. Es fama que en este sitio, y quizás en esta misma mesa, escribió su célebre *Crónica de la Orden*, porque comedias se cree que no hizo ninguna después de meterse a fraile.

—¿No le ha dado a Vuestra Paternidad por hacer comedias? —le pregunté.

—Hombre, algunas he hecho, y ahí están pudriéndose en aquella alacena. Mas no he intentado que se representen, porque el prior nos lo prohíbe, aunque son todas devotas. Una hice que no me parece mala, y se titula *El Santo Niño de la Guardia*. No deja de tener su sal otra que compuse con el rótulo de *La tutora de la Iglesia y doctora de la Ley*, toda en sonetos arreo, entreverados con lo que se llaman séptimas reales; y me daba tanto el naipe por estas obrillas que enjaretaba dos en una semana, y si no me lo prohibieran, le hubiera echado la zancadilla a Bustamante que escribió trescientas veintinueve comedias de santos.

—¿Y en qué se ocupa ahora Vuestra Paternidad?

—¿En qué me he de ocupar, muchacho, sino en hacer jaulas de grillos? ¿No sabes que soy el primer jaulista de Madrid? Pues a fe que me dan poco trabajo las tales obras. Mira cuántas hay allí. Aquella que tiene tres pisos, con dos hermosísimas torres y su reloj figurado en el centro, es para las monjas de Constantinopla; y aquella otra redonda que está por concluir, para las Carmelitas Descalzas que ha un mes me tienen loco con la dichosa obra.

En efecto, todo un rincón de la celda estaba lleno de jaulas hechas y por hacer, con todos los materiales y herramientas propias de aquel oficio. De libros no vi sino los folletos y papeles que días antes recogió en casa de Amaranta.

—Yo soy un hombre que abomina la holgazanería —continuó Salmón—, y no me parezco a otros de esta misma casa que no se ocupan en maldita la cosa; aunque hay algunos, la verdad sea dicha, como el padre Castillo, que noche y día están metidos en un mar de libros y papeles.

—Y en verdad, padre —le dije—, ya que no hay cautivos que redimir, todos ustedes deberían pasar el tiempo en algún útil menester.

—Pues hay frailes que como no sea tirar a la barra en la huerta y jugar al tute en la solana, no hacen nada. Y si no, en la celda de al lado tienes al padre Rubio que se pasa la vida haciendo acertijos y enigmas, los cuales envía a las monjas para que ellas le devuelvan la solución y nuevos problemas, y tienen establecidas ganancias y pérdidas para el que acierta y para el que yerra, las cuales pérdidas y ganancias consisten siempre en algo de condumio. ¿Pues y el padre Pacho, que se ha dedicado a hacer punto de media y labra unos primores?... Esto es andar a mujeriegas, lo cual no me gusta. Yo al menos he hecho en lo tocante al arte eminentísimo de las jaulas adelantos admirables, y además me dedico a la medicina, para lo cual, con aquel Dioscórides que está a la cabeza de mi cama tapando la escudilla, me basta y me sobra.

Por estos caminos siguió nuestra conversación, hasta que me entró gana de dormir. Mi amigo pidió permiso al prior para que me quedase allí todo el día y aun toda la noche, refugiado contra una injusta persecución, y me llevaron a una celda vacía, donde en lecho muy blando me acomodé, rindiéndome de tal modo el sueño, que hasta el siguiente día no di acuerdo ce mí.

XXI

Cuando me levanté, y hube despachado el desayuno que con sus propias caritativas manos me llevó el padre Salmón, salí al claustro alto, donde mi amigo me dijo:

—Hay grandes novedades. Ayer a eso de las diez, se entregó la plaza a los franceses, una vez firmada la capitulación por el Emperador en su cuartel general de Chamartín.

—¿Y ha habido algo en los Pozos? —pregunté acordándome pesaroso del Gran Capitán.

—Creo que es el único punto donde hubo alguna resistencia, pues de todos los demás se apoderó sin dificultad el general Belliard, gobernador de la plaza.

Salió al encuentro de Salmón un fraile pequeño y viejo, que se apoyaba en un palo; hombre al parecer enfermo y de mal genio, que dijo:

—¿Sabe su merced, señor Salomón jaulista, las bases de la entrega?

—Hermano Palomeque, no las sé; pero creo que ha llegado fray Agustín del Niño Jesús, el cual dicen tiene una copia que le suministró un individuo de la Junta.

—¿Qué vuelta por el claustro, padre Palomeque? —dijo un frailito joven, barbilindo, ancho de cuello, pulcro de rostro, arrebolado de nariz, nimio de cerquillo y con cierto aire galán, el cual de improviso se unió a nuestro grupo.

—Lo que hay —contestó Palomeque con rabia, dando un fuerte bastonazo en el suelo—, es que anoche me han robado una gallina, de las seis que tenía en el corral, y ¡ay del pícaro zorrón si le descubro, que por nuestro santo hábito, si fuera cierta la sospecha que tengo de un fraile madamo y almibaradillo, yo le juro que me la ha de pagar!

—*¡Oh curas hominum! ¡Oh quantum est in rebus inane! ¡Oh cupidinitas gallinacea!* ¿Y todo ese enfado es por una polla seca y encanijada, con cuyo caldo se podía administrar el bautismo?

—Basta de bromas; y si era encanijada, no la tenía yo para ningún zángano —exclamó Palomeque—. Pero a otra, y díganme de una vez en qué términos se ha hecho esa maldita capitulación. Por ahí asoma fray Agustín del Niño Jesús.

Llegó en efecto con paso grave el tal Niño Jesús, que era un fraile altísimo de estatura, moreno, de pelo en pecho, de aspecto temeroso, ojos fieros y una voz, por raro contraste, tan infantil y atiplada, que parecía salir de otra garganta que la suya. Seguíanle otros dos frailes.

—Vamos a ver, señor músico, ¿qué dice esa minuta? —le preguntó el fraile barbilindo.

—Ahora lo veredes dijo Agrages —fue la contestación del padre Agustín— Creo que Napoleón ha aceptado todos los artículos, excepto dos o tres de los menos importantes.

—El primero —dijo Salmón—, habla de la conservación de la religión católica, sin que se consienta otra.

—Justo —respondió el Niño Jesús sacando un papel—; y el segundo de *la libertad y seguridad de las vidas y propiedades de los vecinos de Madrid.* Igualmente establece el respeto a *las vidas, derechos y propiedades de los eclesiásticos seculares y regulares de ambos sexos, conservándose el respeto debido a los templos, todo con arreglo a nuestras leyes.*

—Como no lo han de cumplir —indicó Palomeque—, excusado es que lo digan. Siga adelante.

—¿Para qué ha de leer más? Lo que sigue poco interés tendrá y apuesto a que habla de que si las tropas saldrán de Madrid con los honores de la guerra o no.

—Justo —dijo fray Agustín—, y también hay otro artículo en que se establece que no se perseguirá a persona alguna por opinión ni escritos políticos.

—Eso está muy mal pensado y peor resuelto —dijo otro de los presentes que era el padre Rubio, fabricador y artífice de acertijos—, porque si no quitan de en medio a los franc-masones y diaristas...

Luego el frailito almibarado, que era nada menos que maestro de teología, llegose a Salmón y le dijo

—¿Se atreve Vuestra Paternidad a echar dos tantos a la barra esta tarde después de la siesta?

—¿Pues no me he de atrever?— contestó—. Y tú, Gabriel, ¿juegas a la barra?

—Este joven —dijo el maestro de teología con bondad—, ¿es aquel portento de las humanidades, aquel consumado latinista de quien Vuestra Merced me habló?

—El mismo que viste y calza, o por mejor decir, el segundo Pico de la Mirandola. Puede examinarlo Vuestra Merced y verá lo que son castañas.

Yo repetí que no sabía palabra de latín, y que toda mi fama en dicha lengua provenía de una equivocación.

—*Modestus es* —dijo el teólogo—. Y puesto que es usted tan gran latino, contésteme a esto: ¿qué quiere decir *Vino a lo que vino*?

—Eso no es latín, sino castellano —dijo Salmón.

—¡Oh! —exclamó el otro batiendo palmas—. Los dos se atascaron. ¿Conque castellano? Pues es tan latín como el *Arma virumque*. *Vino a lo que vino*, o lo que es lo mismo *vi no aloque vino*, que traducido literalmente, quiere decir *con fuerza nado y me alimento con vino*.

—Este fray Jacinto de los Traspasos de María es un pozo de ciencia —dijo Salmón—. Gabriel, te atascaste.

—Y díganme ustedes —prosiguió el otro—, ¿qué quiere decir *Archiepiscopi toletani onerati sunt mulieribus*?

—Eso más claro es que el agua, mi señor don teólogo —repuso Salmón—. Es una blasfemia y calumnia; pero valga lo que valiere, quiere decir, salva la intención, que los arzobispos de Toledo están cargados de mujeres.

—¡Oh gansos, oh acémilas! Ya les cogí otra vez —dijo fray Jacinto—. El *archiepiscopi* que parece nominativo plural, es genitivo singular. De la palabra que suena *mulieribus* hago dos, a saber; *muli æribus* y resulta: *los mulos del arzobispo de Toledo están cargados de riquezas*. ¡Ajajá! Pues y lo de *tú comes caracoles*, ¿qué significa?

—¡Oh! No estoy para quebraderos de cabeza —replicó Salmón—. Dejemos eso, y ya que en el latín me ha vencido, esta tarde le venceré a la barra.

—Esta tarde no —dijo Rubio—, pues fray Jacinto ha prometido venir conmigo a ver a las Constantinoplas, que están locas por conocerle.

—Y Castillo, ¿dónde está? —preguntó Palomeque.

—En misa.

—¡Oh *patres conscripti*! —dijo otro fraile que vino a toda prisa por el claustro adelante—. ¡Grandes y estupendas novedades! Han llegado tres consejeros de Castilla, y están en conferencia con el prior.

—¿Y a qué vienen esos consejeros del diantre?

—Según he olido, les manda Napoleón para que nos emboben, por ver si consigue que una diputación de regulares de todas las ordenes vaya a cumplimentarle y hacerle *randibú* en su cuartel de Chamartín.

—Antes al demonio.

—¿Conque *randibú* al azote de los pueblos, al enemigo de la religión, al carcelero de nuestro Rey? Muy bien; tras de cornudo aporreado, y vengan palos, que con besar la mano que nos los da, todo queda concluido.

—Como se han de levantar contra Napoleón hasta las piedras, y al fin ha de marcharse con su hermano, excusado es andarse con mieles.

A esta sazón llegó el padre Castillo, que venía de decir su misa, aquel discreto y agudo fraile que en casa de la señora condesa había hecho el expurgo de libros.

—Padre Castillo, ¿conque tenemos visita de consejeros de Castilla, para que nos humillemos ante Napoleón?

—No sé nada de esto.

—Yo estoy determinado a salir de Madrid e irme por esas provincias a predicar la guerra, juntando gente armada —dijo Rubio.

—Y yo, como me suelte por tierra del Barco de Ávila y eche allá cuatro sermones, levanto hasta las piedras —afirmó el Niño Jesús.

—Yo no me moveré de aquí —dijo Castillo—. En esta casa me mandan los estatutos que resida, y aquí residiré mientras no me echen. Fundose nuestra orden para redimir cautivos, no para predicar guerra ni armar soldados.

—Muy bien dicho; mas tampoco se fundó para que la patearan Emperadores y la escupieran Juntas.

—Dios hará de nuestra orden lo que fuese servido —repuso Castillo—. En tanto, nosotros nos estamos mejor en nuestra casa, que por montes y valles incitando a los hombres a matarse. Y no es que dejemos de ser patriotas. Más harán las oraciones de un fraile piadoso en pro de nuestros ejércitos, que los sermones furibundos y crueles de esos desgraciados que con los hábitos al cinto se han lanzado a la guerra. Y dígame el buen Niño Jesús, ¿la parece meritoria y digna de un cristiano y de un sacerdote la conducta de ese dominico que no quiero nombrar y que se ha señalado por sus sanguinarias excitaciones a la matanza de franceses? No, nada que sea contrario a las generales leyes de la caridad debe sacarnos de nuestra ordinaria vida.

—Con buenas retóricas se viene ahora el padre Castillo —dijo otro de los presentes—. No, si no hagámonos miel, para que nos papen imperiales moscas.

—Dígame —preguntó un tercero—, ¿ha oído decir el señor don Librote y Cata-pergaminos, que Napoleón va a reducir el número de regulares a la tercera parte? Pues sí, eso está muy bonito. Apláudalo el padre Castillo. Y nosotros veámoslo y callemos, ¿no? ¡Pues me gusta! De modo que si un conquistador atrevido pone en peligro nuestro instituto, lo daremos por bien hecho.

—¿Conque reducirnos a una tercera parte? —dijo Salmón—. ¡Bonita invención! Esas son las tan decantadas novedades de los filósofos y de todos esos masones a la francesa que hay ahora.

—No disputaré sobre si es conveniente o no reducir el número de conventos —dijo Castillo—. Cuestión es esta delicada y sobre la que se podría hablar mucho. Lo que sí afirmo es que la reducción del número de regulares, y las ideas de poner coto a tantas fundaciones son bastantes antiguas, y se han ocupado de ello mil eminentes repúblicos. Ya saben todos que en el siglo pasado se ha clamoreado bastante sobre esto. ¿Y qué más? A principios del décimo sétimo siglo, cuando aún no se soñaba en enciclopedias, ni en revoluciones, ni en logias, ni en filosofías, personajes respetables y entre ellos algunos españoles sapientísimos se expresaron en igual sentido. Como me dedico a buscar papeles viejos, ¡vean mis caros hermanos la casualidad! en estos días he encontrado dos que vienen como de molde a terciar en esta contienda.

Y al punto fue a su celda, que muy cerca estaba, y volviendo con dos libros viejos, los mostró a sus hermanos.

—Aquí están —dijo—. Uno es el *Memorial que al Rey don Phelipe III dio en su consejo de Estado fray Luis de Miranda, lector jubilado de la orden de San Francisco, acerca de la ruyna y destrucción que amenazaba a la república y monarquía de España, si con presteza no se acude al remedio.* Las causas y razones que expone son: PRIMERA, *la muchedumbre de hacienda que de secular se está convirtiendo en eclesiástica.* SEGUNDA, *las innumerables personas, que por sus particulares fines, de seglares se hacen religiosos, sin aver de ello necesidad, antes con daño de las mismas religiones.* Esto se escribía en los primeros años del siglo décimo sétimo, y si el mal era cierto, juzguen vuestras paternidades si habrá aumentado, no habiendo nadie acudido al remedio. El otro libro se titula *Discurso del doctor don Gutiérrez, marqués de Careaga, en que intenta persuadir que la monarquía de España se va acabando y destruyendo a causa del estado eclesiástico, fundación de Religiones, Capellanías, Aniversarios y Mayorazgos.* Esto está impreso en 1620. De modo, hermanos míos —añadió con zunga el buen Castillo—, que hace doscientos años hubo quien ya dio en la flor de decir que éramos muchos. Ahora, pues, carísimos, cada uno meta la mano en su pecho, consulte a su conciencia y pregúntese a sí mismo si cree estar de más: *intelligenti pauca.* ¿Y esas gallinas, padre Palomeque, cuántos huevos han puesto en la semana? ¿Y cómo van esas jaulas, padre Salmón? ¿Qué me dice Vuestra Paternidad de aquellos enigmillas tan reservados que le enviaron ayer las Constantinoplas, padre Rubio? ¿Halos acertado ya? ¿Y qué tal van esos toques de flauta, fray Agustín del Niño Jesús?

Y así fue dirigiendo a todos graciosas pullas, si bien ellos no se irritaban por esto, gracias al respeto que le tenían. Con esto y con la retirada de Castillo se desbarató el corro y casi todos fueron a husmear a la puerta de la celda del prior por ver si descubrían cuál era la misteriosa comisión de los consejeros de Castilla. Cuando Salmón y yo íbamos a espaciarnos un poco por la huerta, vimos un fraile anciano que leyendo devotamente su libro de oraciones se paseaba en el claustro bajo. Pregunté a mi amigo quién era aquel venerable sujeto, y me dijo:

—Este es el padre Chaves, el más piadoso y recogido de todos los frailes de este convento, si bien me parece que es algo mentecato. No hace más que rezar, leer libros santos y asistir a todos los enfermos de la casa. Hace catorce años que no ha salido una sola vez a la calle. No recibe regalos, sino aquellos que puede dar a los pobres. Apenas come, y cuanto le dan aquí lo guarda para repartirlo los sábados a una chusma que viene a la portería, porque según dice él, ya que no puede redimir cautivos, quiere redimir a los que padecen la peor esclavitud de todas, que es la miseria. Antes te dije que era un mentecato; pero la verdad, hijo, Chaves es un excelente hermano.

—Dios ha puesto de todo en el mundo —pensé yo—, y así como no hay nada perfecto, tampoco hay cosa alguna que sea rematadamente mala.

XXII

Al día siguiente Salmón me dio muy malas noticias.

—¿Sabes lo que pasa, Gabriel? —me dijo entrando muy de mañana en la celda que se me había asignado—. Pues he sabido que el Gobierno francés, que ahora nos rige, ha nombrado alguacil, o como ahora dicen, oficial, jefe o no sé qué de policía, a ese mismo Santorcaz que quería prenderte. Esto tiene indignados a cuantos le conocían, y prueba a las claras que ya estaba vendido a los franceses desde antes del sitio. También es indudable que en los días del sitio fue nombrado alguacil por la Sala de alcaldes, sin que nadie acierte a darse cuenta de cómo consiguió tal cosa. Le acompaña hoy como antes su escuadrón de gente de mal vivir, que como sabes, era la que días pasados acaloraba los ánimos contra los franceses en los barrios bajos, haciéndose pasar por ardientes patriotas. Pero di, ¿qué has hecho para que te quieran prender? Porque me han dicho que él y los suyos te buscan con verdadero frenesí, registrando todos los rincones de Madrid.

—En verdad que no sé en qué fundan su persecución —respondí—; pues por más que me devano los sesos, no puedo traer al pensamiento ninguna acción mía que a cien leguas se parezca a un delito. Pero esos hombres son muy malos, y no hay que buscar fuera de ellos la causa de sus maldades.

—Pues me han dicho que en todo el día de ayer, ese Santorcaz no ha hecho más que prender gente sospechosa, es decir, gente a quien supone hostil a los franceses.

—Es una venganza personal —dije—, o tal vez deseo de apoderarse de mí para una baja intriga.

—¡Qué inmunda canalla! ¡Y de esta manera quieren el rey de Copas y su hermano hacerse amar de los españoles! Pues no es mal chubasco el que se nos viene encima. Dicen que Napoleón ha rasgado el acta de capitulación, expidiendo con fecha de ayer varios decretos contrarios a lo estipulado.

—Pues, padre mío —dije—, veo que me es preciso huir de Madrid a toda prisa.

—¡Huir de Madrid! ¿Crees que es fácil ahora? Estate unos días más en esta casa, que el prior no tendrá inconveniente en ello, y después veremos cómo te sacamos de la villa. ¡Oh! Me han asegurado que la salida es muy difícil hasta para las ratas. Parece que la gente de los pueblos inmediatos a Madrid está levantada en armas. Temen los franceses que esto sea cosa urdida con los de aquí para favorecer un movimiento insurreccional dentro de la corte, y han resuelto incomunicar a Madrid. La vigilancia que hay en las puertas es peor que de inquisidores; no dejan salir a alma viviente sin registrarle y darle mil vueltas; y como el viajero no lleve un papelucho que llaman *carta de seguridad*, expedida por esa bendita superintendencia de policía, a quien vea yo comida de lobos, lo someten a un consejo de guerra. Conque, hijo, estás en peligro; no puedes vivir en Madrid, y la salida es muy difícil. ¡Ah! En este momento se me ocurre una cosa, y es que podemos solicitar el amparo de la señora condesa, en cuya casa estuviste el otro día, la cual me han dicho que es amiga de los franceses.

—¡La señora condesa amiga de los franceses!

—Quiero decir partidaria. Su primo, el duque de Arión, que ha pasado toda su vida en Francia, entró en España con Bonaparte, de quien es muy devoto, y actualmente está en el cuartel general de Chamartín. Anteayer estuve en casa de la condesa, y le esperaban de un día a otro. Como haya venido, no nos sería difícil que aquella bondadosa señora te consiguiese una carta de seguridad para evadirte. Entretanto, hijo, aquí estás más seguro, y por sí o por no, vamos tú y yo ahora mismo a ver al prior del convento, que es hombre de mucho mundo, y de tanta trastienda, que sería capaz de pegársela al lucero del alba. Él nos dirá si lo que me ha ocurrido es razonable, o si hay otro medio más expedito para ponerte en salvo.

Y sin más dimes ni diretes, llevome a la celda del padre prior, que en aquel momento había vuelto de decir su misa y despabilaba dos onzas de chocolate. Era el padre Ximénez de Azofra un hombre pequeño, de edad madura, ojos muy vivos, sonrisa maliciosa, cortesanos modales y simpática conversación. Recibiome con mucha bondad, y cuando Salmón le expuso las apreturas en que yo me encontraba, dijo lo que sigue:

—En otras circunstancias, joven incauto, fácil nos habría sido socorreros poniéndoos al abrigo de esta casa. Pero ahora todo está del revés. El Gobierno intruso nos mira con muy malos ojos, y bastaría que le protegiéramos a usted para que se nos acusara de cómplices de la insurrección, que así llaman ellos a nuestra santa causa... En verdad que cada vez odio más a esa canalla. Ved lo que hacen ahora. Desde que Madrid se ha rendido, ya les ha faltado tiempo para quebrantar lo convenido, y si prometieron respetar las vidas, libertades y hacienda de este vecindario, ayer todo ha sido prender y encarcelar gentes honradas, a quienes se acusa de auxiliar a los insurgentes de Talavera y de Cuenca. Todo es sospechar, y acusar, y asustarse hasta de vanas sombras; y como los restos del ejército de San Juan y las tropas del de Castaños que se unieron al duque del Infantado andan por estas inmediaciones levantando los pueblos contra los franceses, estos ven un espía en cada vecino de Madrid, y han resuelto impedir toda comunicación entre los habitantes de esta villa y los de Ocaña, Toledo, Talavera e Illescas; por lo cual no permiten la entrada de los paletos, fruteros y verduleros, razón de la gran carestía que hoy tienen todos los artículos.

—Mala situación es esta —dijo Salmón—. ¿De modo, señor prior de mi alma, que en buenos tiempos no recibiremos nada de nuestras granjas de Leganés, Valmejado, Casarrubielos, Bayona de Tajuña y Santa Cruz del Romeral? ¡Bonito porvenir! ¿Y entonces *quid manducaverunt vel manducavere*?

—¡Oh! amigo Salmón —contestó el prior con malicia—; aquí viene bien aquello de *ventorumque regat pater*, que quiere decir *viento en panza*, según traducía aquel girito descalzo de quien tanto nos hemos reído. Es preciso hacer penitencia.

—Bien, retebién —exclamó Salmón bufando—. ¡Viva el Emperador de los franceses, y Rey de Italia y protector de la confederación del Rhin! De esa manera conseguirá Vuestra Majestad Imperial y Real, que asada en parrillas vea yo, conquistar las simpatías del clero regular.

—No se cuida él de nuestras simpatías, amigo Salmón.

—Pero en resumidas cuentas, señor padre prior, este muchacho, de cuya moralidad y buen proceder respondo, necesita salir de Madrid, y no dudo que usted con su influencia le podrá sacar una *carta de seguridad*, con la cual y disfrazado...

—¡Qué cosas tiene Salmón! —dijo Ximénez de Azofra—. ¿Qué puedo yo hacer? Conque en presa me ve, y doncellez me demanda. ¿No le he dicho que desconfían de los regulares, y especialmente han tomado entre ojos a los de esta casa?

—No sabía tal cosa. Al contrario: oí decir que Vuestra Paternidad es de los que van a Chamartín a cumplimentar a mi señor don Caco imperial, rey de los pillos, y protector de la congregación del Rin... conete y Cortadillo.

—¿Yo? —exclamó Ximénez con asombro—. No he nacido para besar la mano que me azota. Español soy, y español seré mientras viva. He predicado en el púlpito de la Merced contra el Emperador, y no imitaré a los que siendo primero desaforados patriotas, ahora son patriotas tibios con vislumbres, amagos y pintas de afrancesados. Cierto es que va a Chamartín una diputación de todas las clases de la sociedad; cierto que me han invitado para ir, y vea su merced aquí la carta que sobre este punto me ha dirigido el corregidor, y que de haber justicia en la tierra, debería ser quemada por la mano del verdugo. ¿No es una vergüenza que de este modo se humillen los hombres? Ayer todo era inquina contra el *ogro de Córcega*, todo insultarle y ponerle por esos suelos; hoy todas son blanduras. El mismo señor corregidor de Madrid que en su bando del 25 de Noviembre decía: *La España está invadida por el tirano que domina en Francia, el cual ha quebrantado pérfidamente las santas leyes, etc.*; ese mismo señor corregidor don Pedro de Mora y Lomas, caballero de la orden de Carlos III, del consejo de Su Majestad, su secretario con ejercicio de decretos, intendente de los reales ejércitos y de esta provincia, corregidor de esta villa, subdelegado de Rentas reales, intendente de la real Regalía de Casa de aposento, superintendente general de Sisas reales y municipales de ella, y subdelegado de Montes y Pósitos, etc., etc., pues la retahíla de títulos no tienen fin; ese mismo corregidor, repito, es el que hoy dirige un llamamiento *ante diem* a todas las autoridades. ¿Para qué creerán ustedes? Pues nada menos que para hacer presente *que la villa de Madrid habrá tenido el honor de ofrecerse a los pies de S. M. I. y R. para manifestarle el reconocimiento a la bondad e indulgencia con que ha tratado esta corte, felicitarse por tener a S. M. en su seno, y expresarle que si lograba merecer la dignación y aprecio de S. M. se contemplaría dichosa. ¿Qué tal? ¿Es este un lenguaje digno y patriótico? Además en la convocatoria —añadió recorriendo con la vista el papel—, se llama a Napoleón *padre amoroso*, y a sus atropellos *benéficas miras*, y el objeto es reunir un cierto número de personas respetables que piquen espuelas hacia Chamartín para pedir a Bonaparte *se digne conceder la gracia de que* *vean en Madrid a su augusto hermano nuestro rey Josef.* Vamos, vamos, no puedo leer más, porque tanta bajeza me saca los colores de la cara. Verdad es que los que esto han firmado lo han hecho cediendo a amenazas del comandante general Mr. Belliard que les pone el puñal al pecho; pero no por eso es disculpable, pues si no traición a la patria, debe imputárseles una debilidad y flaqueza que raya en crimen.

—¿De modo que usted no va a Chamartín?

—¿Yo? Ni por pienso. He oído que van en representación de los regulares el padre Amadeo, abad de San Bernardo, y el padre Calixto Núñez, abad de los Basilos. Ya se ve: ¿qué se puede esperar de esos infelices tan dejados de la mano de Dios? Caerán en el garlito los Mínimos, algunos pobres Franciscos, los desdichados Agonizantes, no pocos Agustinos, todos los Gilitos, los Hospitalarios, los Donados, los Carmelitas descalzos, y esos infelices Afligidos, que son los mayores mentecatos de la cristiandad pero la Merced sostendrá su bandera, la Merced no adulará Emperadores, la Merced en unión con los Dominicos desafiará el poder del tirano, contra franceses ladrones y empecatados españoles.

—Y los víveres por esas nubes, y las puertas de Madrid cerradas al buen vino, al rico aceite, a los huevos, a las coles, al extremeño tocino y a los jamones de Candelario. Bueno, bueno, comamos ensalada de perejil y cañutillos de monjas mojados en agua de limón. ¡Viva la patria, señor Ximénez, viva el orgullito que nos pondrá como espátulas!

—Pues bien; lo que he dicho a usted —continuó el prior—, lo he dicho a los que vinieron a sonsacarme, y oídas mis palabras, tratáronme con tal acritud, que espero grandes desdichas para nuestra orden y nuestra casa. De modo que nada puedo hacer por este joven.

A esto llegaban cuando entró el padre Castillo acompañado de otros dos frailes. El uno supe después que se llamaba el padre Vargas, y aunque del mismo hábito y orden, pertenecía al convento de la Trinidad calzada, también de mercenarios redentores de cautivos, y el otro era dominico, del convento de Santo Tomás, y tenía por nombre el padre Luceño de Frías.

—Ya, ya pareció aquello —exclamó Vargas con estrepitosa voz—. Ya no podemos dudar de la veracidad de esos decretos, porque por ahí los reparten impresos y aquí tengo un ejemplar. Todos los decretos llevan la fecha del 4, y son tales que podrían arder en un candil en noche de aquelarre.

—Veámoslos. ¿Es cierto que nos reducen a la tercera parte?

—Tan cierto, que... —dijo el dominico—, no nos reducen a la tercera parte, sino que nos parten por el eje, señor Ximénez de Azofra.

—Atención, que leo —dijo Vargas, poniendo ante los ojos, de verdes antiparras armados, un papel impreso—. Los decretos rezan lo siguiente: *En nuestro Campo Imperial de Madrid a 4 de Diciembre de 1808. Napoleón Emperador de los etc... Considerando que el Consejo de Castilla se ha comportado en el ejercicio de sus funciones con tanta debilidad como superchería... que después de haber reconocido y proclamado nuestros legítimos derechos al trono, ha tenido la bajeza de declarar que había suscrito a estos diversos actos con restricciones secretas y pérfidas, hemos decretado y decretamos lo siguiente: Art. 1.º Los individuos del Consejo de Castilla quedan destituidos como cobardes e indignos de ser magistrados de una nación brava y generosa.*

—Pues digo —exclamó Ximénez—, que eso está muy lindísimamente hecho.

—Es verdad —afirmó el dominico—, porque esos señores han estado jugando a dos juegos, y con todo el mundo quieren comer. Adelante.

—Otro —prosiguió Vargas—. *En nuestro Campo Imperial, etc... Napoleón, etc...* Este no hace exposición de motivos, ni considerando alguno, sino que dice simplemente: *Artículo. 1.º El Tribunal de la Inquisición queda suprimido como atentatorio a la soberanía y a la autoridad civil.— Art. 2.º Los bienes pertenecientes a la Inquisición se secuestrarán y reunirán a la corona de España.*

—Ya se ve —exclamó el dominico sin disimular su enojo—. Sin eso no podía pasar. Afuera Inquisición y vengan herejes, y lluevan masones, ¿qué les importa esto a los que no se cuidan de lo espiritual?

—Poco significa esto —dijo Castillo—, porque el Santo Tribunal casi no existe ya de hecho, abolido por la suavidad de las costumbres.

—Pero se conservan las fórmulas, señor mío —contestó con aspereza el dominico—, y las fórmulas tienen gran fuerza. Verdad es que no se quema, ni se descuartiza (lo cual dicho sea de paso es excesiva blandura, según estamos hoy comidos de herejía); pero hay todavía degradaciones y simulados tormentos, que tienen muy buen ver para los malos.

—*Item* —prosiguió Vargas—. *Art. 1.º Un mismo individuo no puede poseer sino una sola encomienda.*

—Adelante, que eso nos interesa poco.

—*Item.— Art. 1.º El derecho feudal queda abolido en España.— Art. 2.º Toda carga personal, todos los derechos exclusivos de pesca, de almadrabas u otros derechos de la misma naturaleza, en ríos grandes y pequeños; todos los derechos sobre hornos, molinos y posadas, quedan suprimidos, y se permite a todos, conformándose a las leyes, dar una extensión libre a su industria.*

—Eso no es nuevo —dijo Castillo—, y es lástima que nuestros gobernantes con su indolencia hayan permitido a los franceses el jactarse de promulgar una ley tan buena.

—Eso, eso es, ¡hágale su merced la mamola! —dijo Luceño de Frías con el mayor desabrimiento, sentándose a horcajadas en una silla para apoyar los brazos en el respaldo—. Me gustan las ideas del padre Castillo. Si para eso pasa Vuestra Paternidad la vida entre la polilla de los libros, buenas nos las de Dios.

Y sacando su tabaquera y alargando la mano hacia el prior, añadió:

—Señor Ximénez, un polvito, que los duelos con rapé son menos.

—No lo gasto —repuso el prior.

—Vamos, amigo Vargas, un polvito.

—No lo gasto, que eso es cosa de viejas. Aquí tengo unos cigarritos de La Habana, que merecen ser chupados por los ángeles del cielo. Si el señor prior me da su permiso...

—Vengan —gritó Salmón—, esos tabaquíferos incensarios y pebetes de Oriente, que tan bien matan el fastidio.

—Allá van —dijo Vargas—. Son regalo de la señora marquesa del Fresno, y fuéronme remitidos poniéndolos en la mano de un Niño Jesús, que me envió para que le diera una mano de pintura.

—Pues en lo relativo a ese decreto que acaba de leerse —dijo Castillo—, m conciencia no me dicta sino alabanzas, y alabanzas le daré, aunque lo haya escrito el gran Tamerlán. ¿Por ventura no son esas las mismas ideas que han hecho célebre en toda la redondez de la tierra a nuestro gran Jovellanos? E mismo conde de Floridablanca, ¿no intentó algo en ese asunto? Y los sabios consejeros de Carlos III, ¿no se dieron de cabezadas por quitar esas trabas a la industria? Todos sabemos que a aquel eminente Rey se le pasaron ganas de promulgar este decreto.

—¡Cosas de los jesuitas! —exclamó el dominico meciéndose en la silla—. Pero esos pelanduscas andan también al retortero de Napoleón, por ver si sacan tajada. Adelante con la lectura.

—Pues adelante —continuó Vargas—. *Considerando que uno de los establecimientos que perjudican a la prosperidad de España son las aduanas y registros existentes de provincia a provincia, hemos decretado lo siguiente: Desde 1.º de Enero próximo, las aduanas y registros de provincia a provincia quedan suprimidos. Las aduanas se colocarán y establecerán en las fronteras.*

—Tampoco eso tiene pero —observó Castillo—, y la Junta Central, ya que pensó decretarlo, no debió esperar a que lo hicieran los franceses.

—También esto le parece bocadito de ángeles al Reverendo Castillo —dijo Luceño—. Medrados estamos. ¿Tratan de eso los libros de Vuestra Merced?

—Atención —indicó Vargas haciendo un gesto dramático—, que ahora viene lo gordo. *Considerando que los religiosos de las diversas órdenes monásticas en España se han multiplicado con exceso; que si un cierto número es útil para ayudar a los ministros del altar en la administración de los Sacramentos, la existencia de un número demasiado considerable es perjudicial a la prosperidad del Estado, decretamos lo siguiente: Art. 1.º El número de los conventos actualmente existentes en España se reducirá a una tercera parte. Esta reducción se ejecutará reuniendo los religiosos de muchos conventos de la misma orden en una sola casa. Art. 2.º No se admitirá ningún novicio ni permitirá que profese ninguno, hasta que el número de religiosos se reduzca a una tercera parte. Art. 3.º Los regulares que quieran renunciar a la vida común y vivir como eclesiásticos seculares, quedan en libertad de salir de sus conventos. Art. 4.º Los que renuncien a la vida común, gozarán de una pensión que se fijará en razón de su edad, y que no podrá ser menor de tres mil reales ni mayor de cuatro mil. Art. 5.º Del fondo de los bienes de los conventos que se supriman, se tomará la suma necesaria para aumentar la congrua de los curas. Art. 6.º Los bienes de los conventos suprimidos quedarán incorporados al dominio de España, y aplicados a la garantía de los vales y otros efectos de la Deuda pública.*

Durante la lectura de este decreto, no se oyó en la celda de Ximénez otro rumor que el producido por el vuelo de una mosca, que andaba a vueltas tras los restos del chocolate prioral, como Bonaparte tras los reinos de España. Después de leído, aún duró bastante el silencio.

XXIII

—¡Toquen castañuelas, repiquen panderos, machaquen almireces, punteen vihuelas y aporreen zambombas para celebrar el talento del sabio legislador, harto de bazofia y comido de piojos, que sacó de su cabeza ese pomposo y coruscante decreto! —exclamó al fin Luceño dando un porrazo en el respaldo de la silla y levantándose de ella.

—¿Conque a la tercera parte? —dijo Salmón—. ¿De modo que de cada tres no ha de quedar más que uno?

—Eso es, y los demás a la calle, a pedir limosna, porque una pensión de tres mil reales para personas que han de vivir decentemente, es aquello de hártate comilón con pasa y media.

—Y afuera novicios.

—¡Y no más profesar!

—Y con los bienes se aumentará la congrua de los curas.

—También eso está bien —dijo el dominico—. Alábelo su merced, padre Castillo. ¡Qué nos quiten lo nuestro para darlo a los curas! ¿Quiénes son los curas, ni qué hacen esos zanguangos en bien de la cristiandad? Ya... como los curas son tan tibios patriotas... ¡Estoy que bufo!

—Lo mejorcito es que los bienes de los conventos suprimidos pasen al dominio de España.

—¿Qué tiene que ver España, ni San España, ni Marizápalos, con esos bienes?

—¿De modo que nuestras granjas de Leganés, de Valmojado...? —preguntó Salmón.

—¡Ya se ve! De esto se ríen todos esos infelices Mínimo, Gilitos y Franciscos que nada tienen. A ellos, ¿qué les importa? Por eso van a hacerle el *como la porta bu*. Bien, retebién. Y lo mismo hacen los Afligidos, que son la cáfila de majaderos más desaforados que he visto.

—No murmurar, hermano —indicó Castillo.

—Dios me lo perdone —dijo Luceño—, y no lo digo por nada malo, que hay Afligidos de todas clases. ¿Pero creen vuestras mercedes que se llevará a cabo esto de las tercera partes?

—Yo creo que va a ser dificilillo.

—Pues yo temo que lo llevarán adelante —afirmó Luceño—; que esta mañana me ha dicho en confianza un regidor que va a Chamartín, que ya tienen hecho su plan, y que dentro de pocos días comenzará el restar y dividir, para dar principio a la demolición de los conventos.

—¡La demolición!

—Sí: que todas estas casas las destinan a oficinas del Estado, y la primera que va a caer hecha pedazos es este monasterio de la Merced en que ahora estamos.

—¡Cómo, la Merced! ¡Se atreverán a ello! —exclamó Ximénez de Azofra, dándose un golpe en el brazo de la silla—. ¡Cómo! ¿Se atreverán a derribar esta casa que lo fue del gran Tirso de Molina? ¿Y la gran devoción que inspira la Virgen de los Remedios que está en una de nuestras capillas? ¿Pues y el sepulcro de los nietos de Hernán-Cortés? No, no puede ser. Derriben en buen hora otras casas de religiosos, pero no esta por tantos títulos, además de su antigüedad, venerable.

—Y también está amenazada la Trinidad Calzada —apuntó Luceño—, si no de que la derriben, al menos de que la vacíen.

—Eso no puede ser —declaró Vargas—, que más glorias encierra mi casa que todos los demás claustros de Madrid reunidos. Díganlo si no el beato Simón de Rojas y el padre Hortensio de Paravicino, autor del libro *De locis theologicis*.

—Autor de las *Oraciones evangélicas*, de la *Historia de Felipe III* y de la *España probada*, querrá decir Vuestra Paternidad —indicó Castillo con malicia—; que el libro *De locis theologicis*, hasta los chicos de las calles saben que es de Melchor Cano.

—Tiene razón Castillo: me equivoqué. Pero sea lo que quiera, también tiene mi convento la honra de haber rescatado, mediante los padres Bella y Gil, al inmortal Cervantes, autor del *Quijote*, señor Castillo, pues yo también entiendo algo de autores. En caso de desalojar conventos para oficinas, ahí está Santo Tomás, donde caben todas.

—¡Cómo es eso! ¡Santo Tomás! ¡Desalojar a Santo Tomás, el más ilustre de los conventos de Madrid! —exclamó impetuosamente el dominico—. ¿Y qué sería de este pueblo si te quitaran el espectáculo de las procesiones que de allí salen con motivo de las funciones del Santo Oficio? A fe que hartas casas hay en Madrid, si quieren hacer plazuelas, como dicen, aunque más vale que no se toque a ninguna, porque *setenta y dos* conventos para una población de 160.000 almas, me parece que no es mucho. Las casas de religiosos apenas ocupan un poco más de la mitad del perímetro de esta gran villa, lo cual no es nada desmedido, y de todas las casas que se alzan en ella, solo *cuatro quintas partes* pertenecen a conventos, memorias pías, capellanías y otras fundaciones.

—Y dígame, Luceño —preguntó Ximénez—, ¿van dominicos a la reunión que convoca el corregidor?

—Creo que no. Según he oído, solo se prestan a ir a Chamartín el prepósito de San Cayetano, el abad de Montserrat, dos Agonizantes, un par de Franciscos, un rector de Niñas de la Paz y un Afligido.

—Pues estos sacarán tajada, no lo duden vuestras mercedes. Sobre nosotros lloverán los decretos y las terceras partes.

—Mi opinión es —dijo Salmón—, que pues cuesta bien poco ir de aquí a Chamartín, nada se pierde con que vayan un par de padres, y yo me brindo a ello, que bueno es estar bien con todos, y el orgullo es pecado, y quien al cielo escupe en la cara le cae.

—No en mis días: de esta casa no irá nadie —aseguró Ximénez de Azofra—, y en cuanto a este joven, nada podemos hacer. Indigno sería pedir favores a quien nos trata mal, amenazándonos con terciarnos y partirnos como si fuéramos aranzadas de tierra. Conque busque usted quien le proporcione la *carta de seguridad* para salir de Madrid.

—Dificilillo es —afirmó Luceño—, pues entiendo que se miran mucho para dar las tales *cartas*, y sin ellas no es posible dar un paso de puertas afuera.

—Sin embargo —dijo el discreto Castillo—, hay multitud de personas que por estar en bien con los franceses, pueden socorrer a este joven. ¿No conoce usted ninguna persona de alta posición y de influencia?

—Sí, ya me ocurrió acudir a la señora condesa —indicó Salmón—, y confío en que su generosidad sacará a este joven del mal empeño en que se ve. El señor marqués se ha afrancesado y dicen que va a entrar en la alta servidumbre del rey José.

—El señor don Felipe bebe los vientos porque cualquier Gobierno se acuerde de él —dijo Castillo—. Algo debe de haber de cierto en eso, pues hace tres días, después de haberse presentado a Belliard, fuese al Pardo, donde se ha instalado con su hija. Ayer creo que debió llegar a dicho real sitio el rey José. A pesar del influjo que en la botellesca corte tiene el señor marqués, yo no me fiaría de él para ningún delicado asunto. De más eficacia me parece en el caso presente el señor duque de Arión, pariente de esta familia y que goza de gran poder en el cuartel general.

—¡Admirable idea! Veremos al señor duque.

—No ha llegado aún a Madrid, y como no sea exponiéndose a los peligros de un viaje a Chamartín, este joven no podría verle.

—Lo mejor —añadió Salmón—, es que veamos hoy mismo a la señora condesa. ¿Va hoy allá la Paternidad del señor Castillo?

—Dentro de un rato, pues la señora marquesa me ha mandado llamar hoy con toda premura. Si quiere este joven venir conmigo, le llevaré.

—Oportunísimo —añadió Salmón—. Yo iré también. Pero hijo, si en la calle acertamos a pasar por junto a esos cafres...

—Pues bien —dijo Ximénez—; para que vaya más seguro, yo les presto m coche, que con sus dos gallardas mulas debe de estar ya en la huerta

—Muy bien —declaró Salmón batiendo palmas—. Me parece buena idea la del coche; pero para mayor seguridad, te vestiremos de novicio. Venga la carroza prioral y a casa de la condesa.

—Pues entrareme también en ella, y me dejarán de paso en Santo Tomás —añadió Vargas.

—Pues allá voy también —dijo Luceño—, si me dejan en las Descalzas Reales.

Y así acabó la conferencia sin más resultas que las de mi improvisado disfraz de novicio y mi viaje a casa de la condesa, donde me pasó lo que el lector verá a continuación si tiene paciencia para seguir leyendo.

XXIV

La condesa mostró mucho asombro al verme. Hallábase en la misma habitación donde algunos días antes me había recibido, y cuando entramos, apartose del secreter donde escribía, para venir a nuestro lado. Castillo principió preguntándole por la salud de todos, y luego en breves palabras le expuso los motivos de mi visita y de mi nuevo vestido. Cumplida esta misión, y añadiendo que necesitaba ver a la señora marquesa, pidió a Amaranta venia para pasar adentro, y con esto nos quedamos Salmón y yo solos con ella.

—Por ahí se murmura que yo soy afrancesada —dijo Amaranta—, pero no es cierto. Mi tío sí ha abrazado la causa del rey José con tanto entusiasmo, que cuando le contradecimos en algún punto relativo a estas cosas, nos quiere comer a todos. Vive en el Pardo con su hija desde hace tres días en el mismo palacio real, pues el Rey intruso se ha empeñado en incluirle en su alta servidumbre. Está mi tío loco de contento, y si viene esta tarde a Madrid, como decía, yo le rogaré que me proporcione una *carta de seguridad* para este mancebo.

—Ya estás en salvo, Gabriel —exclamó el mercenario.

—¿No te dije que esta excelsa señora te sacaría de tan mal paso?

—Aún mejor puedo conseguirla por mi primo el duque de Arión, el cual más que afrancesado, es francés puro, y si viene mañana a Madrid, como espero, no olvidaré este encargo.

—Vaya, no hay que pensar en que te echen mano —dijo Salmón levantándose—. Ya estás salvado, chiquillo; prostérnate ante Su Grandeza y dale un millón de gracias por tantas mercedes. Y ahora, señora condesa, si usía me da su licencia, voy a pasar a ver a mi señora la marquesa, que el otro día me habló de unos requesones, acerca de cuyo mérito quería saber mi voto.

Nos quedamos solos Amaranta y yo, lo cual me agradó, pues deseaba hablar con ella sin testigos.

—Señora —le dije—, ¡cuánto agradezco a vuecencia esta nueva bondad! Ahora me cumple pedir perdón a usía por no haber salido de Madrid, como hubiera sido mi deseo.

—Estarías alistado.

—Justamente, y ahora que el desarme me permite salir, una persecución injusta, cuya razón no puedo explicarme, me detiene en Madrid, oculto en el convento de la Merced.

Enseguida contele el incidente de Santorcaz, añadiendo que el antiguo desleal mayordomo de la casa andaba a la zaga del flamante jefe de policía.

—Ya lo sé —me dijo Amaranta—, y he tenido miedo de que algún peligro amenazara nuestra casa. Por eso me alegro mucho de que Inés esté con mi tío en el palacio del Pardo, donde no puede ocurrirle nada malo. El primer día sentía yo gran zozobra; pero nosotros tenemos antiguas amistades y relaciones con las primeras personas del partido francés, y ya estoy tranquila. Nada temo de esos miserables.

—Me falta —dije yo—, dar las gracias a vuecencia por los otros favores de que me dio cuenta el licenciado Lobo. No los necesitaba para llevar adelante mi resolución, y sin destino en el Perú, sin ejecutoria de nobleza y sin promesas de dinero, sabré hacer de modo que usía no tenga queja alguna de mí.

—No —me dijo sonriendo—, el destino que solicité de la Junta, espero que ahora me lo conceda también el Gobierno francés, y de todas estas diligencias está encargado Lobo, a quien he dado cartas para Cabarrús y para Urquijo. Irás al Perú, tendrás tu ejecutoria de nobleza, y con esto y con la ayuda de Dios podrás llegar a ser un hombre de provecho. La conciencia me impulsa a hacer esto en pro de una persona desvalida que tiene derecho a mi consideración. En cambio no olvidaré que has hecho una promesa, y cuanto hago por ti no es más que la recompensa anticipada que ganas cumpliendo lo pactado.

—Señora condesa, yo cumpliré religiosamente lo prometido —le contesté con resolución—, y no puedo admitir la recompensa. Mi dignidad no me lo permite.

—¿Pues acaso tú tienes dignidad? —me dijo riendo—. Pero no, no debo reírme. ¿Por qué no habías de tenerla como otro cualquiera? La verdad es que los que estamos en cierta posición, no vemos más que a nosotros mismos. En cuanto a la determinación de no aceptar nada, yo arreglaré las cosas de modo que aceptes.

Así hablábamos cuando regresó Salmón a nuestro lado, y al punto cortó el hilo de nuestro coloquio, diciendo:

—Gran satisfacción, señora condesa, me ha causado la noticia que en este momento acabo de oír de los autorizados labios de mi poderosa señora la marquesa. La paz sea en esta casa, señora, bendigamos la mano de Dios.

—¿Habla Su Paternidad del asunto de mi prima? —dijo Amaranta—. Sí, ya creo que la tenemos en vías de curación.

—Veo que el ingeniosísimo recurso ideado por el gran entendimiento de vuestra merced ha surtido su efecto. ¿Y cómo recibió la noticia? ¿Se turbó, derramó muchas lágrimas...? Porque en realidad, señora, decirle de buenas a primeras que el joven ese...

Y Salmón se detuvo como hombre prudente, temiendo hablar de negocio tan delicado delante de un extraño.

—Puede Vuestra Paternidad hablar sin reticencias —dijo Amaranta con un tonillo que me pareció algo intencionado—, porque no estando en antecedentes la única persona que nos oye, poco importa...

—Pues preguntaba, señora, si cuando se le dijo y se le probó la muerte de ese joven, no mostró su pena de un modo ruidoso, con desmayos, gritos, lloros y demás desahogos propios de la debilidad femenina.

—Nada de eso, padre —repuso Amaranta con muestras de satisfacción—. Al principio no lo quería creer; luego cuando se le probó de un modo irrecusable, con los papelotes que trajo el licenciado Lobo, pareció dudarlo, y por último cuando yo se lo dije, aparentando sentirlo y doliéndome mucho de la muerte de ese infeliz, empezó a creerlo. Lo que más la ha convencido fue el artificio verdaderamente teatral que puse en práctica para hacérselo creer. Estaban todos hablándole de este asunto, cuando entré de improviso, fingiendo mucho enojo porque sin preparación alguna le daban tan tristes noticias; arranqué de las manos de Lobo aquellos papeluchos que fingían ser partidas de defunción, copias del libro del hospital o no sé qué, y los hice pedazos delante de ella. Al mismo tiempo empecé a disponer que se dieran cordiales y otros remedios del caso, asegurando que tenía ella mucha razón en sentir la muerte de aquel con quien tuvo tan honesta amistad. Esto hizo efecto, y después cuando encerrándonos las dos en mi alcoba, le dije: «Sosiégate, todavía puede ser que se salve. Yo te prometo que si vive le verás, y quién sabe, primita mía... puede ser, puede ser...» Ella se afligió mucho, y yo añadí: «Es preciso tener resignación, es preciso aprender a padecer. Yo no quiero contrariar ya una inclinación tan decidida, porque antes que todo es tu felicidad. Desgraciadamente Dios quiere resolver la cuestión de otro modo y lamar a ese joven a su seno. Esta mañana he estado en el hospital, le he visto, y la verdad... había pocas o ningunas esperanzas.» Y con esto aumentaba su tristeza; pero sin llantos ni exclamaciones. Luego yo también me puse a llorar y la abracé y le di mil besos, diciéndole: «Ya ves cómo no está en mi mano hacerte feliz. Te aseguro que por mi parte no repararía en nada para conseguirlo; pero Dios lo ha dispuesto de otro modo. Procura calmarte y ten resignación»: cuando esto le dije, la dejé convencida. ¡Ay! Después su aspecto era el de la resignación. Hablaba poco y parecía meditar. Se ha desmejorado mucho en pocos días; pero esto se le pasará indudablemente. Ahora ha ido al Pardo, pues la variación de localidad es muy buen remedio para estas enfermedades del espíritu. Su manía caprichosa y ciega nos ha disgustado mucho; pero me parece que dentro de algún tiempo estará todo concluido.

—¡Oh! ¡qué felicidad! —exclamó Salmón—, hay un gran médico del dolor que se llama el doctor tiempo. Perdida con la idea de la muerte la esperanza, ese señor médico hace maravillas en un par de semanas.

Yo oía este diálogo y admiraba la extremada habilidad artística de aquella encantadora cortesana, tan maestra en engaños y ficciones.

—Ha hecho muy bien usía —continuó Salmón— en poner en juego esos ingeniosos ardides que prueban su grandísimo talento. Era una cosa que daba vergüenza ver a mi niña enamoriscada de un haraposo de las calles, que sin duda es de lo más arrastrado y despreciable que han echado madres al mundo.

—¡Oh! no —dijo Amaranta con cierto énfasis jovial—. Nosotros nos esforzábamos en pintárselo así; pero no tiene nada de despreciable. Yo tengo noticias ciertas de sus antecedentes y conducta. Además de que ha demostrado en varias ocasiones una nobleza de sentimientos que no puede caber sino en personas bien nacidas; su posición es más que regular. Cierto es que por desgracias de familia, tan comunes en estos tiempos, viose reducido a la indigencia; pero está probado que procede de una nobilísima familia de los mejores solares de Andalucía, como lo acredita la ejecutoria que posee, y además, figúrese Su Paternidad si tendrá méritos personales, cuando la Junta Central le dio espontáneamente un gran destino en el Perú, cuyo destino parece le confirmará ahora el Gobierno francés.

Tuve que hacer un esfuerzo para contener la risa que asomaba a mis labios.

—Pues eso sí que no lo sabía yo. De modo que la discreta ninfa no había puesto sus ojos en ningún piruétano. De todos modos, bueno es que se haya quitado de en medio por una engañosa ficción la importuna memoria del empleado del Perú. Por supuesto, señora, no hay que pensar en don Diego.

—¡Oh! no... estamos decididas. Don Diego no será de modo alguno su esposo, aunque renunciemos a la buena amistad de la de Rumblar. Al fin he convencido a mi tía, y pronto hasta impediremos a ese joven que entre en esta casa. Aún viene aquí; pero tanto nos disgusta su presencia, que de un día a otro le vedaremos la entrada.

—Y ese pariente de vueseñorías —dijo el mercenario—, ese duque de Arión, a quien se tiene por un joven instruidísimo, ¿no estará destinado a ser esposo de la joya de esta casa? Perdone usía mi curiosidad.

—No lo sé —respondió Amaranta—. No hay nada proyectado. Mi primo ha vivido catorce años en París, apenas nos conoce.

Así continuó la conversación por un buen espacio de tiempo, cuando sentimos ruido de voces, y vimos que con gran estrépito y barahúnda entraba el diplomático, en traje de camino, y tan alegre, tan festivo, tan charlatán, que al punto le tuvimos por poseedor de los más altos secretos de Estado.

—Sobrina —gritó al entrar—, aquí me tienes. Pero soy el juego de la correhuela: cátate dentro y cátate fuera. Ahora mismo tengo que salir, pero si no miente mi lista, son ciento dos las personas que he de ver de aquí a las cuatro de la tarde. ¡Si me vuelvo loco! Si no es mi cabeza para tantos negocios. Que vaya el señor marqués a explorar el ánimo del duque de Alba para ver si cede o no cede; que forme el señor marqués una lista de las personas de la grandeza que están dispuestas a acatar a José; que vea el señor marqués al corregidor de Madrid; que se dé una vuelta por los Cinco Gremios a ver si anticipan o no anticipan fondos; que vaya, que venga, que corra, que escriba, que aconseje, que consulte, que tantee... ¡Jesús, María, José! Esto no es vivir. Yo no quería meterme en tales faenas. Pero me han obligado, me han cogido, me han puesto el cordel al cuello. Cuando el rey José dice que no puede hacer nada sin mí; cuando me presenta a su hermano elogiándome con frases que no repito por no parecer jactancioso, no es posible evadirse... ¡Oh! ¡Qué belén, qué ir y venir! Nada se ha de hacer sin que yo diga hágase. Y usted, señor Salmón, ¿qué dice de estas cosas?

—Qué he de decir, sino que Dios le conserve a usía mil años al lado de ese Rey, para ver si evita lo de las terceras partes con que nos han amenazado.

—Todo se arreglará, hombre, todo se arreglará. A pesar del decreto de proscripción, hemos salvado la vida a Infantado, Alba, Santa Cruz del Viso, Medinaceli, Híjar, Fernán-Núñez, Altamira, Castel Franco, Cevallos y al obispo de Santander, sentenciados a muerte por el decreto dado en Burgos el 12 de Noviembre. Se les envía a Francia simplemente. Otras muchas cosas ha dispuesto el Emperador, modificando sus primitivas determinaciones; pero no las puedo decir, no, no te diré una palabra, sobrina, de estos delicados negocios; ya te veo sonreír... Ya te veo a punto de emplear las armas de tu seducción para poner sitio a la fortaleza de mi secreto; pero no te diré nada, no, ni una sílaba; ni tampoco a usted, padre Salmón, que me mira con esos ojazos, que revelan toda la concupiscencia de la curiosidad.

—No quiero saber nada de eso —dijo Amaranta—. ¿Y mi primita?

—Contentísima.

—¿Cómo contentísima?

—No, no, quiero decir, tristísima. En dos días creo que no habrá dicho seis palabras. Se ocupa en sus labores con una asiduidad que me asombra, y no hay quien la haga presentarse en el gran salón de Palacio.

—Ha hecho usted muy mal en dejarla sola —dijo la condesa con cierto enfado.

—¿Y qué le ha de pasar? ¿No quedan allí los criados? ¿No está con tu doncella y con Serafina, que ni un instante se separa de su lado?

—Pero ya le dije a usted que Inés no debe quedarse sola con doncellas y criadas en ninguna parte —añadió Amaranta notoriamente contrariada.

—¿Estamos viviendo en despoblado? —dijo el marqués riendo—. En el Pardo, en el mismo palacio del Pardo, donde vive un Rey con numerosa servidumbre y guardia, ¿no puede quedarse sola mi hija, por cuatro o cinco horas? ¡Si vieras qué habitación tan magnífica me han destinado en el piso bajo! Dan sus balcones al jardín del Mediodía, y se goza allí de una deliciosa vista. Ayer y hoy por la mañana, Inés salió a dar un paseo por el jardín. ¡Buen rato pasó la pobrecita!... ¿Pero cuándo vienes al Pardo? Por Dios y María Santísima, que sea pronto. Allí se pasan las noches deliciosamente y no puedes figurarte cuán amable, cuán discreto, cuán bondadoso es el rey José... ¡Cuánto nos reímos anoche! Él me preguntó: «¿Por qué dicen los españoles que soy borracho, cuando no bebo más que agua?» Yo me quedé un tanto cortado; pero disculpé a mis paisanos como pude.

—Mañana —dijo Amaranta—, nos iremos mi tía y yo, pues ya a fuerza de sermones, voy logrando vencer su repugnancia a los franceses. Y ahora que me acuerdo, tío, tiene usted que procurarme una *carta de seguridad* para que pueda escaparse de Madrid una persona, injustamente perseguida.

—¡Oh, no, de ningún modo! —dijo el diplomático—. Yo no oculto insurgentes, ni favorezco de modo alguno la insurrección. ¿Cartitas de seguridad? Nada, nada, sobrina, no ampares pícaros, ni protejas a los que se obstinan en aumentar los males de la patria. Sométanse todos a ese bendito soberano que no bebe más que agua, y entonces se acabarán las precauciones. Es preciso sofocar la insurrección que hierve en los alrededores de Madrid, y hacen muy bien en no dejar salir ni una mosca.

—Bueno —dijo Amaranta—. Mañana ha de llegar mi primo el duque de Arión, y él me dará cuantas cartas de seguridad se me antoje pedirle.

—¡Que viene mañana! —dijo el marqués—. Yo le esperaba esta noche. Me han dicho que ya cumplió la misión que le dio el Emperador en Burgos y ha regresado al cuartel general. Entrará también en la servidumbre del Rey José. Si llega mañana, inmediatamente os marcharéis todos juntos al Pardo. ¡Cuánto deseo verle! Era tamañito así cuando su madre se fue a vivir a París hace catorce años. Era muy travieso; yo, jugando a todas horas con él, le inculcaba los rudimentos de la historia patria. ¿Me deparará Dios un excelente yerno?

—Veremos —repuso Amaranta—. No puedo dar mi opinión mientras no le trate. El duque de Arión se ha educado en París.

—Educación a la francesa —dijo Salmón—. *Vade retro*. ¿Apostamos a que viene mi señor duque hecho un filosofillo de tomo y lomo?

—¡Oh, no! —exclamó el diplomático—. Desde que supe que se había afiliado al bando napoleón co, le tuve por muy discreto. Su entrada en España con el Emperador, las difíciles comisiones que este le ha dado para entrar en tratos con las ciudades rebeldes, prueban... ¿pero qué veo?... Las dos, y yo aquí de conversación olvidando las mil comisiones... adiós, sobrina, adiós, padre Salmón y la compañía. Yo me vuelvo loco con tanto ir y venir... Es terrible que escs señores no puedan hacer nada sin uno... adiós, adiós.

Y sin cesar de hablar salió de la habitación y de la casa apresuradamente.

XXV

Referidos estos curiosos diálogos, me cumple ahora contar de qué medio se valió la condesa para facilitarme la deseada fuga. Mandome, pues, que volviera al día siguiente, prometiéndome tener todo concertado y en regla, de modo que pudiese sin pérdida de tiempo emprender la marcha, desafiando la vigilancia ejercida en las matritenses puertas. Hicimos Salmón y yo lo que se nos mandaba, y al otro día, cuando nos disponíamos a volver de nuevo a casa de Amaranta, llamonos el padre prior, y nos dijo:

—Este joven no puede estar aquí ni un día más, y esta noche misma, si no encuentra medio de escaparse, es fuerza que busque un asilo más seguro.

—¿Más seguro que la Merced?

—Sí —añadió Ximénez de Azofra—. Han venido a avisarme que se sospecha de los conventos; que se nos acusa de ocultar a los conspiradores y a los espías de los insurgentes, y parece que mañana mismo registrarán todas estas casas, principiando por la Merced.

—Por fortuna la señora condesa te amparará hoy mismo —dijo Salmón—. Vamos allá sin perder un instante.

Vestido de novicio y en coche, como el día anterior, fuimos a casa de Amaranta, y desde que nos vio entrar, díjome con semblante alegre:

—Mi primo el duque de Arión ha llegado anoche, y me ha prometido conseguir la carta de seguridad antes de tres días.

—Es que yo quisiera partir esta misma noche, señora condesa —dije.

—¿Esta misma noche?

—Tememos que esos hotentotes registren mañana nuestra casa —añadió Salmón.

—Pues es preciso hacer un esfuerzo y salir de este mal paso —indicó Amaranta—. La principal contrariedad consiste en que no puede uno fiarse de nadie. Me han asegurado que la policía francesa ha extendido sus ramificaciones a muchas casas principales, y que sobornando lacayos y pajes tiene bajo su vigilancia a las familias que juzga desafectas. No quisiera poner en el secreto a ningún criado, y... ¡Ah! ¿no podría salir con ese mismo traje de novicio?

—Mal vestido es, señora, para estas circunstancias —dijo Salmón—. Tengo entendido que el registro que se hace en las puertas es tan escrupuloso, que hace difícil toda superchería. A unos les hacen desnudar, no librándose de este vejamen, ni aun las pudorosas doncellas y las que no lo son. Examinan con farolitos las facciones, confrontándolas con las notas de la carta, hacen vaciar las faltriqueras, y esta ceremonia se repite en dos o tres puntos, y ante los ojos de distintos esbirros.

—Un criado de casa —dijo la condesa—, tiene carta de seguridad. Con ella y disfrazándose de paleto, ¿no sería fácil burlar la suspicacia de esa gente?

—Los paletos —dije yo— son los más perseguidos y a los que primero detienen, porque se teme que comuniquen a los conspiradores de aquí con los insurgentes de fuera.

—En este momento —exclamó Amaranta—, se me ocurre una idea salvadora.

Diciendo esto, llamo a un criado y mandole un recado al duque de Arión, que vino sin tardanza alguna, pues residía en la propia casa. El cual duque de Arión, a quien llamo así porque se me antoja, callando su verdadero título que es de los más conocidos entre los de España, era un joven de veintidós a veintitrés años, delgado, de regular estatura, semblante frío y sin expresión, de modales elegantes y comedidos, como de persona habituada a la alta etiqueta, y sin otra cosa notable en su persona que la atildada perfección del vestir. Digo mal, pues también llamaba la atención en él un acento francés tan marcado y un tan incorrecto uso de nuestro lenguaje, que a veces no era posible oírle con seriedad.

Hijo único de una señora que no nombro, y que fue mujer muy corrida y muy tomada en lenguas allá por los últimos años del siglo antecedente marchó con ella a París a los siete años de edad y en tiempo del Directorio allí se educó, permaneciendo tres lustros fuera de su patria. Era primo no sé si en segundo o tercer grado de los que yo llamo de Leiva; pero la marquesa que le había criado, casi le consideraba como hijo. Ya saben ustedes que este joven, a quien no faltaba cierta discreción y muy buenas luces, era partidario decidido de Bonaparte, más que por aficiones políticas, por la amistad que le unía al mariscal Berthier. Cuando verificó el Emperador su expedición a España, trájole consigo, dándole no sé qué puesto en la casa imperial. Desde Somosierra fuele encargada una comisión confidencial cerca de los vecinos acomodados de Burgos; desempeñola bien, según entendí después, y al venir a Chamartín, después de un día de descanso, pasó a Madrid con objeto de abrazar a aquellos sus parientes, y con ansia también de visitar su posesión de Parla donde había nacido. Llegó Arión por la noche, y al siguiente día tuve el honor de verle y ocurrieron sucesos muy notables, a consecuencia de un diálogo que no puedo menos de copiar, reuniendo los más oscuros recuerdos que almacena en sus antros sin fin mi memoria.

—Primito —dijo Amaranta—, me vas a hacer un favor.

—¡Oh! Mi querida prima —repuso Arión—, *de tout mon cœur*.

—Préstame, o mejor dicho, dame tu carta de seguridad. No dudo que me harás este obsequio, ya que has mostrado tantos deseos de obsequiarme.

—¡Oh, *ma belle contesse*! —dijo el currutaco llevándose la mano al corazón—. Yo estoy muy obligado a vuestras bondades, y si pudiera exprimaros lo que siento... Mi deseo fuera que me demandaríais *quelque chose* de más difícil, extraordinario y peligroso, para probaros que...

—Gracias por la condescendencia, primo, y excusemos galanterías. Yo soy una vieja. ¿Se usa en Francia que los petimetres galanteen a las viejas? Por aquí no ha llegado todavía esa moda; pero me parece que tú traes los primeros figurines de ella.

—¡Oh, oh!

—¿Y no te enfadarás si tomo tu nombre para una obra de caridad? Deseo facilitar la evasión de Madrid a un joven desgraciado, a quien persiguen miserables polizontes por satisfacer una ruin venganza.

—¡Oh, oh, *volontiers*! *Ma belle contesse* es dueña de hacer lo que querrá con mi nombre.

—También me darás uno de tus vestidos, primito ¿no es verdad? —dijo Amaranta con encantadora gracia y examinándome rápidamente de pies a cabeza—, uno de esos magníficos trajes que has traído de París, hechos conforme a las últimas modas, y que servirán de desconsuelo a todos los petimetres de por acá.

—¡Oh, oh! yo soy *tres* contento de daros mi *hábito*.

—Pues bien —dijo Amaranta con satisfacción—. Creo que podré salir adelante con mi invento. Al anochecer escapará este joven de Madrid con el menor riesgo posible.

Y tomando de mano de Arión la carta de seguridad, me la dio diciéndome:

—Esta tarde antes de marchar al Pardo con mi tía y mi primo, lo dejaré arreglado todo. Puede este joven retirarse tranquilo; y si el discreto Samón tiene la bondad de pasar por aquí esta tarde, yo le daré las necesarias instrucciones para que todo marche a pedir de boca.

—Señora —dijo el fraile—, volveré al anochecer o cuando usía quiera que tan a pechos he tomado este negocio como el mismo interesado.

—Vuelva su merced antes de las tres, pues hemos de salir para el Pardo temprano, por sernos preciso visitar de paso en la Moncloa a mi madrina que allí reside y está enferma, aunque no de gravedad.

Di yo las gracias a a condesa por sus muchas bondades; rogome ella que si salía en bien, como esperaba, se lo comunicase, indicándole el sitio de mi residencia para enviarme nuevos testimonios de su protección, y con esto salimos el mercenario y yo muy satisfechos para tomar el camino del convento.

Más tarde, cuando el fraile regresó de su segundo viaje a la misma casa, conocí en conjunto el plan maravilloso de Amaranta, que era digno ciertamente de su habilidoso y enredador talento.

—No he visto más graciosa invención —dijo mi amigo—. Te pones el vestido que te mandarán, para que puedas pasar por persona principal, y como tú y el señor duque tenéis la misma estatura y talle, quedarás que ni pintado. Con esto y la carta de seguridad que ya tienes, esta noche no eres Gabriel, ni Pico de la Mirandola, sino el señor duque de Arión que sale por la puerta de Toledo para ir a su posesión de Parla. Asimismo estará a tu disposición un coche.. ¡pero qué coche! La señora condesa tiene sospechas de que alguno de su servidumbre está sobornado por esos indignos corchetes y teme confiarles el secreto. Para quitar de en medio esa dificultad ha solicitado de una amiga que le facilite un *bombé*... ¡Conque en *bombé* nada menos, chiquillo! Te advierto que al cochero y lacayo se les dice que eres el propio Arión; y como no conocen a este, es imposible que te vendan, aunque alguno fuese bastante malo para hacerlo. Tendrán orden de llevarte a donde tú les digas; pero se te aconseja que no pases más allá de Navalcarnero si sales por la Puerta de Segovia, o de Leganés si vas por la de Toledo, en cuyos puntos no creo que haya peligro. Conque señor duque, beso a usía las manos. Es imposible que sospechen nada al ver tu empaque y tu carta de seguridad... Ya verás cómo lejos de ponerte reparos esos gaznápiros, se quitarán los sombreros ante ti, y aun se brindarán a acompañarte hasta tu palacio de Parla. ¡Qué las tenga vuecencia muy felices!

La idea de Amaranta era de éxito casi seguro, y no tropezando con Santorcaz, con Román o con otro cualquiera que personalmente me conociese, era inevitable mi escapatoria, siendo, como era, el nombre de mi carta de seguridad, el de una principalísima persona, reputada por muy adicta a la causa francesa. Con esta confianza estuve todo el día, y antes del anochecer llegó un criado con el traje, el cual me caía, que ni pintado. Era elegantísimo, y de mucho lujo por la finura del paño, el primor de los adornos y lo exquisito de todos sus accesorios; mas no era traje de corte, sino de diario traer, si bien de esos que por sí solos hacen resaltar sobre el vulgo a cualquiera que se los pone, aunque más los lleve colgados que puestos. Consistía en casaca, chupa y calzón de paño verde muy oscuro, con medias del mismo color; cuello blanco, de infinidad de randas compuesto, y un rendigot pardo con vueltas y solapas de pieles. Esta prenda tenía algún uso, pero aún conservaba muy buen ver.

Cuando me encajé sobre mi cuerpo aquellas prendas, todos los frailes vinieron a verme, y a porfía dijeron que nada podía pedirse en el arte y buen parecer; que el sastre, autor de tales ropas, por fuerza había adivinado las medidas de mi cuerpo, y que de tan linda manera vestido, podía echarme a buscar aventuras por las altas casas de Madrid, seguro de encontrar en alguna quien me mirase con agrado. A estas alabanzas contestaba yo con risas y bromas, pero la verdad era (y en conciencia no quiero ocultar esto aunque me desfavorezca) que yo estaba un poquillo envanecido con mi traje, y todo se me volvía dar vueltas ante un espejo; pues también en los conventos había espejos. El más satisfecho de todos era Salmón, que no cesaba de hacer reverencias ante mí, llamándome *señor duque*; y por fin lleváronme como en jubileo a la celda del prior, el cual se rió mucho, alabando con exageración mi buen empaque.

Vestido ya, vinieron a decir al fraile que un joven le buscaba con mucho empeño. Salimos los dos y en el claustro bajo hallamos a don Diego, pálido, azorado, inquieto, el cual llegose impaciente al mercenario, y le habló así:

—Padre, la Zaina se muere y quiere confesarse.

—¡Pobre Zainilla! —exclamó el mercenario—. ¿Y qué es ello?

—Un mal que nadie conoce, ni se ha visto otro parecido, pues unos lo tienen por locura, otros por consunción, estos por reumatismo, y aquellos por melancolía. Lo cierto es que se muere sin remedio, y ahora ha dado en llorar después de dos días en que no ha hecho más que morderse, arrancarse los cabellos, e insultar a todos, a mí principalmente, llamándome necio y mentecato.

—¡Era usted su cortejo! —dijo con desabrimiento Salmón—. ¡Oh, entre qué gente anda metido el señor conde de Rumblar!

—Padre, dejémonos de discusiones, y vaya pronto a confesar a la Zaina, que se muere, pues ahora a ratos llora mucho y habla con razón diciendo que quiere confesar sus pecados a Dios para irse al cielo, y a ratos le entra un delirio en que dice mil disparates, y manda a todos que laven las piedras de la calle que están manchadas de sangre, y luego pregunta que cuándo acaba de pasar la estera que ya lleva tantos años y tantos siglos de estar pasando por delante de sus ojos: en fin, mil desatinos que no son para contados.

—Pues voy allá al momento; pero antes pediré licencia al prior, por ser ya de noche.

—Gabriel —me dijo Rumblar, cuando nos quedamos solos en el claustro—, ¿qué traje es ese? ¿Te has vuelto caballero?

—Amigo don Diego —le contesté—, de menos nos hizo Dios.

—¿Y qué es de ti? No se te ve por ninguna parte. ¿Qué traes a vueltas con estos frailuchos?

—Más respeto, señor con Diego, para esta buena gente —le dije—, siquiera porque estamos en su casa.

—No les puedo ver. Santorcaz que todo lo sabe, me ha contado mil cuentos indecentísimos que prueban lo mala que es esta canalla. Es preciso acabar con ellos. De veras te digo que desde que veo un fraile me horripilo. Especialmente a este Salmón, a quien llamo el padre Tragaldabas, no le puedo ver ni en estampa. Verdad es que él tampoco me adora, y seguramente es quien intrigando en casa de la marquesa ha hecho fracasar mi proyectado casamiento.

—¿Ya no se casa el señor conde? Eso no le será penoso porque me parece haber oído decir a usted que no amaba mucho a la novia.

—Verdad es que la tal Inés no me hace mucha gracia; pero yo estoy decidido a que sea mi esposa, porque así conviene a mis intereses. ¿Sabes? Santorcaz me ha dicho que todo hombre debe mirar por sus intereses, porque sin esto no se puede tener representación alguna en el mundo. Además él, que todo lo sabe y es más listo que el demonio, me asegura que yo tengo talento, disposición y estoy llamado a muy grandes cosas, por lo cual me dice: «Don Diego; a usted le es necesaria una buena posición, que le permita desplegar sus dotes.»

—¿Pero usted no tiene por sí una desahogada posición?

—Bicoca: el patrimonio de Rumblar es de esos que hacen en las ciudades chicas un mediano papel; pero aquí apenas puedo presentarme en quinta fila. Nuestra casa ha vivido desde hace tiempo con la esperanza de que se le incorpore ese mayorazgo de Leiva que es uno de los primeros de España. Si cuando apareció Inés, como legítima heredera, mi señora mamá se disgustó mucho, luego que se concertó el casarnos para evitar pleitos y cuestiones, quedose muy satisfecha. Conque figúrate cuál será su rabia y la mía, ahora que las señoras marquesa y condesa me han dicho terminantemente que no hay nada de lo convenido. Mi madre a quien lo escribí me contesta furiosa, llamándome tonto y necio y estúpido, y amenazándome con venir a darme mil palmetazos si no llevo adelante el negocio de la boda, como puede hacerlo un caballero resuelto y de pesquis. A mí, francamente, no se me ocurre nada; pero para dicha mía tengo ahí a ese bendito Santorcaz que me aconseja como un padre de la Iglesia, y últimamente ha discurrido el más ingenioso arbitrio para que las de Leiva no se burlen de mí.

—Yo creo que al señor conde no le será difícil llegar al casamiento, y con el casamiento a la posesión del mayorazgo, con tal que esa joven esté dispuesta a darle su mano.

—Eso no, porque no estoy loco por ella, que digamos, y de buena gana renunciaría a todo, si exclusivamente de mí dependiera. Has de saber, compañero, que yo, más que todos los mayorazgos del mundo, apetezco una libertad sin límites para hacer lo que me dé la gana; ir a las logias, dar gritos en las calles cuando hay alborotos, cortejar a las mozas del Avapiés, echar un par de pesetas a un caballo de oros, y divertirme en paz y en gracia de Dios: pero Santorcaz, que es mi mejor amigo y mentor, como él dice, me tiene sujeto, y me hinca las espuelas en esto del mayorazgo, afeándome mi descuido en cuestión tan importante. Como además le debo enormes cantidades que no sé de qué modo pagarle, aquí tienes el siempre y cuando de esta mi resolución mayorazguil. Te advierto que lo que me deslumbra y me vuelve lelo es la esperanza de poseer una renta de esas que le permiten a uno gastar y gastar y gastar todo lo que se le antoja. ¿Hay mayor gusto, muchacho, que ir un día por casa de todos los amigos y convidarlos a una merienda en el Canal, poniendo comida para más de cuatrocientas bocas, con tanta abundancia como en aquellas célebres bodas de Camacho? ¿Hay mayor gusto que visitar los interiores del Teatro del príncipe o de los Caños, y saber que no habrá entre aquellos lienzos pintados actriz española, cantarina italiana, ni bailarina francesa que no se le rinda a uno de toda voluntad? ¿Hay mayor satisfacción que dar una corrida de toros, permitiendo la entrada gratis a todo el pueblo, pagando con doble sueldo a los lidiadores y lidiando uno mismo con un traje fino bordado de plata y oro? Pues esto y aún más espero tener, si sale bien lo que hemos tramado.

Quedeme absorto y mudo, meditando en la inconmensurable degradación a que en pocos meses había caído aquel joven tan estrecha y meticulosamente educado bajo la inspección de su rigorosa madre; instruido tan solo en cosas aparentemente buenas, en el temor excesivo a los superiores, en el desprecio de las novedades, en el aborrecimiento de las cosas mundanas, en el respeto a la tradición, en el encogimiento del espíritu; educado para ser gran señor, y representante de todas las virtudes patriarcales. Ved a dónde había ido a parar su imaginación atada durante la infancia con cien cadenas; ved por qué derrumbaderos tenebrosos se despeñaba salvajemente su voluntad, criada en el respeto; ved qué clase de pájaro atrevido salía de aquel huevo empollado al calor de las mezquinas ideas del siglo pasado. Verdad es que cuando aquella inocente gallina sacó al mundo su echadura, se encontró que de los rotos cascarones salían en vez de pollos otras mil alimañas desconocidas, y la infeliz cacareó con angustia, sin saber quién las había engendrado.

—Pero si ella no le quiere a usted tampoco —dije a don Diego—, lo que proyecta no será tan fácil.

—Eso me parecía a mí; pero Santorcaz, que sabe más que siete, me ha llenado la cabeza de catálogos, principiando por decirme que yo era un papanatas, y burlándose de mí con tanta zunga, que al fin me enfadé y dije: «Pues yo seré más osado que Judas, y me atreveré a cuanto hay que atreverse, pues ni las de Leiva, ni usted ni nadie se reirán de mí.»

—¿Y qué hace ahora el señor de Santorcaz?

—Le han hecho los franceses jefe de la policía menuda, cargo que desempeña a las mil maravillas. A todos los desafectos al nuevo Gobierno me les echa mano lindamente. Verdad es que por ahí le critican mucho, llamándole traidor; pero él se ríe de todo y dice que no hay mejor Rey que José, y que los españoles son unos animales. Esto al principio me enfadaba mucho; pero ya me he acostumbrado a oírselo decir, y yo mismo, que era antes más español que Fernando VII, ya no doy dos higos por España, y al son que me tocan bailo... Pero verás lo que tenemos proyectado. Para probarle a él y a todos sus amigos que no merezco esas burlas, he decidido que si Inés no se quiere casar conmigo voluntariamente, se casará por fuerza.

—Eso me parece difícil.

—Así lo parece: pero no lo es. Tú no tienes grandes ideas ni un corazón osado, como yo lo voy a tener ahora, de modo que no podrás comprender esto. Figúrate que consigo engañar a la muchacha, y sacarla a hurtadillas de su casa, sin que lo adviertan tías ni primas, y llevármela bonitamente a donde me diese la gana por unos días...

—Pero eso no podrá ser, porque esa honesta joven no saldrá con usted de su casa, y mucho menos, si como dice, no le quiere ni pizca.

—Tú eres memo, por lo que veo —me contestó con petulancia truhanesca—. Eso mismo me parecía a mí; pero Santorcaz y sus amigos me llamaron el Papamoscas de Burgos. Te advierto que es preciso tener el corazón echado para adelante, como dicen ellos, y atreverse a todo. Con tal que Inés salga conmigo... llévela yo a una casa que tenemos preparada al efecto, y después su misma familia nos echará la bendición. El siglo lo tiene dispuesto así.

Tuve que hacer un esfuerzo para refrenar la indignación que tanta bajeza me producía.

—Poco me importa —añadió—, que Inés no me ame en este momento. Yo estoy seguro de que se volverá loca por mí en cuanto nos tratemos con cierta intimidad. Todos dicen que tengo yo cierto atractivo... así... pues... un gancho para pescar muchachas... Desde que se le pase la tristeza... No sé si te he contado que allá en los tiempos en que mi novia andaba abandonada por el mundo, tuvo por novio a un perdido, un raterillo, un granuja... ¡Qué cosas se ven en el mundo! Lo más raro de todo es que le ha guardado a su galán zarrapastroso una fidelidad de novela sentimental, que causa vergüenza a todos los de la casa. Como que han tenido que hacerla creer que ese joven ha muerto, para que no deshonrara a la familia pensando en él.

—Pero nada de eso hace al caso, y cada vez veo más difícil que usted pueda sacar de su casa a tan honrada joven.

—Animal, claro es que no saldrá, si le digo a dónde la llevo; pero como no lo he de decir, sino que tenemos preparado un cierto artificio.

—¿Cuál?

—Ya he sobornado a Serafina, su doncella, a quien he tenido que dar una buena suma, y es seguro que mañana muy temprano saldrán las dos a dar un paseo por los jardines de palacio, encontrándose en cierto sitio solitario, donde es lo más fácil del mundo poner en ejecución mi pensamiento. Santorcaz asegura que esto saldrá muy bien, y él es quien lo dispone todo, quien prepara los coches, quien ha buscado la casa, quien ha dado el dinero para sobornar a la criada. ¡Si vieras qué interés tan grande se toma!

—Lo creo.

—Mañana temprano queda todo hecho. A esa hora la marquesa está entregada a sus devociones, la condesa no se habrá levantado aún, y el marqués estará en el primer sueño.

—Señor don Diego —dije disimulando la ira cuanto me fue posible—, ¿y usted no ve en eso una serie de repugnantes bajezas, infamias y desvergüenzas, indignas, no digo de un caballero, sino del más desarrapado chalán? El que es capaz de hacer esto, está destinado a acabar sus días en un presidio.

—Te hablaré francamente. Cuando Santorcaz y sus amigos me manifestaron su plan, sentí aquí dentro cierta repugnancia y no la oculté. Pero se rieron mucho de mí, y allí fue el llamarme zanguango, corazón de mirlo, hombre de alfeñique y otras injurias que me indignaron mucho. Al mismo tiempo, por otro lado Santorcaz me apremia para que le pague las grandes sumas que le debo, y que ya exceden a cinco años de renta de mi patrimonio. Además de esto, mi madre me manda de Bailén unas cartitas en que me pone como chupa de dómine. Dice que si no llevo adelante por cualquier medio este casamiento, soy un necio y un badulaque, y que pierdo y arruino a mi familia con mi dejadez y pazguatería. Hasta don Paco me escribe diciéndome que seré para siempre indigno del *altísono* nombre de Rumblar, si no pesco ese mayorazgo, y ahí tienes... No hay más remedio que hacerlo. Fuera, pues, escrúpulos de monja, y adelante. Ahora voy a probar que soy un hombre hasta allí, capaz de todo y dispuesto a las más atrevidas cosas. ¿Qué te parece? ¿No apruebas mi conducta? ¿No te entusiasmas oyéndome?

—¿De modo que mañana temprano...? —pregunté con mas interés que don Diego en aquel asunto.

—Al rayar el día. No sé si te he dicho que ella madruga mucho. Santorcaz dice que cuanto más pronto mejor. Ninguno de la familia se enterará del caso, hasta que estemos en Madrid. Ya he escrito una carta a la marquesa, fingiéndome muy enamorado y diciéndole que la fuerza irresistible de mi pasión me impele a obrar así, y otras muchas cosas muy bien puestas; como que la ha escrito Santorcaz... Pero, chico, es tarde y me retiro; quiero ver en qué para esta pobre Zaina y si se muere o no se muere. La verdad es que me quería bastante; y sabe Dios si habrá influido en su enfermedad... Como ahora me tiene loco la hermana de la Pepa Ramos... ¿La conoces tú? ¡Qué guapa y qué mona es! Adiós: me voy allá. ¿Quieres venir? ¿Qué haces aquí con esos frailucos? Pero dime: ¿has heredado por ventura? No te conozco. Mira que los frailes son muy intrigantes... adiós, adiós, que aún tengo algo que arreglar para mi viaje al Pardo a la madrugada.

Y diciendo esto, se marchó, dejándome solo en el claustro. En éste me paseaba yo, presa de la más grande agitación, cuando me avisaron la llegada del coche enviado por Amaranta para mi fuga. Al instante corrí a la calle y entrando en él, pregunté al lacayo:

—La señora condesa, ¿dónde está?

—Esta tarde ha marchado al Pardo —me contestó respetuosamente, sombrero en mano.

—¿A dónde quiere usía que le llevemos?

—Al Pardo —contesté con resolución.

—Dijo la señora condesa que saldríamos por la puerta de Toledo, camino de Illescas, ¿es que quiere usía dar un rodeo?

—Al Pardo, majadero, al Pardo derecho y sin rodeos —exclamé con furia—. ¿No he dicho que al Pardo? A toda prisa.

Las mulas partieron a escape, llevándome camino del real sitio.

XXVI

Fue detenido el coche en la puerta de San Vicente, abrieron la portezuela, presenté mi carta de seguridad, y después de abrumarme con cumplidos y cortesías, me dejaron pasar. Sufrí nueva detención hacia San Antonio, y una tercera en la puerta de Hierro de cuyas repetidas molestias deduje que era arriesgadísimo salir disfrazado y enteramente imposible sin el documento prescrito. Pero yo pasé el camino felizmente, y ninguno de los que echaron su mirada importuna dentro de mi coche, sospechó el papel que un servidor de ustedes estaba representando.

Yo iba en un estado de agitación indefinible, y la marcha de las mulas me parecía tan desproporcionada a mi febril impaciencia, que sentía impulsos de bajar y correr a pie, creyendo de este modo llegar más pronto. Arrastrado por una ciega e invencible determinación, yo la había formulado en estos términos sencillísimos: «Llegaré, haré por ver a la condesa, informarela de la alevosa intención de don Diego, y partiré después. No es preciso nada más.» Yo no pensaba en dificultades de ninguna clase, y las contrariedades subalternas eran despreciadas entonces por mi impetuosa voluntad. Tampoco atendía en manera alguna a mi proyectada fuga, ni me cuidaba de si iba vestido de esta o de la otra manera. Caer en poder de la policía, una vez llevado a efecto mi pensamiento, me importaba poco.

Por fin, en poco más de una hora llegamos a la plaza de Palacio, donde vi una gran escolta de caballería y muchos coches. El cochero del mío azotó las mulas y las hizo penetrar por la ancha puerta hasta el vestíbulo de donde arranca la gran escalera. Todo lo vi iluminado; todo lleno de guardias españolas y francesas. Una música militar tocaba el himno imperial en la galería que domina la escalera. Napoleón, que había ido a comer con su hermano, estaba allí todavía.

Figuraos que uno se muere y despierta en otro planeta, en otro mundo, encontrándose con forma distinta, en atmósfera diversa, en un medio diferente, donde crecen Fauna y Flora que no se parecen a la Flora y Fauna del mundo donde nació. Esta fue mi impresión: yo estaba aturdido y atontado. Sin embargo, saliendo precipitadamente del coche, pregunté al primer criado que se me apareció por los aposentos del señor marqués de X. En el mismo instante, el lacayo me decía: —Venga vuecencia por aquí, que es en este piso bajo a la izquierda.»

Dos o tres, no sé cuántos se apresuraron a franquearme la entrada, y mi lacayo, entrando delante de mí, dijo a los criados que salían a su encuentro:

—Ya está aquí el señor duque; avisad que ha llegado el señor duque de Arión.

Yo no sé por dónde me llevaron; yo no sé por dónde entré; yo no sé en qué sitio me encontraba; yo solo sé que me vi en un recinto muy alumbrado y caliente, y que el diplomático, estrechándome en sus brazos, exclamaba:

—¡Picarón, gracias a Dios que te vemos!... Pero ¿por qué has venido tan tarde? Ya se ha acabado la comida... ¡Ah, picarón, qué alto estás!

Yo balbucí algunas excusas; pero comprendiendo al punto que era preciso disipar aquel engaño, dije:

—¿No está la señora condesa?

—No ha venido. Estoy solo con mi hija. Pero, chico, no tienes acento francés, y me dijeron que hablabas como un amolador. Ven, ven, al instante te voy a presentar al rey José, que tanto desea verte. Ahí está el Emperador. ¡Albricias!... Ha convenido en que su hermano vuelva a ser Rey de España, y ya están zanjadas todas las diferencias. Conque ven... ven... Pero primo, ¿cómo es eso? —añadió examinando mi traje—. ¿Cómo no has venido de etiqueta? Pues oiga... también te has venido sin relojes... Pues ¿y tus cruces, y tu Legión de Honor, tu Cristo de Portugal, y tu Carlos III, y tu San Mauricio y San Lázaro, y tu Águila Negra?

—Déjese usted de bromas —repliqué sin poder disimular mi impaciencia—. Ahora vengo para un asunto urgente y del cual depende...

—¿La suerte de Europa? —dijo interrumpiéndome—. Corro, corro al instante a ponerlo en conocimiento de Urquijo. ¿Vienes del cuartel general? ¿Ha llegado allí algún correo de Francia con noticias del Austria?

—No, no es eso —repuse sin atreverme a disipar el engaño—. ¿Pero dice usted que no está aquí mi señora la condesa?

—¿Tu prima? Esta tarde la esperábamos; pero debía pasar por la Moncloa a ver a su madrina, y como ésta se halla *in articulo mortis*, presumo que Amaranta y mi hermana habrán determinado quedarse allí toda la noche. ¿Vienes tú de Madrid, o directamente de Chamartín?

—Siento mucho —manifesté con la mayor zozobra— que no esté aquí la señora condesa.

—Te presentaré a mi hija, ven. Pues es lástima que no hayas venido de etiqueta. Verdad es que tú tienes familiaridad con el Emperador, y si te anuncias, puedes pasar a verle con ese traje... Pero dime, ¿qué noticias traes? ¿Ha llegado algún correo al cuartel general? A que me he salido yo con la mía... ¿apostamos a que el Austria?... A mí puedes contármelo. Ya sabes que el Emperador me consulta todo... Pero chico, ¿sabes que tienes una arrogante figura? A mí me habían dicho que eras... así... un poco cargado de espaldas y... la nariz chata, y un ojo un poco... pero no... veo que me habían engañado. Eres mejor de lo que yo suponía, y lo que es tu cara... casi juraría que no me es desconocida... pues... que te he visto en alguna parte.

Estábamos en un lujoso salón, con magníficos muebles alhajado. Sentíase ruido de voces en las habitaciones inmediatas; pero allí no había nadie más que nosotros dos. El diplomático, asiendo las solapas de mi casaquín, me sacudía, me sofocaba, me volvía loco con su charlar inacabable. En vano era que yo pretendiese quitarle la palabra, hablando de otras cosas y principalmente indicando algo del móvil de mi viaje. Aquel insensato me quitaba la palabra de la boca, ávido y hambriento de hablárselo él todo, y con sus gesticulaciones, su cotorreo sempiterno, semejante al son de una matraca, me tenía aturdido, colérico, nervioso.

—¡Ay sobrinillo de mi alma! —continuó—. Si me confiaras las noticias que traes... Ya habrá llegado a tu conocimiento que yo soy la misma reserva... Porque no me queda duda de que tú traes algo, sí señor, algo grave. Si hubieras venido a la comida, habríaslo hecho más temprano y con otro traje. Y no es más sino que estabas en el cuartel general, y el mayor general Berthier te envió a toda prisa con una comisión. A ver, dímelo a mí solo, a mí solo... ¿Vas ahora mismo a ver al Emperador? Si quieres pasaré aviso al gentil-hombre para que te introduzca. Ya han concluido de comer, y están conferenciando juntos el Emperador, el Rey, el secretario Hugues Maret, Urquijo y monseñor de Pradt, ex-arzobispo de Malinas. Anda, anúnciate, subamos...

—Señor mío —dije bruscamente sin poder disimular ya mi impaciencia y desasosiego—. Yo no vengo a hablar con el Emperador ni con el Rey, ni con el arzobispo, ni tengo nada que ver con ninguno de esos señores. Yo vengo a...

Y callé, sin atreverme a decirle el objeto de mi visita.

—¿Conque no está aquí la señora condesa? —volví a preguntar después de una pequeña pausa.

—Dale con la condesa. Que no, que no está. La esperábamos esta tarde; pero según entiendo, se ha detenido en la Moncloa por acompañar a su madrina, que se muere por momentos. Puede ser que llegue antes de media noche.

—Pues la esperaré —dije resueltamente sentándome en un sillón.

—Veo que Amaranta te nteresa más, y es para ti de mayor importancia que la suerte del mundo. ¿Pero no querrás decírmelo?... Aquí en confianza... a mí solo —dijo sentándose junto a mí y poniéndome la mano en el muslo.

—¿Qué, hombre de Dios, qué le he de decir, si no sé nada?

—Pesado estás sobrino. Para mí sería muy satisfactorio saberlo antes que el mismo Emperador y poderlo decir a todos esos que están ahí muertos de sed por una noticia.

—¿Dice usted que la Condesa vendrá antes de media noche? ¿Cuánto hay de aquí a la Moncloa?

—¿Pero qué traes tú con la Amarantilla?... Todo eso es para disimular. Pero ven... quiero que conozcas a mi hija. Ya tendrás noticias de ella. ¡Pobrecita! La he recogido y reconocido... Es preciso reparar de algún modo los errores de nuestra juventud. En París habrás oído hablar mucho de mí. Bastantes ruinas hay allí todavía de mi ímpetu destructor en materias amorosas. Pero ven... conocerás a Inés... es guapísima. No se ha recogido aún, y si está acostada, haré que se levante.

—No —dije yo—, la veré mañana.

Mi situación, queridos señores míos, era bastante comprometida. La condesa, a quien necesitaba ver y hablar, no estaba allí. Yo no quería faltar al solemne compromiso contraído con ella, cuando le prometí no presentarme jamás a su hija; y en verdad si Amaranta me hubiera sorprendido allí en compañía de Inés, todas mis explicaciones le habrían parecido artificios y malas artes y la aventura de mi disfraz un ardid alevoso para arrebatarle aquel tesoro de su familia, que por la sociedad y por otras mil consideraciones, me estaba tan implacablemente vedado. En todo esto pensé, mientras don Felipe de Pacheco y López de Barrientos me volvía loco para que le contara las noticias del cuartel general. Discurriendo rapidísimamente sobre aquella situación vine a deducir que era preciso valerme del mismo diplomático para mi objeto, no hallándose en palacio ninguna otra persona de la familia; mas para esto era también preciso no perder el disfraz, ni correr el velo de aquel gracioso engaño, pues si esto ocurría, todo acababa con echarme a la calle o ponerme a disposición de un alguacil. Meditando en breves términos mi plan, di principio a su ejecución de la siguiente manera:

—Después, mi querido tío, informaré a usted de todo lo que se dice en el cuartel general. Por ahora quiero hablarle a usted de otro importante asunto.

—¿Importante? Vamos a ver —dijo en voz baja y tan impaciente como un niño.

—Importantísimo.

—Ya adivino. La Inglaterra, el enemigo común...

—No es nada de eso. Lo que digo es que ese condesito del Rumblar... ¡oh! es un joven de malísimas costumbres.

—Ya lo sabemos; pero dejemos ahora a don Diego, ¡qué majadería! —exclamó con desagrado.

—Es preciso que usted esté prevenido, por si...

Entraron en aquel momento en la sala dos personajes vestidos de uniforme, uno de los cuales era español y el otro francés; pero los dos se expresaban en nuestra lengua. Levantámonos y el diplomático me presentó gravemente a ellos, diciendo después:

—Por más que le pincho, nada, no suelta una palabra. Viene del cuartel general, con noticias interesantísimas.

—¿Sube usted a ver al Emperador? —me preguntó uno de ellos.

—No señor —respondí, obligado a llevar adelante la farsa—. No necesito ver por ahora a Su Majestad Imperial.

—En el cuartel general —me dijo el otro—, ¿qué se dice de la actitud del Emperador respecto a su hermano?

—¡Oh! —exclamé yo, dándome importancia—, se dicen muchas cosas.

—¡Muchas cosas! —repitió el marqués haciendo aspavientos.

—Aún no está decidido —añadió el que parecía francés—, que el Emperador, nuestro señor, ceda el reino de España a su hermano. ¿Qué ha oído usted en Chamartín? ¿Insiste el Emperador en la idea de considerar a España como país conquistado?

—Sí señores, como país conquistado —dije con mucho aplomo, metiendo mi cucharada en los arreglos y desarreglos del mundo.

—La verdad es —dijo otro—, que los dos hermanos no están muy acordes. ¿Va tomando cuerpo la idea de agregar la España al territorio de Francia?

—Sí señores —afirmé condoliéndome de la suerte de mi país—. España se unirá a Francia.

—¡Oh! ¡qué calamidad! —clamó don Felipe—. No podemos en modo alguno seguir al servicio de la causa francesa. ¿Y se insiste en dividir a nuestro país en cinco virreinatos?

—¡Pues qué duda tiene, señores! —repuse en tono de hombre listo—. Pero aún se duda si serán cinco o seis.

—Sin embargo —dijo el que parecía francés—, yo creo que esta noche se reconciliarán.

—Por supuesto que si el Emperador se decide a tratar a España como país conquistado, le mueven a ello las intrigas de Inglaterra.

—De Inglaterra, justo —repuse yo vivamente—. Me lo ha quitado usted de la boca.

—Y la insensata resistencia del pueblo español.

—Exactamente... la insensata resistencia...

—A pesar de todo —dijo el español—, yo dudo mucho que el Emperador pueda llevar adelante tan atrevido pensamiento, y menos ahora cuando corren rumores de que el Austria...

—¿Qué dicen los últimos despachos? Parece que el Austria se arma.

—Sí señores —respondí yo en tono profético, misterioso y sibilítico—. El Austria se arma y... no diré más.

—Pero hombre —apuntó el diplomático—. Si aquí somos todos amigos. Di de una vez todo lo que sabes.

—Dispénsenme ustedes señores —indiqué cortésmente—. De buena gana lo haría por complacer a personas tan amables; pero antes que mi deseo está mi deber, antes que la satisfacción de un capricho amistoso, la conciencia de mi discreción, cuyo inexpugnable baluarte en vano atacan galantes sugestiones o arteras amabilidades. Callaré por ahora; pero tengan ustedes entendido que el Austria... el Austria...

Los tres cortesanos se miraron, y yo examiné las pinturas del techo.

De improviso entraron dos, a quienes igualmente me presentó mi augusto tío; pero aquí fui menos afortunado, porque uno de ellos, al saludarme, me dijo con cierta malicia:

—Es muy particular. Hace tres años vi en París al señor duque de Arión y no reconozco su fisonomía en la de usted O yo estoy trascordado, o usted ha variado considerablemente.

Por mi suerte el diplomático se había apartado un poco, y además yo tuve buen cuidado de no engolfarme en conversaciones con aquel caballero. También quiso mi buena estrella que viniese a sacarme de apuros, otro que llegó de repente y con gran prisa, a decir:

—Señores, la conferencia va tomando carácter de altercado. Alzan mucho la voz y desde el corredor de Poniente se oyen los gritos. Vamos allá y oiremos algo.

Vierais allí cómo aquellos cortesanos coman por los pasillos, cómo se escurrían por los laberintos de palacio, cómo se precipitaban unos delante de otros disputándose cuál llegaba primero a pescar una noticia, una voz perdida, un gesto visto al través de un resquicio, un accidente, un destello de reales miradas, cualquier mezquindad que les fuera favorable. Yo seguí tras ellos, y salí también; atravesamos un gran salón, donde había hasta una veintena de personas de distintos uniformes; internáronse en nuevos pasillos, pasaron de sala en sala, llegando por último a un largo y oscurísimo corredor que tenía ventanas a un angosto patio. Allí había otros cinco o seis, asomados a las ventanas, y muy atentos a no sé qué, pues yo no veía nada digno de llamar la atención. Todos se acercaban con pasos quedos, chicheaban muy por lo bajo, y atendían y miraban; pero ¿qué miraban y a qué atendían?

El patio a que me refiero era muy estrecho. En la pared de enfrente había una gran ventana cuyas hojas de cristal, cerradas y por dentro cubiertas con una cortina de gasa, daban paso a la luz interior. Los gruesos cortinones de invierno estaban recogidos a un lado y otro, de modo que quedaba un triángulo de luz, con el ángulo más agudo en la parte superior. En este triángulo se dibujaban varias sombras, pero con toda precisión una sola, efecto de linterna mágica producido por la presencia de un hombre entre la luz que iluminaba aquella pieza y el hueco de la ventana. Movíase la sombra al tenor de los diversos grados de animación de la palabra, y en esta sombra y en sus irregulares movimientos fijaban la vista y el oído y la atención y el alma toda los cortesanos allí reunidos

—Ahora hablan más bajo —dijo muy quedamente uno de ellos—, pero hace poco se han oído con claridad algunas palabras.

Y alargaban los cuerpos fuera del corredor, por ver si sus pabellones auriculares cogían al vuelo alguna sílaba. Yo también atendí; pero la verdad es que allí se oía tanto como en un desierto. Lo que sí excitó mucho mi curiosidad, fue la sombra que ocupaba el centro del triángulo. Era la de un hombre rechoncho y de cabeza redonda, con pelo corto. Notábase el movimiento pausado de sus brazos al hablar, el de su cabeza al atender; notábanse claramente las señales de asentimiento, las negaciones vagas y las fuertes; notábanse la tenacidad, la duda, el ademán de la pregunta, el de la respuesta, y tanta era la verdad con que aquella silueta reproducía a la persona misma, que hasta se creía advertir en ella la sonrisa, el frunci- miento de cejas, el asombro y cuantos modos de lenguaje posee y usa el rostro humano. Unas veces la cabeza puesta de frente, proyectaba en la vidriera una forma redonda, otras volviéndose proyectaba su perfil; luego veíamos que a su altura subía una mano y distinguíamos perfectamente el dedo índice afianzando y dando energía a la palabra; después desaparecían las manos, y los brazos, juntándose a la masa del cuerpo, indicaban que se habían cruzado; luego transcurría mucho tiempo sin que la figura hiciese ademán alguno, señal de que oía o de que meditaba, hasta que de nuevo volvía a ponerse en acción.

—Miren ustedes ahora —dijo uno de los cortesanos—, cómo dice que no, que no y que no con la cabeza.

En efecto, la sombra movió su cabeza haciendo la señal negativa por espacio de algunos segundos.

—De seguro está diciendo que no cederá a nadie sus derechos a la corona de España —indicó uno.

—Lo que indudablemente estará diciendo —habló otro—, es que pasará por todo, menos porque los ingleses se metan aquí.

—¡Quia! —exclamó un tercero—. Lo que debe de estar diciendo es que los españoles no podrán resistir mucho tiempo.

Entonces la sombra movió la cabeza en señal afirmativa repetidas veces y con mucha insistencia, acentuando con la mano aquel movimiento.

—Pues ahora dice que sí, que sí y que sí —indicó uno.

—Sin duda habla de que son indudables sus derechos de conquista.

—Y de que puede disponer del trono de España como se le antoje.

—¡Patarata! Apuesto a que no es nada de eso, sino que asegura vencerá a los ingleses.

Poco después la sombra se llevó la mano a la nariz.

—Toma tabaco —dijeron los cortesanos.

—Ya van trece veces desde que estamos aquí.

Luego la sombra acercó un bulto a su cara, inclinándola después, y se oyó desde nuestro observatorio un lejano ronquido.

—¡Se suena! —exclamaron los cortesanos.

—¡Buena señal! —dijo uno.

—¡No, sino muy mala! —añadió otro.

Después la sombra se levantó, y al instante confundiose entre otras sombras. Un momento después, separadas las demás, volvió a destacarse; pero ya estaba transfigurada, porque la cabeza redonda había desaparecido en otra mayor sombra trapezoidal. Una vez puesto el sombrero, se hubiera distinguido de cuantas sombras suele engendrar la noche, y de cuantas pueden volver de los Elíseos Campos o de los cristianos cementerios a pasearse por el mundo.

—Ya sale... —dijeron los cortesanos.

—Corramos al salón.

Y aquello no fue correr, sino volar a la desbandada.

—¿No vienes al salón? —me preguntó el diplomático.

—¿No ve usted que no vengo de etiqueta?

—Es verdad; pero tú... Te advierto que el Emperador se marcha. ¿Acaso vienes a hablar con el rey José?

—Yo no quiero ver al Emperador esta noche —le respondí—. Aunque él me trata con bastante intimidad, y solemos jugar un poco al tute...

—¡Al tute!... hombre... eso sí que no lo sabía.

—Sí... pues decía que aunque tenemos mucha confianza, y nos tratamos como dos amigotes, no puedo presentarme así en el salón, cuando los demás van de etiqueta. Usted no irá tampoco...

—¡Oh, sí! Yo voy al salón... porque te advierto que el Emperador al entrar me miró, y después preguntó quién era yo. De modo que ahora...

—¿Pero no le ha hablado usted nunca?

—Te diré, lo que es hablarle... así... pues... así como estoy hablando ahora contigo, no... pero hemos cambiado notas, y no creas... en ocasiones con la pluma en la mano nos hemos puesto como ropa de pascuas.

—¿usted se retirará a su aposento? Hablaremos un poco y luego me marcharé.

—¡A estas horas! No... aquí te has de quedar. No dudes que vendrá la condesa mañana temprano. Hablaremos todo lo que quieras; pero después que yo vaya al salón, y haga por ver si S. M. I. me mira otra vez, y me entera de todo lo que se dice... ¿Qué sabes tú si el rey José querrá llamarme como anoche, para que le dé un poco de conversación?

—Antes hablemos los dos de un asunto que nos interesa... es cosa de pocas palabras.

—Entremos en mi cuarto —dijo cuando llegamos al salón donde me recibió la vez primera.

—No, aquí mismo —repuse—. Ahora caigo en que tengo que marcharme, en cuanto hablemos dos palabras.

—¡Qué singular! Hombre, aquí me hielo de frío. Entremos en mi cuarto.

En efecto, pasamos a otra pieza, nos sentamos, pero aún no se habían arrellanado nuestros cuerpos en el sofá, cuando entró un criado diciendo:

—Aquí está un gentil-hombre que viene a decir a usía que el señor conde de Cabarrús quiere verle al momento.

—Al instante, corro al instante. ¡Oh, ministro amabilísimo! —exclamó el diplomático con súbita e inmensa alegría—. Primo, ahí te quedas. Vendrá Inés a hacerte compañía.

—No... que no se moleste —repuse yo con inquietud—. Esperaré solo

—Que venga la señorita Inés —dijo el diplomático al criado.

El criado me miraba atentamente.

—Que venga mi hija —repitió el marqués—. Dile que está aquí el señor duque de Arión, su pariente; que venga al instante a hacerle compañía, porque el Emperador... digo, el rey José... digo, el ministro Cabarrús, me ha mandado llamar para consultarme un grave asunto.

Y sin esperar más, porque su impaciencia era febril, salió dejándome solo. Yo estaba tan agitado que no me era posible apreciar la extensión del tiempo que iba pasando mientras permanecía en la soledad de aquel cuarto, sin percibir otro ruido que el tic-tac de un reloj de chimenea, y el chisporroteo de los leños que en ella se quemaban. Yo no cabía en mí mismo de inquietud, de ansiedad y desasosiego, y juntamente se me representaban en espantosa lucha, la inefable felicidad de ver a Inés y el pesar de mi conciencia turbada por quebrantar una leal promesa. A veces me parecía que los minutos corrían con inconcebible rapidez, y a veces que se estaban quietos delante de mí, mirándome como geniecillos desvergonzados. Mi espíritu a ratos impaciente y lleno de amorosas ansias, me impulsaba a penetrar en las habitaciones interiores, buscando a la que no parecía; y a ratos me venían deseos de abrir la ventana, echarme por ella al jardín inmediato, y huir para siempre de aquella casa.

Sentado estaba mal, y mal estaba en pie y mal también paseándome de un ángulo a otro en la reducida estancia: el pulso y las sienes me latían con furia, y aquel violento y acompasado golpear determinó bien pronto en mí una viva calentura que me inflamaba todo. Inés tardaba mucho. «Si no viene, me muero», dije para mí, olvidándome al fin de todas las consideraciones que al principio me habían hecho temer su llegada. Pasaron no sé si horas o minutos; solo sé que muchas ideas mías se iban quedando atrás y que venían otras a sustituirlas, para marcharse luego. De este modo apreciaba el transcurso del tiempo. El reloj avanzó mucho sin que Inés pareciese. Aquella soledad empezó a hacérseme insoportable, y la idea de que ella no vendría, se representó en mi pensamiento produciéndome un dolor inmenso. Después de mis primeras dudas, habíase entregado mi espíritu al gozo de suponer que vendría, y su tardanza me ponía en estado febril.

Arrastrado por una fuerza irresistible, sin reparar en mi situación ni en circunstancia alguna, casi ignorando lo que hacía, abrí la pequeña puerta que comunicaba aquella pieza con la inmediata. Al pasar a esta, halleme en una sala sin luz; pero como entraba alguna claridad por la puerta recién abierta, pude ver por dónde andaba. Con pasos muy quedos atravesé aquella sala, y al ver reflejada oscuramente mi imagen en los espejos, sentía miedo de mí mismo. En el testero del fondo vi otra puerta que cedió al punto a mi mano, y encontreme en una tercera sala más pequeña.

Profunda oscuridad reinaba en ella, pero al poco tiempo de estar allí, distinguí en el fondo negro una perpendicular raya de luz. Al mismo tiempo creí que sonaban voces de mujer por aquel lado, y esto, con la débil claridad, impeliome más hacia allí. Andaba muy lentamente, extendiendo las manos para no tropezar con los muebles; andaba como un ladrón, conteniendo el aliento, apagando el ruido de los pasos, creyendo que hasta las oscilaciones del aire a mi tránsito iban a delatar mi presencia a los de la casa. Yo había perdido todo dominio sobre mí mismo, y en nada reparaba más que en llegar pronto a aquella raya luminosa, tras la cual sentía más claramente ya la voz de Inés. Al fin llegué. Por la estrecha rendija no se veía nada; pero se oía. Dos mujeres hablaban.

Al poco rato una de las voces dijo algo como despidiéndose; sentí el ruido de una puerta, y todo quedó en completo silencio. Aguardé un poco. Puse luego la mano en el picaporte, y con mucha, muchísima lentitud lo fui levantando, levantando, de modo que no hiciera ruido. Cuando me pareció bastante, empujé y la puerta cedió; empujé más, y la fui abriendo poco a poco, cuidando de que no rechinara. Durante esta operación, toda mi sangre se paró dentro de mí. A medida que la puerta se abría, iba viendo todo lo que había dentro de aquella estancia. Primero vi un lecho con cortinas blancas, luego una mesa con labores de mujer, y por último, vi una figura puesta de rodillas delante de un reclinatorio, con la cabeza inclinada y oculta enter las manos en actitud de profundo recogimiento. Vuelta hacia mí aquella figura, que apoyaba la frente en el reclinatorio, no era fácil reconocerla, pues de su cabeza no se veía sino el cabello; pero yo la reconocí, y era ella misma; era Inés.

Avanzando resueltamente, pero siempre con pasos muy quedos, entré y me dirigí hacia ella.

XXVII

Cuando Inés alzó la cabeza y me vio delante, tras un estremecimiento que indicaba el mayor espanto, quedose atónita, sin habla, con disposición a perder el sentido. La emoción me impedía al mismo tiempo el pronunciar algunas palabras para tranquilizarla. Mi presencia le causaba terror; iba a gritar sin duda.

—Inés, Inesilla —dije al fin—, no te asustes, soy yo, soy yo mismo. ¿Creías tú que me había muerto? No, mírame bien, estoy vivo. No me tengas miedo.

Diciendo esto la abrazaba, estrechándola contra mi pecho.

—¿Creías tú no volver a verme más? —proseguí—. Te dijeron que me había muerto. Infames, ¡cómo te engañan! Aquí estoy; no me preguntes cómo he venido. No lo sé. Creo que Dios me ha traído por la mano para que nos veamos.

Inés tardaba mucho en volver de aquel estupor que por algunos minutos pareció quitarle el conocimiento; mirábame con ojos asombrados, derramó algunas lágrimas, y su rostro, fluctuando entre el llanto y la sonrisa, revelaba en cada segundo una sensación distinta. Pasado un rato, fijando la atención en mi vestido, pareció profundamente asombrada, volvió a reír y me interrogó con los ojos. Sus manos, sus brazos temblaban entre los míos de un modo alarmante; y temiendo que la impresión producida en su organismo por tan fuerte sorpresa fuera demasiado lejos, la tomé en brazos, púsela con el mayor cariño sobre el sofá cercano y senteme junto a ella, procurando calmarla y explicándole en términos precisos mi inesperada aparición.

—¿Pero dónde estabas tú? —me dijo.

—En la habitación de tu padre. Allá me dejó cuando te llamaron, y allí te estaba esperando. ¿Por qué no fuiste? Mi impaciencia era tanta que no pude resistir, y como un ratero me metí por esas habitaciones hasta llegar aquí.

—¿Y cómo entraste en palacio?

—Eso es largo de contar. Me han pasado muchas cosas, Inesilla de mi corazón. Yo no sé cómo he venido aquí. Había prometido no verte más ni hablarte; pero yo no sé por qué me encuentro a tu lado y te veo y te hablo. ¿Conque me creías muerto?

—Sí, ¡muerto! —dijo con tristeza—. Sin embargo, yo confiaba en que fuera mentira y muchas veces he tenido el pensamiento de que ibas a venir.

Anoche, ayer, ahora mismo he estado pensando en esto, y al quedarme sola he sentido mucha zozobra creyendo verte en los espejos, o salir de detrás de esos armarios, o entrar por cualquiera de esas puertas como un fantasma. ¿Pero cómo has venido aquí? ¿De qué invención te has valido? Si te descubren... Estás vestido como un caballero.

—Sí, Inesilla —respondí besándole las manos—. Pero aunque me veas vestido de caballero, no creas que lo soy. Soy lo mismo que era antes, cuando estábamos en casa de don Mauro, es decir, no soy nada. Tú estás tan por encima de mí que debes avergonzarte de mirarme.

Al oír esto, todo cambió en su espíritu, y la vi sonreír de un modo espontáneo y festivo, perdida ya la emoción dolorosa del primer momento.

—Yo no pensaba verte más —continué—; pero la casualidad o la Providencia han querido que te vea. ¡Qué desgraciados somos o mejor dicho, qué desgraciado soy! Porque yo tengo que renunciar a ti, tengo que marcharme para no volver más. ¿No comprendes tú que ha de ser así, que no puede ser de otra manera? Para mí valiera más no haber nacido. ¿Por qué te conocí? ¿Por qué te volviste gran señora? ¿Por qué Dios que a ti te sacó de la humildad para traerte a los palacios me dejó a mí en la miseria y en la oscuridad de mi nombre?

—No me has dicho todavía por qué estás vestido así —indicó con el mayor asombro.

—Nada de esto es mío, Inesilla —repliqué con profundo dolor—. Estas ropas son como las que se ponen los cómicos cuando salen a la escena vestidos de reyes. Después se las quitan y quedan hechos unos mendigos: lo mismo soy yo. Si ahora se descubre la farsa que me ha traído aquí, tus criados me echarán del palacio ignominiosamente. No soy nadie, no soy nada. Yo creí que no te vería más; pero algún poder superior nos ha puesto esta noche juntos, y yo que he jurado ante la condesa tu prima no verte ni hablarte más en la vida, estoy ahora a tu lado para decirte que te quiero y te adoro y me muero por ti. Seré un malvado, un tramposo, un miserable que se burla de todas las conveniencias de la sociedad; pero siendo todo esto, y aún más, insisto en decir que no puedo dejar de quererte aunque me lo prohíban todas las potencias de la tierra, y aunque entre los dos se pongan con la espada en la mano todos tus parientes y antecesores desde que el mundo es mundo.

Inés parecía meditar. Después de un rato de silencio, me dijo con tristeza:

—Mis parientes son muy crueles conmigo.

—No, alma mía; considera tú su posición, su nombre, lo que deben a la sociedad, y comprenderás que no pueden hacer otra cosa. ¿Cómo han de admitirme en su familia? La idea de que me amas les causa horror, y se creen deshonrados con solo mirarme. Tu prima la condesa es muy buena. Si tuviera tiempo para contarte los beneficios que le debo y el afecto que me muestra, te asombrarías.

—Ha llegado el caso de que yo devuelva mi familia todo lo que me ha dado, y tome por mí misma lo que no ha querido darme —dijo Inés.

—Tú tendrás prudencia y esperarás.

—Hablaré francamente a mi prima. Ella me ha dicho que quiere verme feliz a toda costa, y es la que me defiende de las impertinencias de mis cinco maestros, y la que me salva de la etiqueta, que es lo que más aborrezco. Yo le diré que has estado aquí...

—No, no, por Dios; no le digas que he estado aquí —exclamé—. Yo debo marcharme ahora mismo, Inés; yo no puedo estar más aquí.

—No te has de ir —me dijo asiendo mis dos brazos para detenerme—. Yo se lo diré todo a mi prima, le diré que no te has muerto; que yo sé que no te has muerto; que nos hemos visto, y que has de volver.

—No, no le digas eso desde este momento ya no merezco la benevolencia que ha manifestado.

—¡Oh! —exclamó Inés con mucha pena—. Pues entonces, ¿qué recurso nos queda? ¿Qué podemos hacer? ¿Cuándo vuelves tú?

—Nunca —le respondí sin reparar en lo que decía, pues mi exaltación no me permitía formular ideas concretas sobre nada.

—¿Cómo nunca?

—Sí, volveré cuando quieras —dije estrechándola contra mi corazón—. Si tú me mandas que vuelva, si tú despreciando las resoluciones de tu familia, insistes en quererme lo mismo que cuando éramos dos pobres criaturas desamparadas, volveré, quebrantaré las promesas que hice a tu prima, porque ¡ay! sin duda tu prima no sabe cuánto te quiero, cuánto te adoro, y de qué manera nosotros nos hemos dado un juramento que está por encima de todos los demás. Dile que no me he muerto, ni me moriré, mientras tú vivas, porque no quiero ni debo morirme; dile que aquí estaré, mientras tú no me eches, y que antes que fueras condesa, y duquesa, y princesa, habías resuelto casarte conmigo que no soy caballero ni soy nada, aunque teniendo tu cariño no me cambio por todos los nobles de la tierra.

Inés al oírme se animaba mucho. Encendiéronse sus mejillas y el vivo resplandor de sus ojos indicó una irrupción de sensaciones agradables y de ideas de felicidad, que de improviso se apoderaban de su abatido espíritu. Tomándome la mano me dijo:

—Juro que no me he de casar sino contigo, cualquiera que sea tu suerte, cualquiera que sea tu posición. Dicen que yo soy rica, y que soy noble. ¿No es esto bastante? Yo les diré que si no me quieren de este modo, me quiten todo lo que me han dado. Les diré que tú eres para mí más caballero que todos los demás; y por último, que ninguna fuerza humana me obligará a dejarte de querer, porque Dios lo ha ordenado así. Tengamos confianza en Dios y esperemos. Lo que parece más difícil, se hace de pronto fácil. Yo sé, sin que nadie me lo haya enseñado, que cuando las cosas deben pasar, pasan, y que la voluntad de los pequeños suele a veces triunfar de la de los grandes.

Al decir estas palabras que indicaban junto con un firme amor, un profundo sentido, Inés me mostraba la superioridad de su alma, bastante fuerte para poner las leyes inmortales del corazón sobre todas las conveniencias, preocupaciones y artificiosas leyes de la sociedad.

—¡Inés! —le dije prodigándole las más tiernas muestras de cariño—. A pesar de estar tan alta, tú eres hoy tan desgraciada como yo; pero para los dos vendrán días felices y tranquilos.

Yo había olvidado todo temor, las causas de mi presencia en aquel sitio, lo avanzado de la hora, no me acordaba de su familia, ni de mi fuga, ni de la policía, ni de nada; no veía más mundo que aquel pequeño, ¡qué digo pequeño!... aquel mundo infinito que mediaba entre nuestros ojos.

—Tú sabes y sientes mejor que yo —exclamé—; tú me señalas el camino que debo seguir, y lo seguiré. Te amo tanto que querría morirme aquí mismo, si supiera que habías de ser para otro. Y vengan contrariedades, vengan orgullos, vengan rigores de familia, vengan obstáculos, venga todo, que todo lo desprecio. ¿Qué valen cien mil coronas condales, y las mayores riquezas del mundo? Todo eso no será suficiente razón para quitarme lo que es mío; mi Inesilla de mi alma y de mi corazón. Si soy pobre y miserable, que lo sea: nada importa puesto que miserable y pobre, quieres tú más uno de mis cabellos que las coronas y tesoros de todos los duques de la tierra. ¿No es cierto? Y que venga ahora toda la sociedad y toda Europa, y toda la historia y el mundo todo a decirme que no podrás ser mía. Que vengan y yo les diré que se vayan a paseo, porque nosotros no necesitamos de ellos para nada, y nosotros valemos más que todo eso. ¿No es verdad? Cuando prometí a tu prima renunciar a ti, prometí lo absurdo y lo imposible, lo que no estaba en mi mano hacer, porque el amor que nos tenemos es obra de Dios, es como la vida, y solo puede quitarlo el mismo que lo da.

Así me expresé yo, y en este tono hablamos un poco más: luego cambiamos de asunto, y seguimos departiendo en serio y en broma sobre mil cosas que nos ocurrían, sin acordarnos de nada que no fuera nosotros mismos, y menos del tiempo que iba transcurriendo a toda prisa. De tema en tema vino a mi pensamiento el objeto que allí me había llevado y le conté el incidente de don Diego con sus torpes y abominables planes. Ella se sorprendió de esto y me dijo que nunca había supuesto a Rumblar tan rematadamente malo. Seguimos luego hablando de otros asuntos, y ella se reía de mi traje, y yo de lo que ella me contaba al referir las ceremonias palaciegas a que había asistido. Repetidas veces pasó por mi mente la idea del gran peligro que allí corría; pero era tan feliz que yo propio arrojaba lejos de mí aquella idea importuna. Al fin entró de pronto una criada y dijo:

—¿Se le ofrece a la señorita alguna cosa?

Díjole Inés que no, y se fue; pero me observó de soslayo el tiempo que allí estuvo.

Seguimos hablando y al poco rato apareció otra criada que me miró mucho también, preguntando:

—¿Ha llamado la señorita?

Y luego que esta se retiró pareciome sentir cuchicheos y ruido de pasos tras de la puerta. Comuniqué a Inés mi recelo, y al punto convinimos en que me debía retirar. ¡Qué escándalo! Era mucho más de media noche. Ella misma me llevó al cuarto donde antes me había dejado el diplomático, y después de discutir un rato sobre lo más conveniente para salir en bien de aquel paso, acordamos que esperaría al señor don Felipe, continuando cuando volviera, el mismo papel de duque de Arión, y que con cualquier pretexto saliese después poniéndome en salvo antes de la mañana y hora en que necesariamente habían de llegar Amaranta o su tía. Despidiose Inés de mí, dándome muchas esperanzas y prometiéndome que nos veríamos cuando menos lo pensase, y me quedé solo otra vez donde antes estaba.

Cansado de esperar, quise salir; pero encontré la puerta cerrada por fuera, y en el mismo instante en que lo advertía, sentí que una mano desconocida, cerraba también la que me había dado paso hacia la habitación de Inés. Estaba preso.

Presté atención a ciertos ruidos cercanos y percibí otra vez cuchicheo de voces diversas, como risas y chacota de criados y gente menuda, cuya circunstancia acabó de revelarme el peligro en que me encontraba, y la proximidad de un lance desastroso. A esto había venido a parar el duque de Arión.

Oí a poco también la voz del diplomático, que algo turbada decía: —Id a avisar al cuerpo de guardias. ¿Estáis seguros de que no lleva armas?

Luego los rumores se extinguieron para resonar de nuevo hacia el cuarto de Inés, con voces de hombre y de mujer, confundidas en viva disputa. Y la voz de Inés se oyó muy cerca aunque me fue imposible entender lo que decía. Lleno de congoja, mas también colérico ante la idea de que se me tomase por un ladrón, di golpes en la puerta con pies y manos, pidiendo que se me abriera, lo cual aumentó las risas de fuera.

—Es muy posible que lleve pistolas —dijo el diplomático—. No abráis, mientras no venga un pelotón de la guardia.

Pero el criado a quien tan prudentes advertencias se dirigían, no hizo caso de ellas; abrióme la puerta, y abalanzándose hacia mí con otros dos de su misma estofa, dijo:

—No te escaparás, no. A ver, registradle bien los bolsillos y sacadle todo lo que lleve.

—Canallas —exclamé, luchando con ellos—. Yo no me llevo nada. Ladrones y rateros seréis vosotros, que no yo.

—Creo que debéis amarrarle, muchachos —dijo el diplomático, entrando con gran arrojo—. Desde luego sospeché que este joven no era mi pariente. Por fuerza ha de tener los bolsillos llenos de alhajas: registradle bien. ¿Decís que estuvo en el cuarto de mi hija más de tres horas? Eso no puede ser, caballerito —añadió encarándose conmigo—. ¿Quién es usted? Vive Dios que esto es algo misterio.

—Este es el que en el Escorial sirvió de paje a la señora condesa —dijo uno de los criados empujándome con tal fuerza que me hizo caer al suelo.

—Este estaba en Córdoba hace seis meses, y todos los días venía a la puerta de casa —dijo otro dándome con el pie, una vez que caído me vio.

—Y es, si no me engaño, el que tiraba chinitas a la ventana —afirmó una criada, hundiendo sus uñas en mi carne.

—Me parece que le he visto en casa vestido de fraile —dijo otra dándome en la cabeza con las tenazas de la chimenea.

—Ya le conozco, y sé muy bien lo que le trae por aquí —indicó una tercera tirándome fuertemente del cabello.

—¿Conque nada menos que duque de Arión? —dijo un lacayo dándome una manotada en la chupa con tanta fuerza que me la rasgó de arriba abajo.

—¡Miren el duque de papelón! ¡Pues no vino poco finchado! —exclamó otro anudándome la corbata tan violentamente que pensé morir estrangulado.

—Desnudadle en el acto.

—No: aguardad a que venga la autoridad —ordenó el marqués—. ¿Conque es un paje de Amaranta que fue a Córdoba, y que arrojaba chinitas vestido de fraile? Bien decía yo que esta cara no me era desconocida. En el Escorial, en Córdoba... ¿te llamas tú Gabriel? ¡Gabriel, Gabriel!... Conque Gabriel.

Y diciendo esto, don Felipe Pacheco y López de Barrientos dio algunas vueltas por la estancia, revolviendo sin duda en su mente contradictorios pensamientos. Juzgue el lector de mi martirio al verme entre aquellos soeces criados, cuyas almas experimentaban deliciosa fruición en degradar al que creyeron duque, y en pisotear mi supuesta nobleza y caballerosidad. Defendime al principio rabiosamente de sus groseros insultos; mas nada podían contra tantos mis fuerzas por momentos enflaquecidas, y me entregué a las vengativas manos de aquella pequeña plebe irritada que no podía tolerar el encumbramiento ficticio de uno de los suyos. Yo creo que me habrían roto los huesos, que me habrían arrastrado en tropel por la casa, que me habrían arrancado pedazo a pedazo los vestidos y con los vestidos la carne; que me habrían deshecho a pellizcos, pinchazos y rasguños, si la llegada de la condesa no hubiera puesto fin de repente a la dolorosa escena de mi crucificación. La vi aparecer cuando ya iluminaban completamente la habitación las primeras luces del día, y pareciome un ángel salvador.

La sorpresa que tal espectáculo le causó junto con lo que a su llegada le contaron, habíanla puesto como fuera de sí. La ira y la compasión se sucedían rápidamente una tras otra en su semblante. Parecía no dar crédito a sus ojos, me miraba casi exánime y maltratado, y reconocía en mis ropas las del duque de Arión, que ella me diera para fugarme. Por de pronto, a pesar de su enojo, me libró de toda aquella canalla, y haciendo que los criados saliesen afuera, quedose sola conmigo, mientras su tío iba en busca de quien me llevase a la cárcel.

XXVIII

—Señora —exclamé comprendiendo con rápida penetración sus pensamientos en aquel instante—, no me condene vuecencia sin oírme; no me juzgue ingrato, desleal y mentiroso si tan impensadamente me encuentra aquí.

—¡De qué indigna manera me has engañado! —repuso con voz turbada por la ira—. Jamás lo creí: yo pensé que tenías en tu baja e innoble alma una chispa del fuego de honor. No: tu abyecta condición se revela en tus actos, y no es posible esperar del miserable pilluelo de las calles sino doblez y maldad. Hipócrita, ¿dónde has aprendido a fingir? ¿Cómo tu despreciable carácter, formado de todas las perfidias y malos intentos, ha podido disimularse con la apariencia de la sencillez honrada y de sentimientos nobles?

—Señora —respondí—, usía me tratará de otro modo cuando sepa qué motivos me han traído aquí.

—No quiero saber nada ¿Has visto a mi hija? ¿La has hablado?

—Sí señora.

—¡Oh! No es posible que viéndote haya dejado de comprender qué clase de persona eres. ¿Dónde está Inés? Que venga aquí, y si al ver este pillastre desarrapado que se disfraza de gran señor para llegar hasta ella, si al ver una palpable muestra de tu bajeza y vil condición en esta lastimosa figura de duque magullado y roto se arrastra por el suelo pidiendo misericordia, persiste en creerte digno de un recuerdo, Inés no es lo que yo quiero que sea, no es mi hija, no es de mi sangre.

Y en efecto, yo me arrastraba por el suelo, magullado y roto; y confundido por el anatema de la condesa, imploraba con inconexas palabras que me perdonase, indicando a medias frases los hechos que atenuaban mi falta.

—Señora —exclamé prosternándome hasta tocar con mis labios los pies de Amaranta—, verdad es que he faltado a mi palabra. Arrójeme usía de aquí, entrégueme a los alguaciles, permita que me lleven a la cárcel, al presidio; mándeme matar si gusta, pero no me pida, no, de ningún modo me pida que deje de amar a Inés, porque es pedirme lo imposible y lo que no está en mi mano prometer. Usía me hablará de su casa y de todas las casas. Yo confieso mi pequeñez, yo reconozco que al lado de la grandeza de vuecencia soy como un grano de arena comparado con el tamaño de todo el mundo;

yo no soy nadie, yo soy un insensato, un malvado, un miserable y todo lo que usía quiera que sea; pero yo no puedo dejar de amar a Inés. Cuando sus padres la abandonaban yo la amé; cuando estaba sola en el mundo yo fui su amigo; cuando era pobre yo trabajaba para ella. Creí que su repentino cambio de fortuna la apartaría de mí para siempre; prometí en falso, prometí lo que no podía ni debía cumplir, lo que estaba fuera de mi albedrío; prometí renunciar a lo que siempre ha sido mío, y mi ceguera y mi error han durado hasta esta noche en que la he visto y la he hablado, señora condesa; hasta esta noche en que he comprendido que Inés no puede, no puede de modo alguno resistir el peso abrumador de su nobleza.

Amaranta golpeó mi humillado rostro con sus pies. Sentí las suelas de sus zapatos hiriendo mi cabeza, y los encajes de sus faldas barrieron mi frente. La condesa estaba frenética y cruel en su desbordada ira.

—¿Qué has dicho? —exclamó—. ¿Que no renuncias?... ¿Sabes que un miserable como tú puede desaparecer del mundo sin que el mundo lo advierta? ¡Despreciable gusano! ¡No te aplasto por compasión y te levantas para insultarme!

—Yo no insulto a usía —dije—. Yo respeto y venero a la que tantos deseos de favorecerme ha manifestado. Vuecencia puede hacerme desaparecer del mundo si gusta; sin duda lo merezco. Yo prometí a usía no verla más y no he cumplido mi palabra; soy un truhán y un miserable. Vine a este palacio sin intención de verla; encontreme solo y una fuerza irresistible, una fiebre que me devoraba lleváronme a su cuarto, donde la vi y nos hablamos largo rato. ¡Oh! ¿Me pide usía que deje de amarla? No puede ser. ¿Me pide usía que no la vea más? Pues haga Su Grandeza de modo que me den la muerte, porque mientras tenga un solo aliento de vida y mientras me quede fuerza para arrastrarme, correré tras ella, la buscaré, penetraré en lo más escondido y subiré a lo más alto, sin ceder en esta persecución hasta que Inés no me diga que se ha concluido la guerra a muerte trabada entre ella y sus nobles parientes.

—¡Oh! Quiero concluir de una vez —afirmó sin poder contener su agitación—; que venga aquí mi hija; la traeré aquí, te verá delante de mí, y si todavía... No, no puede ser. ¡Dios mío! ¿Qué aberración, qué absurdo es este que presenciamos? Miserable mendigo —añadió volviéndose a mí—, vete.

La culpa tiene quien te ha dado más importancia de la que mereces. Inés te desprecia: si has creído otra cosa te equivocas. ¿Por qué no hiciste lo que te mandé? ¿Por qué viniste aquí? Mereces la muerte, sí, la muerte. No soy cruel; pero ¿acaso la vida de un indigno ser, que se perdería en el mundo sin que nadie lo echara de menos, debe estorbar la felicidad de toda una familia, debe estorbar mi reposo y echar por tierra la grandeza de una casa como la mía? No, no puede ser... Vete de aquí; que te lleven, que te arrastren como infame ladrón que eres. Si ella lo siente que lo sienta, si padece que padezca. Así no se puede vivir. Seré inflexible; yo enseñaré a mi hija cuáles son sus deberes; yo le enseñaré el respeto que debe tener a su nombre y me obedecerá, cueste lo que cueste.

—Deje usía —le dije— que la maten los demás; y cuando haya sucumbido a las violencias, a las vejaciones y a la tiranía de sus parientes, quédele a la madre el consuelo de no haber puesto las manos en ella.

—¿Qué dices? ¿Qué has dicho? —preguntó Amaranta mirándome fijamente y cambiando por completo en un instante de tono, de actitud, de expresión—. ¿Qué has dicho?

—He dicho que usía no debe, que no puede contribuir a matarla.

—¡A matarla! —exclamó con estupor y como vacilando entre admitir o rechazar aquella idea.

—Sí señora. Bien sabe usía que Inés es muy desgraciada.

Vi entonces cómo se disipaba la ira en el rostro de Amaranta, cómo se aclaraba su semblante, cómo todo aparato de indignación y de biliosidad y de tirantez nerviosa desaparecía, sucediendo a aquella tempestad aplacada una quietud reflexiva en que al instante se sumergió su espíritu, lanzado desde las cimas de la cólera a los abismos de la meditación. Me miró largo rato y yo la miré. Estaba profundamente pensativa. Estaba en poder de uno de esos invasores pensamientos que vienen de repente y ocupan toda el alma y suspenden todas las sensaciones, y envuelven y embargan las facultades todas. Al fin, sin pestañear, sin apartar los ojos de mí, sin hacer movimiento alguno exhaló un profundo suspiro y después dijo:

—Sí, mi hija es muy desgraciada.

No era sin duda la primera vez que a sí misma se decía aquellas palabras.

Sentada en el sofá, apoyó la barba en los dedos pulgar e índice, y el codo en el brazo del asiento, y así estuvo largo espacio de tiempo. Me parece que la estoy mirando. ¡Cuán hermosa y cuán imponente y subyugadora! *¡Digna concha de tal perla!* como ha dicho, no por cierto refiriéndose a esta, sino a otra, un gran poeta contemporáneo.

Alzó luego la vista, y me examinó atentamente; ¡pero de qué modo, con cuánto interés me miraba! De sus ojos había desaparecido el rayo de la indignación que antes la hacía tan terrible. Yo no me atrevía a decir nada. Una dulce sensibilidad embargaba mi espíritu.

Amaranta, esclava de su pensamiento, volvió a repetir:

—¡Oh! sí: mi hija es muy desgraciada, y yo no puedo hacerla feliz.

Dicho esto, me miró con cierta perplejidad. En sus ojos se retrataba una viva compasión hacia mi persona, quizás algún sentimiento más favorable. Al principio creí engañarme, pero mi corazón con su misterioso lenguaje me indicó que habían cambiado de súbito los sentimientos de la condesa respecto a mí. De mi pecho pugnaban por desbordarse los míos.

Acerqueme a ella y me dijo:

—¿Qué has hablado con Inés? ¿Qué te ha dicho?

No le pude contestar de otro modo que arrojándome de rodillas a sus pies. Pero ella repitió la pregunta intentando con sus manos alzar mi frente que se había adherido con fuerza a sus rodillas.

—Señora —le contesté al fin—, me ha dicho la verdad; me ha dicho que a nadie puede amar más que a mí.

Yo besaba sus manos y la sentí llorar.

Duró poco tiempo aquella situación. Sentimos gran ruido de voces, abriose la puerta y en el dintel apareció la marquesa, terrorífica, abrumadora de cólera y de severidad. Con ella venían el diplomático, don Diego, el verdadero duque de Arión, algunos criados y soldados de la guardia. Amaranta no dijo nada ni yo tampoco. La actitud en que nos encontraron debió sorprenderles más que la noticia de que había un ladrón en la casa, y estoy seguro de que cada individuo de la familia interpretaba de un modo distinto aquella escena. En cuanto a esto mis lectores verán más adelante algo que les interesará.

Como era opinión general que yo era un ladronzuelo, vino gente de la policía, y cuando Santorcaz penetró en la habitación y ordenó a los suyos que se apoderaran de mí, huyeron con el rápido paso del terror las dos nobles damas. La algazara de aquel momento no me impidió percibir lejanos gritos y alteradas voces de mujer en las cuadras interiores. Un oficial de la guardia francesa, llamado a última hora no sé por quién, echó de palacio de un modo algo despreciativo a alguaciles y alguacilado, tratándonos a todos como a gente de perversa ralea.

XXIX

No tengáis compasión de mí al verme en esta cuerda ignominiosa, enracimado con otros veinte infelices. No somos ladrones, ni asesinos, ni falsificadores; somos patriotas, insurgentes de aquella gran epopeya, y nos llevan a Francia. Felizmente no se cumplió en nosotros aquel consejo del capitán del siglo que decía a su hermano: *«ahorcad unos cuantos pillos y esto hará mucho efecto.»* Por lo que pasó después, se ha venido a conocer que también Álvarez el de Gerona entraba en el número de los pillos. No nos ahorcaron, pues aún vivo para contarlo, y cuando digo que no me tengáis compasión es porque después de preso, la policía no me supuso otra criminalidad que la traición a la causa francesa, y me juzgó bastante castigado con el destierro.

—Bien sé yo que no eres ladrón —me dijo Santorcaz en Madrid, cuando me ponían en la cuerda que estrechaba en cordial apretón las cuarenta manos de los insurgentes—; pero eres un vil soplón y entrometido, a quien es preciso poner a cien leguas de Madrid. Si te dieras a partido y quisieras ser mi amigo, yo te conseguiría un puesto en la policía, con tal que me sirvieses bien en este negocio.

No con palabras, porque no las merecía, sino con una mirada de desprecio le contesté, y estuve después meditando sobre mi suerte, hasta que la cuerda se movió y los cuarenta pies de aquella serpiente humana se pusieron en marcha. Eramos los *pillos*, que el Gobierno francés, demasiado generoso, no había querido ahorcar, y se nos mandaba a Francia. Con nosotros iba el gran poeta Cienfuegos. Isidoro Máiquez y Sánchez Barbero fueron poco después, aunque no ensartados.

Al dar los primeros pasos miré al que iba a mi derecha, atado su codo al mío. ¡Oh ventura sin igual! Era don Roque el lector de periódicos.

—¡Ah, señor don Roque! —le dije—, ¿también habla de esto el *Semanario Patriótico*?

—¡Queridísimo Gabriel! Dios nos ha puesto juntos en la desgracia como en la prosperidad. Paciencia y que la Virgen nos deje ver algún día a nuestra inolvidable villa.

—¿Por qué le destierran a usted?

—Hijo, por una calaverada. Cometí la indiscreción de decir en un paraje público que nuestro desgraciado vecino don Santiago Fernández era un héroe no menos grande que los de la antigüedad y podía compararse a Codro, Leónidas, Horacio Cocles, Mucio Scévola y al mismo Catón por la entereza de su ánimo. ¿No lo crees tú así?

—¿Murió nuestro amigo?

—Sí, cuando el general Belliard fue a tomar posesión de los Pozos, todos entregaron las armas. Don Santiago continuaba encerrado en el jardín de Bringas. ¿Qué pensarás que hizo? Pues por la mañana al volver de su casa amontonó toda la leña puesta allí para calentarnos. Ya recordarás que también había una gran cantidad de madera vieja de la casa que han derribado en la esquina. Pues con aquellos materiales y la leña hizo un gran parapeto en el rincón del fondo, donde estaba el gallinero vacío, y púsose dentro de su improvisada fortaleza. Derribaron los franceses la puerta del jardín, y cuando vieron aquel monte de madera, de cuyo interior salía una hueca voz diciendo: «*Se rendirá Madrid, se rendirán los Pozos, pero el Gran Capitán no se rinde*», tuvieron al que tal decía por loco y diéronse a reír. Pero Fernández había puesto dentro una buena cantidad de cartuchos y dale que le das, empieza a hacer fuego por las aberturas y resquicios de su montón de leña. Los franceses que se vieron heridos (y alguno de ellos murió) arremetieron contra el gallinero destruyendo los parapetos de madera vieja. Fernández no cesaba de hacerles fuego desde adentro. Pero cátate que a lo mejor empieza a salir humo, y luego llamas que crecieron rápidamente, y la ronca voz del defensor del gallinero gritaba: *¡Viva España; mueran los franceses y el granuja de Napoleón!*

Mandó el oficial que se apartase la madera para sacar a aquel desgraciado, que sin duda excitaba su admiración; pero Fernández gritó de nuevo:

—«*Se rendirá Madrid, se rendirán los Pozos; pero el Gran Capitán no se rinde*», hasta que cesó la voz; y las llamas, extendiéndose vorazmente, destruyéronlo todo. La inmensa hoguera estuvo humeando todo el día. Cuando aquello se acabó buscaron el cuerpo, pero estaba hecho ceniza.

Calló don Roque, y en el mismo instante el que nos conducía por la Mala de Francia mandó que hiciéramos alto. Al detenernos vimos que por el camino y hacia Chamartín venían algunos coches y gran número de jinetes con deslumbradores uniformes. Era el Emperador que volvía de su visita al palacio de Madrid y caminaba hacia su cuartel. Iba en coche, y al pasar, nuestro guía y los soldados que nos custodiaban mandáronnos que le diéramos *vivas*. Fue preciso repartir algunos culatazos para que obedeciéramos, y cuando el grande hombre pasó, algunos le saludaron. Sin duda por estas y otras ovaciones de la misma clase escribía con fecha 17 de Diciembre: *En las poblaciones por donde paso me manifiestan mucha simpatía y admiración*.

—Acabe usted de contarme la muerte de nuestro amigo —dije a don Roque una vez que pasó la procesión.

—Ya no queda nada —repuso—, sino que con toda su grandeza y poder el hombre que acaba de pasar no llega ni con mucho a la inmensa altura del Gran Capitán. Algunos han dicho que nuestro amigo estaba loco; pero ese que ahí va, ¿está en su sano juicio?

FIN

Enero de 1874.

Libros a la carta

A la carta es un servicio especializado para
empresas,
librerías,
bibliotecas,
editoriales
y centros de enseñanza;
y permite confeccionar libros que, por su formato y concepción, sirven a los propósitos más específicos de estas instituciones.

Las empresas nos encargan ediciones personalizadas para marketing editorial o para regalos institucionales. Y los interesados solicitan, a título personal, ediciones antiguas, o no disponibles en el mercado; y las acompañan con notas y comentarios críticos.

Las ediciones tienen como apoyo un libro de estilo con todo tipo de referencias sobre los criterios de tratamiento tipográfico aplicados a nuestros libros que puede ser consultado en Linkgua-ediciones.com.

Linkgua edita por encargo diferentes versiones de una misma obra con distintos tratamientos ortotipográficos (actualizaciones de carácter divulgativo de un clásico, o versiones estrictamente fieles a la edición original de referencia).

Este servicio de ediciones a la carta le permitirá, si usted se dedica a la enseñanza, tener una forma de hacer pública su interpretación de un texto y, sobre una versión digitalizada «base», usted podrá introducir interpretaciones del texto fuente. Es un tópico que los profesores denuncien en clase los desmanes de una edición, o vayan comentando errores de interpretación de un texto y esta es una solución útil a esa necesidad del mundo académico.

Asimismo publicamos de manera sistemática, en un mismo catálogo, tesis doctorales y actas de congresos académicos, que son distribuidas a través de nuestra Web.

El servicio de «libros a la carta» funciona de dos formas.

1. Tenemos un fondo de libros digitalizados que usted puede personalizar en tiradas de al menos cinco ejemplares. Estas personalizaciones pueden ser de todo tipo: añadir notas de clase para uso de un grupo de estudiantes,

introducir logos corporativos para uso con fines de marketing empresarial, etc. etc.

2. Buscamos libros descatalogados de otras editoriales y los reeditamos en tiradas cortas a petición de un cliente.